本書爲陝西省社會科學界聯合會社科著作出版資助項目，立項號：2023SKZZ010
本書爲陝西省社會科學基金項目『《雲起閣詩集》點校』的最終成果，立項號：2016GJ005

雲起閣詩集校注

[清]來鑑 著
劉燕歌 校注

陝西師範大學出版總社 西安

圖書代號　WX24N1130

圖書在版編目(CIP)數據
《雲起閣詩集》校注 / (清) 來鑑著 ; 劉燕歌校注.
西安 : 陝西師範大學出版總社有限公司, 2024. 8.
ISBN 978-7-5695-4530-2
Ⅰ. I222.749
中國國家版本館CIP數據核字第2024EE1574號

《雲起閣詩集》校注

YUNQIGE SHIJI JIAOZHU

〔清〕來　鑑　著　劉燕歌　校注

責任編輯　王文翠
責任校對　劉存龍
出版發行　陝西師範大學出版總社
（西安市長安南路199號　郵編710062）
網　　址　http://www.snupg.com
印　　刷　陝西龍山海天藝術印務有限公司
開　　本　880 mm × 1230 mm　1/32
印　　張　16.125
字　　數　301千
版　　次　2024年8月第1版
印　　次　2024年8月第1次印刷
書　　號　ISBN　978-7-5695-4530-2
定　　價　98.00元

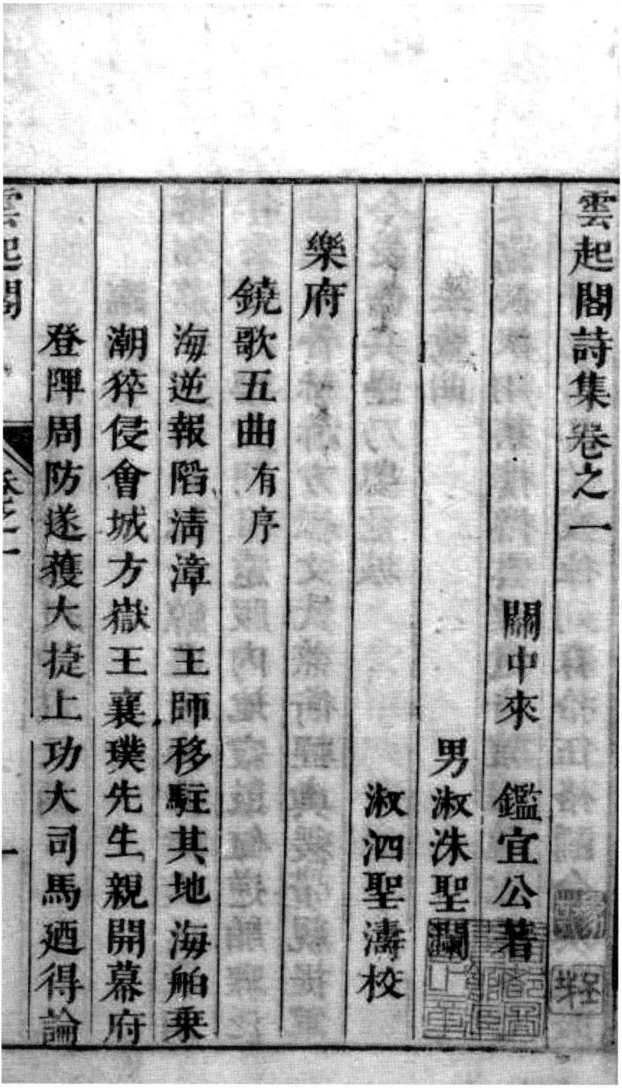

雲起閣詩集卷之一

關中來　鑑宣公著

男　淑洙聖瀾

淑泗聖濤校

樂府

鐃歌五曲有序

海逆報陷清漳　王師移駐其地　海船乘潮猝侵會城方嶽王襄璞先生親開幕府登陴周防遂獲大捷上功大司馬迺得論

清康熙刻本《雲起閣詩集》卷首

前言

《雲起閣詩集》是明末清初關中文人來鑑的詩歌集。來鑑，字宜公，陝西三原人，生活於明崇禎至清康熙年間。清代三原學者劉紹攽《二南遺音》載：『來鑑，宜公，三原明經，擢辛嘉魚，有《雲起閣集》。』[1]《雲起閣詩集》共十八卷，體式包含樂府、四言古詩、五言古詩、七言古詩、五言律詩、七言律詩、五言排律、七言排律、五言絶句、七言絶句、雜著，收録詩歌共五百七十七題七百九十四首，記録了來鑑的關中生活及先後宦游閩、粤、鄂、豫四地的經歷萍踪及浮生感懷。

一

明清時期，來鑑的家鄉陝西三原縣不僅是商業繁榮之壯邑，也是名儒雲集、人文鼎盛的文化重鎮，以王恕、王承裕、馬理、温純爲領袖的一代名儒形成『關學别派』，對三原地區崇學尚文的文化風氣具有重要的引領作用。在『關學』的影響下，三原文學迭吟遞唱，相沿而熾，映現出一派欣榮的景象。據統計，從各類書目及史志中可以搜檢到的明清三原文人有一百四十九位，著述計四百〇七部，其中詩文别集達一百三十五種[2]，於茲可見三原文事之盛。在當時關中詩派中，三原文人顯而易見占據重要席位。馬理、來復（字陽伯）、來臨（字馭仲）、温日知（字與恕）、温自知（字與亨）、孫枝蔚（字豹人）、韓詩（字聖秋）、劉紹攽（字繼貢）、劉紹錡（字繼信）諸子皆以詞翰蜚聲關中文壇。

明清之際三原文壇頗引人注目的現象是家族子弟競以詩文相標尚。温氏家族温日知《嶼浮閣集》卷五《雨中耦園宴集》詩後小注記録：『余與家弟（温自知）居，與陽伯（來復）、馭仲（來臨）對衡接字，憶慶歷間姑蘇太倉王元馭（王錫爵）、家馭（王鼎爵）及元美（王世貞）、敬美（王世懋）隆重一時，陽伯兄弟方之無愧，恐余兄弟不敢辱迹名賢耳。然往還親昵，兩地人數適符，亦佳話也。』[3]這一唱酬群體的核心成員除了温日知、温自知與來復、來臨以外，梁氏家族的梁希贊（字君參）、梁爾升（字君旭）、梁應基（字君肇）、梁應圻（字君土）諸子亦參與其中，三大家族子弟結成青藜社、淨淡社，談詩論藝，聚飲賡唱。其中以來復、來臨兄弟爲代表的來氏家族，是當時三原文學圈中較爲重要的一支文學力量。來復以博通多面的才能馳名藝林，詩社好友温日知對其有『君以博通著，文章更正宗』（《送來陽伯社兄督學巴蜀》）的評價[4]，清人錢謙益《列朝詩集小傳》中『來布政復』條也記載：『陽伯性通慧，詩文書畫之外，琴棋劍器百工伎藝，無不通曉。』[5]其弟來臨之詩文慷慨沉鬱、語詞精麗，也頗得時人稱賞。明人祁光宗（字伯裕）爲來臨詩集所作《叢笙齋詩小引》即云：『來氏，故關中世家，代不乏人哉。至伯子陽伯，尤宏覽博物，冠絶一時。而馭仲復翩翩，質有其文。兄弟競爽，海内靡不知有「二來」云。』[6]明嘉靖至清康熙年間，來氏家族來賀、來聘、來儼然、來復、來臨、來鑑皆有詩文集傳世，可謂是軒冕輩出、文采鬱鬱的鼎實世家。來鑑是『二來』之後來氏家族中文學成就較高的一位文士。

清光緒《三原縣新志·人物志》略載來鑑生平云：『《續志》：字宜公，年十四補邑弟子員，以恩貢授廣東南雄府經歷，徵税廉明，遷湖廣嘉魚知縣，催科撫字外，文章風雅推重一時，歲餘以直道忤歸，日與四方知名士往來倡和，著有《雲起閣詩草》十八卷。』〔7〕來鑑一生宦海漂泊約二十餘年，我們從史志記載及《雲起閣詩集》記敘所及可大略勾勒來鑑輾轉閩、粵、鄂、豫四地的宦途履迹。清劉紹攽纂修《三原縣志·選舉志二》於順治年間下著録云：『來鑑，恩貢，由經歷遷嘉魚知縣。』〔8〕民國張宗海纂修《蕭山縣志稿·選舉志》『歷代選舉科目表』著録士子科試年份，來鑑被列於明崇禎十七年（一六四四）甲申榜之後，清順治三年（一六四六）丙戌榜之前，於其名下記載云：『來鑑，陝西籍，恩貢，知縣。』〔9〕由此我們可以推知來鑑考中貢生時間應在明崇禎十七年（一六四四）至清順治三年（一六四六）之間。《雲起閣詩集》卷二《射烏樓紀事十二章》記福建布政使周亮工擊敗海寇之事，此事史料載於清順治十三年（一六五六），可見是年來鑑已任職於福建潭陽。康熙二年（一六六三）前後，逢朝廷選官，來鑑任職廣東南雄府（今廣東省南雄市）。據來鑑詩歌中『自憐皤髮淹七閩，五度中秋月滿輪』（《雲起閣詩集》卷十一《中秋邀諸鄉親寓舍小酌》）、『宦游四載羈東粵』（《雲起閣詩集》卷五《覲後歸途作》）的描述以及邑人李承尹（字任伯）在《〈雲起閣詩集〉序》中『遂就集試爲别駕之選，復改授於閩，再補於粵，逾一紀方擢宰於楚』的記載，可知來鑑在閩、粵兩地爲官約歷十二載光陰。又據清乾隆年間《重修嘉魚縣志》『來鑑，康熙丁未任，陝西三原人』之記載〔10〕，結合上文李承尹所述『逾一紀方擢宰於楚』之語，可知來鑑於康熙六年（一六六七）遷任湖北嘉魚（舊稱沙陽）知縣。根據《雲起閣詩集》卷二《別沙陽二首》所叙『爲政期月』之語，説明來鑑在嘉魚僅一年時間即辭官歸鄉，詩中『局蹐萬端』『直道自存』等語隱隱透露了其在官場中處境維艱的現實。康熙七年（一六六八）歸里之後，來鑑又被補選爲南陽（今河南南陽）幕，卷七《如南陽書懷》小序曰：『余由嘉魚令解任歸里，衰年閑居矣。不意左補南陽幕，辭之不得，復赴其任。』卷十三《早春楊鼎卿招同李保庵、王昌之、石仲昭宴集》小注亦云『時余有南陽之行』。

來鑑一生廣交僚朋詩友。李承尹《〈雲起閣詩集〉序》云：『宜公出而承家學，以繩先人之武。幼年隨陽伯、馭仲倡和於家塾，更聯梁君旭、君晋、君雷、温與恕、與亨諸君結淨淡社，又聯趙杓卿、韓固庵、楊鼎卿、臺卿、石仲昭以及里中詞翰諸君，余亦附之，爲西音社。』除了與三原里中文士結成淨淡社、西音社外，來鑑亦參與了三原當地文士組成的耦園詞社及真率社。任職南國閩、粵之地，來鑑加入了閩中文士所結之萍社，與閩地名士陳肇曾有詩歌唱和，《雲起閣詩集》中留有來鑑贈和詩四首，陳肇曾亦爲《雲起閣詩集》作序。同時，來鑑與清初文學家周亮工（字元亮，號櫟園）、遺民詩人今釋澹歸亦有詩文唱酬，《雲起閣詩集》中有賦贈周櫟園先生詩歌二首，賦贈今釋澹歸詩歌六首，今釋澹歸《遍行堂集》中亦有酬贈來鑑詩歌四首及尺牘一篇。

二

關中士子李承尹在《〈雲起閣詩集〉序》中評價來鑑詩歌説：『古體則如蘇、如李、如陶，五七律則如沈、如宋、如杜，絶句則如高、如王、如李，樂府則獨劍而神采四照，如《易水》《垓下》，不知其何自而來。宜公詩至此乎！文至此乎！寫景附物，書懷題贈，激發鬚眉，拔文人之華舌於風蕪之什。其風流跌宕，凌轢古今，絶不似紫綬中標格，則宜公以詩傳已。』閩中才子陳肇曾在《雲起閣詩集》序中也談到了吟咏來鑑詩歌的暢快體驗：『讀之兩腋習習風生，一種清芬澹遠之氣襲人，聲如擲地金石，恍若身在磬玉石樓。』

從詩歌内容來看，《雲起閣詩集》中著墨最多的是贈寄、感述、游覽、雅集四類題材。贈寄類詩歌是來鑑與僚朋詩友以詩相勉、相慰、相娱之作，多是對交游者政聲的頌揚。游覽類作品則是來鑑宦游各地的游踪記録，在詩中我們可以賞覽『嶺南春信早，臘杪百花開』（卷十六《早春即事二首》其一）的南國秀美春色，也可以領略『湘波幾曲長縈帶，赤壁一丘遥樹藩』（卷十三《初抵沙陽》）的楚江壯美風光，神州山河之美籠於筆底。雅集類詩歌多是表達作者與關中詩友及同宦閩、粤二地之僚友天涯良會、共興吟咏的情懷，所謂『欣與良朋聚，暫寬故土懷』（卷九《江山共鼎卿坐談》），『相娱稱妙會，差可緩思歸』（卷八《秋日邀陳昌箕、徐器之、韓性存、陳國翰、鄭復履諸詞盟小集》），雅集成爲作者慰藉旅宦寂寥的主要方式。總體來看，就詩歌抒述情感的藝術感染力而言，以表達宦海感悟和鄉關之思爲主要内容的感述詩在《雲起閣詩集》中最具光彩。來鑑生活於明清鼎革的波動時代，他的詩歌以關中文人流寓南國的經歷，記録了易代之際神州南北『甲兵屯北極，燧火起南瀛』（卷十四《聞鼎卿社兄除江山令賦寄》）的動蕩現實，屢屢流露哀民生之多艱、勤政撫民的仁者情懷。來鑑對關中地區戰亂頻仍、三輔瘡痍之景况多有關注，諸如『仰天四望動欷歔，滿目狂氛翳井墟。豺虎侁侁緣嶺度，熊羆瀰瀰抱關居。警來風烈霧乍合，捷復雲開日暫舒。歲月晦明多變幻，恨非净旭照蓬廬』（卷十《秦警四首》其一），『西京逢末造，垓壤慘荒蕪。華岳青蓮萎，渭川菉竹枯』（卷十四《贈馬適聞督學十四韵》）等描寫，側面映現出明末清初陝西地區兵燹四起的嚴峻時局以及對西京荒蕪、民生哀苦的深沉憐憫。爲官閩中，他不僅多次以詩筆描述南海地區海寇猖狂的緊迫形勢，如『鯨鯢騰浪霧，猰貐漲溪烟。妖祲快新滅，搶攘懼載延』（卷十四《留別太守陸孝山先生三十二韵》），『海妖弄潮慣秋狂，兵馬雲屯匝岸防。雖倚風威波浪浄，却悲刁鬥罄林戕』（卷十七《秋日雜詩三首》其三），更如實記録了兵亂中閩南大地荒凉凋敝的景况：『尋到村中林闃默，皆驚兵旅遠匿魂。』（卷十七《舟中有感二首》其一）『灰燼盈村村闃寂，烽烟塞野野荒蕪。』（卷十一《潭陽郊行》）任職粤東，作者亦發出『兵燹初過土瘡痍，山川拭目俟才醫。余從岐伯供刀匕，寧敢空含觸景悲』（卷十七《初抵南雄書懷四首》其四）的感慨和扶危拯困的决心。轉任湖北後所寫的『邇來偏值凋殘後，敢不勤營補葺周。官事從今任局蹐，須求善牧免愆尤』（卷十五《初抵嘉魚，舟中偶成》）、『蕪野彷徨亢待潤，凋閭惏慄冷需暄。今朝民社責余荷，敢不逢溺殫技援』（卷十三《初抵沙陽》）等詩句，更直接體現出作者深感肩負責任，欲盡力援拯民弊、勤營補葺的儒士仁心。

在以詩筆悲憫社會現狀的同時，來鑑詩中也寄寓了對官場世態的體悟和希慕隱逸的情懷，可以説是他宦海生涯中真性情的呈露。卷二《別沙陽二首》其一云：『一游宦海，渡楫告難。受土司牧，努濟狂瀾。器之所遇，節錯根盤。爲政期月，局蹐萬端。追羨彭澤，早計脱冠。』感慨仕宦一年謹小慎微、緊張拘束的官場生存處境。卷十八《禽言二首》借取南人呼爲『泥滑滑』的竹鷄、鳴吟『不如歸去』的杜鵑二禽鳥，表達對仕途叵測、功名浮雲的認識，無不體現出『仕』『隱』矛盾中的挫敗和無奈之感。來鑑詩中多有『擬陶體』筆法，譬如《擬陶令歸田園居》《夏日園居偶效陶體》《歸里憩漢口作效陶體》等，陶淵明詩歌中的經典意象也屢屢被來鑑化用，借此表露其在『游踪難自定，天涯任轉蓬』（卷十四《廣州偶咏》）的漂泊生活中不時生發的出世情懷。當時的關中詩壇，慕陶、擬陶乃普遍的文學趣味，處於易代之際緊張壓抑的氣氛之下，詩人們自覺地從陶詩中汲取隱逸自適、蘇世獨立的精神甘泉，從對前賢的尊仰中獲得心靈的安寧。來鑑的書寫與其他關中士子的詩章相映照，發出了和鳴共奏的時代喟嘆。

因『閩僑復粵僑』（卷七《孤杖二首》其二）的遠宦經歷，鄉關之思成爲來鑑詩中的鮮明主題。秦山、渭水、華岳是詩中頻繁出現的地域意象，譬如『神繞秦山後，魂摇渭水餘』（卷八《不寐》）、『華岳西連家咫尺，仰天一睇惹魂游』（卷十三《卧龍岡懷古》）等，把秦中游子眷念桑梓山川草木的熾熱情感切切實實呈托給讀者。卷九《附家書寄洙兒二首》其一深情道出：『自知霜髪老，宦僑滯海濱。雲山身羈粵，庭戺夢縈秦。衰逐功名路，久睽骨肉親。裁書情不盡，閣筆泪沾巾。』同卷《王恢傳寓館小飲》亦寫道：『對酌天涯酒，共藏故土心。華峰縈夢峻，渭水繞魂深。夙昔交元狎，他鄉遠互尋。坐間多感慨，塵下寫胸襟。』樸質的言辭中盡顯一位身老宦海、滯留海濱的官員與親故天涯阻隔的孤獨情懷和對故土魂追夢憶的拳拳之心。此類作品實是詩集中最動人心弦的篇章。

從語言藝術特色來看，《雲起閣詩集》中的五七言律詩最具代表性，這些作品大多語言新秀，情景相映，其中所蘊含的語言形式之美頗耐人尋味。比如來鑑注重在詩中嵌入叠字摹景狀物，諸多對句讀來如流水清音，諧暢動聽，可以説是對叠詞音義功能的嫻熟利用。從來鑑五言律句的特點中更可以看出他鑄句細密的追求，尤其體現於摹繪景物時偏好運用『一三一』節奏句式，通過主語與謂語被中間三字區隔的語意脉絡，形成了語式流麗且意象立體的效果，頗能彰示中國古典詩歌以句法熔鑄意象的獨特審美意趣。在意象的呈現方式上，來鑑詩歌取法六朝詩幽麗細巧的特點，更擅長以擬人筆法描寫花鳥山水，凸顯了詩人精神生命與自然山水的親和關係。總體而言，來鑑側重於將生活情懷和詩意情趣通過輕秀柔麗的自然風物和細巧輕盈的語言風格傳遞出來，詩歌的語言風貌更多帶有清華纖麗的氣質。

三

來鑑所撰《雲起閣詩集》僅首都圖書館收藏一部，共一函四册，按『元、亨、利、貞』順序排列，每册封面墨筆書寫『雲起閣詩集 壬申小陽月 後學張仲範題』。每半葉九行，行十九字，白口，單黑魚尾，四周單邊，半框十八點一乘以十二點二厘米，版心鎸『雲起閣』三字。書中可見藏書印章十方，包括『耦園』『東堂衛印』『紹伯』『子哉』『大足』『首都圖書館藏書之章』陽文印六方，『吾家東堂衛印』『來象乾印』『耦園遺視』『象乾』陰文印四方。根據藏書印及題簽，我們可以梳理出此書的收藏流轉踪迹：該集初由來氏後人來象乾收藏，然後輾轉至張仲範之手，張氏對其進行了重新裝訂，在原封面的基礎上增加新封面，并以墨筆題寫書名、日期、收藏人等信息。歲月遷流，此書也由私藏文集變爲公藏文獻，現由首都圖書館收藏。

《雲起閣詩集》刊刻時間無法確考，僅可從三原李承尹及閩人陳肇曾爲詩集所作序言中尋得一些蛛絲馬迹。陳序云：『適予萍踪飄雲，近歸里中，僦居廡下。一日先生同家伯宗相遇，出一帙見示，爲《雲起閣詩草》。』我們從清人董含《三岡識略》可略窺陳肇曾之生平：『閩人陳君肇曾，弱冠舉於鄉，負才名，所與游多四方知名之士，然厄於公車，逾五十餘載。戊戌（一六五八）、己亥（一六五九），兩與計偕，年垂八秩，須鬢皓白而此興不衰。』[11]前已述及來鑑在康熙二年（一六六三）之前任職閩地潭陽，想必是適逢陳肇曾科試不第、歸鄉隱居時期，來鑑持詩集求序於陳氏。李序亦記述：『余自癸未（一六四三）幸售，遂萬里游宦，不讀宜公詩者二十餘載。及餘歸里，宜公以詩出示。』據此所述，來鑑出示詩集求序時間距李氏癸未中進士已有二十餘載，當在康熙二年（一六六三）之後。由序中綫索，我們可以將《雲起閣詩集》（或爲稿本）成書時間定於康熙二年（一六六三）前後。詩集卷十三有《己酉元日同從兄克敬偕諸兒孫宴集》一詩，己酉年即康熙八年（一六六九），此時間與李序中『不讀宜公詩者二十餘載』頗爲相符，故而可將《雲起閣詩集》正式刊刻時間定於康熙八年（一六六九）以後，此時正值來鑑辭去嘉魚知縣之職歸鄉閑居，得有餘力携二子來淑洙（字聖瀾）、來淑泗（字聖濤）將詩集校輯刊印，也在情理之中。

據學者柯愈春統計，『如按種數計算，現存清人詩文集不下數萬種』[12]。近半個世紀以來，在專家學者的博搜精掇和點校整理之餘，仍有不可悉數的稀見别集散落海内，明清關中别集文獻中也仍有諸多遺珠亟待關注。來鑑《雲起閣詩集》雖然在明清主流文壇湮没不彰，但在關中文壇確可算是庸中佼佼，是一部具有整理價值的陝人遺編。是集因僅存一部，爲海内孤本，如前所考應爲清康熙年間刻本，本書的校點便以此爲底本，主要運用本校、理校的方法，對其中錯漏進行訂補，甄别字詞訛誤并加以辨正，在校記中一一注明。爲使閱讀者更爲清晰地理解來鑑詩歌的基本内容和藝術特色，本書在校勘的基礎上對詩歌中的重要語詞進行了簡要注釋，主要涉及歷史人物以及與來鑑交游甚密的文壇名士、有助於理解詩意的輿地名稱、詩中所涉重要歷史典故、較難理解的生僻詞語。在釋析生僻難解之語詞時，不僅參酌上海辭書出版社最新版的《漢語大辭典》《辭海》等辭書的相關解釋，而且密切結合詩意點明其在詩中的特定意涵。對難以理解之詩句亦嘗試通句疏解，使閲讀者能够貫通上下文之意旨。爲適應現代印刷排版體例的要求，集中异體字皆改爲現行通用字。書後附録部分列入來氏家族明清主要成員科試仕宦情况、著述及存佚情况、史志所見來鑑生平資料、時人贈酬作品等内容，庶幾可爲進一步研究來鑑及來氏家族者提供參考。囿於能力及識見，書中錯誤在所難免，敬希讀者批評是正。

劉燕歌

二〇二三年仲秋於長安寓所

【注釋】

〔1〕劉紹攽：《二南遺音》卷二，清同治十二年刻本。

〔2〕周喜存：《明清陝西三原文人群體及其著述研究》，陝西師范大學二〇一七年博士學位論文，第十七頁。

〔3〕温日知：《嶼浮閣集》卷五，清咸豐七年刻本。

〔4〕温日知：《嶼浮閣集》卷五，清咸豐七年刻本。

〔5〕錢謙益：《列朝詩集小傳》丁集下，上海古籍出版社二〇〇八年版，第六百五十一頁。

〔6〕來臨：《叢筆齋集》卷首，明萬曆四十二年刻本。

〔7〕焦雲龍修，賀瑞麟編纂：《三原縣新志》卷六，清光緒六年刻本。

〔8〕劉紹攽纂修：《三原縣志》卷七，臺灣學生書局一九六七年影印乾隆四十八年刻本，第四百三十三頁。

〔9〕張宗海修，楊士龍纂：《蕭山縣志稿》卷十三，民國二十四年鉛印本。

〔10〕汪雲銘修，方承保纂：《重修嘉魚縣志》卷一，清乾隆五十五年刻本。

〔11〕董含：《三岡識略》，遼寧教育出版社二〇〇〇年版，第六十五頁。

〔12〕柯愈春：《清人詩文集總目提要》，北京古籍出版社二〇〇一年版，第一頁。

凡例

一、本書點校以首都圖書館藏《雲起閣詩集》清康熙年間刻本爲底本。

二、點校在體例編排上略有調整。詩集底本原無總目録，僅在各卷之前列出該卷目録，爲求體例明晰，本次整理依照原書正文篇名重新編制全集目録，置於序言之前，爲避繁冗，删去了各卷前之分目録。點校正文編排悉依底本次序。底本中少數詩作因錯版原因，僅目録中存留詩題，原詩缺失，點校時在正文中保留詩題，以示存目，并於校記中道明原委。

三、點校標點以國家新近頒布的《標點符號使用法》爲依據，同時參照國務院古籍整理規劃小組制定的古籍點校通例進行標點整理，對書中序文按文意析分段落。

四、《雲起閣詩集》僅存清康熙年間刻本一部，因而本書校勘主要運用本校、理校、他校等方式。

五、本書本校主要對該集序言及目録、全部正文進行校讀。對目録詩題與正文詩題進行對校，考較异文、補充缺字。底本目録中部分詩題往往省去首（章）數信息，點校時皆依正文詩題補全；底本目録詩題將所有小字注語盡皆省去，點校時亦依正文詩題補入目録。點校對詩歌正文漫漶不清、缺漏等内容，通過前後文本的對比細讀，盡可能給予辨别增補，對前後文詞抵牾之處進行校對辯正。

六、本書理校主要對詩歌正文中的人名、地名、園名、樓閣名、詩社名等專有名詞及其他語詞、典故等進行審正。對確定的語詞訛誤，借助《漢語大辭典》《辭海》等辭書加以釋意考辨；對存疑之處，亦於校記中説明，供讀者斟酌。

七、本書他校是在本校、理校的基礎上，搜尋時人别集、史志文獻中與本書作者來鑑的唱酬之作，以及與來鑑詩中所記歷史事件、文學群體、交游對象、詩社活動有交集的内容，借兹校正詩歌文字的訛誤不確之處。

八、本書校記一律附於該詩之後，以求明了。舉凡改正原文之處，校記中皆加按語詳細説明改正依據。存疑之處，不改原文，衹出校記説明。本書參照語文出版社最新版《通用規範漢字表》，將詩集中之异體字、古今字悉改爲繁體字或規範字，爲避繁冗，不出校記。對通假字，則以『古同某字』或『某通某』的形式説明之。

九、本書注釋主要對詩中的歷史人物、輿地名稱、典故、生僻語詞進行釋意。不僅參酌《漢語大辭典》《辭海》等辭書的相關解釋，而且密切結合詩意點明其在詩中的特定意涵。對難以理解之詩句亦嘗試通句疏解，使閲讀者能够貫通上下文之意旨。

十、通過遍查史籍及方志等文獻資料，本書整理了來鑑所屬三原來氏家族明清主要成員科試仕宦、著述存佚信息，搜集來鑑生平資料若幹條、交游文士贈酬來鑑詩文作品若幹篇，以附録形式置於書後，供研究者參考。

目録

雲起閣詩集　元集

《雲起閣詩集》卷之二·四言古詩

《雲起閣詩集》卷之三·五言古詩

《雲起閣詩集》卷之四·五言古詩

雲起閣詩集　亨集

《雲起閣詩集》卷之五・七言古詩

《雲起閣詩集》卷之六・七言古詩

《雲起閣詩集》卷之七·五言律詩

《雲起閣詩集》卷之八・五言律詩

雲起閣詩集　利集

《雲起閣詩集》卷之九·五言律詩

《雲起閣詩集》卷之十·七言律詩

《雲起閣詩集》卷之十一・七言律詩

《雲起閣詩集》卷之十二·七言律詩

雲起閣詩集　貞集

《雲起閣詩集》卷之十三·七言律詩

《雲起閣詩集》卷之十四·五言排律

《雲起閣詩集》卷之十五·七言排律

《雲起閣詩集》卷之十七・七言絶句

附録

《雲起閣詩集》序

嚴滄浪云：『詩體始於國風、三頌、二雅，流爲離騷、古樂府、古選，後有建安體、黃初體、正始體、太康體、元嘉體、齊梁體、初唐體、盛唐體。』〔1〕詩盛於唐矣。唐世裔以門第人物、文章詩賦著者，錢起有徽，徽有可復、可及〔2〕；李栖筠有吉甫，吉甫有德裕〔3〕；柳公綽有仲郢、召璨〔一〕，有璧、有珪、有玭〔4〕，述作焜耀，代不勝書。今見之吾穫來氏侍御先生兄弟、司馬先生父子〔5〕，俱以詩濟美。至陽伯先生，文章踞八大家頭上，不僅雄以詩也。詩之垂名一代，與北地并稱〔6〕。宜公出而承家學，以繩先人之武。幼年隨陽伯、馭仲倡和於家塾，更聯梁君旭、君晉、君雷、温與恕、與亨諸君結淨淡社〔二〕，又聯趙杓卿、韓固庵、楊鼎卿、台卿、石仲昭以及里中詞翰諸君，余亦附之，爲西音社。宜公詩一出而社中皆推重之。余自癸未幸售，遂萬里游宦，不讀宜公詩者二十餘載。及余歸里，宜公以詩出示，余讀之拍案驚曰：『宜公詩之所至以至此乎！文之所至以至此乎！』江淹謂：『楚謡漢風，既非一骨；魏製晋造，固亦二體。』一家之言易工，衆妙之美難兼，若宜公可謂兼之矣。

古體則如蘇、如李、如陶〔7〕，五七律則如沈、如宋、如杜〔8〕，絶句則如高、如王、如李〔9〕，樂府則獨劍而神采四照，如《易水》《垓下》，不知其何自而來。宜公詩至此乎！文至此乎！寫景附物，書懷題贈，激發鬚眉，拔文人之華舌於風蕪之什〔10〕。其風流跌宕，凌轢古今，絶不似紫綬中標格〔11〕，則宜公以詩傳已。宜公制藝，試輒冠軍，難於一第，久困縫掖〔12〕。遂就集試爲別駕之選，復改授於閩，再補於粤，逾一紀方擢宰於楚〔13〕。雅游宦途而嘯咏自適，則聲詩益進於締構〔14〕。夫腹隱琅玕，則章排閶闔〔15〕，譬如雕新綉虎，顧盻生姿。集衆善之妙，著爲篇章，乃高步詞林，一時作者幾難方其駕已〔16〕。

眷社弟李承尹頓手撰

【校記】

〔一〕『郢』，原誤作『璟』。按，《舊唐書》卷一百六十五《柳公綽傳》：『子仲郢，弟公權、公諒。』因據改。

〔二〕『淡』，原作『談』。明代三原詩人温日知《嶼浮閣集》卷五有《始結淨淡社》《淨淡社同含素馭仲常叔君晋君士與亨集逸林禪房分得還字》，可知詩社名爲『淨淡社』，因據改。

【注釋】

〔1〕嚴羽《滄浪詩話·詩體》云：『《風》《雅》《頌》既亡，一變而爲《離騷》，再變而爲西漢五言，三變而爲歌行雜體，四變而爲沈宋律詩。五言起於李陵、蘇武，七言起於漢武《柏梁》，四言起於漢楚王傅韋孟，六言起於漢司農谷永，三言起於晋夏侯湛，九言起於高貴鄉公。以時而論，則有建安體、黄初體、正始體、太康體、元嘉體、永明體、齊梁體、南北朝體、唐初體、盛唐體、大歷體、元和體、晚唐體、本朝體、元祐體、江西宗派體。』明陳仁錫輯《潛確居類書》卷八十一『詩體』條曰：『嚴滄浪云：「詩體始於國風、三頌、二雅，流爲離騷、古樂府、古選，後有建安體、黄初體、正始體、太康體、元嘉體、永明體、齊梁體、南北朝體、唐初體、盛唐體、晚唐體、宋元祐體。」』按，此序中所引文句非《滄浪詩話》原文，應出自類書輯語，文字略有删減。

〔2〕錢起：唐代詩人，名列中唐『大曆十才子』。錢起子錢徽，貞元初年中進士，亦有詩名，徽二子可復、可及，皆登進士第。事見《舊唐書·錢徽列傳》。

〔3〕李栖筠：字貞一，唐代文人，舉進士及第。李栖筠子李吉甫官至中書侍郎，吉甫之子李德裕亦在唐武宗時入朝爲相。

〔4〕柳公綽：唐代書法家柳公權之兄，唐德宗貞元元年登第，柳公綽之子柳仲郢，仲郢之子分別名柳珪、柳璧、柳玭。珪於大中五年中進士，璧於大中九年中進士，任翰林學士，玭任秘書正字。

〔5〕來氏侍御先生兄弟：指來賀、來聘。司馬先生父子：指來儼然、來復、來臨。

〔6〕北地：指明代『前七子』領袖人物李夢陽，其籍貫甘肅慶陽，屬漢代所設之北地郡。

〔7〕此指漢魏六朝詩人蘇武、李陵、陶淵明的五言古詩。

〔8〕此指初盛唐詩人沈佺期、宋之問、杜甫。

〔9〕此指唐代詩人高適、王昌齡、李白。

〔10〕風蕪之什：指詩作。

〔11〕紫綬：官員的代稱。

〔12〕縫掖：古代儒士所穿袖子寬大的衣服，此代指儒生。

〔13〕擢宰：提拔任職。

〔14〕締構：經營構思。

〔15〕腹隱琅玕：胸中有文章才華。章排閶闔：文章富有氣勢。

〔16〕方其駕：與其比肩媲美。

序

慨自漢武立京兆、馮翊、扶風三輔，關中雄鎮於渭南、安西，向稱天府地肺。神禹鑿龍門之險，歷七盤十二紆〔1〕，望華陰西岳，能不久著聲内史間？宜公先生實在鼎食之家，不事裘馬〔2〕，屈首窮經，旁涉風雅。宦游閩海，適予萍踪飄雲，近歸里中，僦居廡下〔3〕。一日先生同家伯宗相遇，出一帙見示，爲《雲起閣詩草》。時秋暑轉劇，讀之兩腋習習風生，一種清芬澹遠之氣襲人，聲如擲地金石，恍若身在磬玉石樓。至錘敲嶮峭，則熊耳、牛首，奇境盤礴，九嵕、五原，俱在筆端，供其點染。昔李青蓮登落雁峰曰：『呼吸可通帝座，恨不携謝朓驚人句。』〔4〕予讀《雲起閣詩》，亦作是想，當使終南、太乙諸岩崿與嵯峨并峙。想先生嘯咏自得之趣，豈僅同杜牧之自詫言驚滿座已哉？予知其异日詩名定不在香山、樊川下。

古閩社盟弟陳肇曾撰

【注釋】

〔1〕七盤十二綍：指商山的山峰。

〔2〕不事裘馬：不追求輕裘肥馬的奢靡生活。

〔3〕僦居：租屋居住。

〔4〕唐馮贄《雲仙雜記》卷一《搔首問青天》：『李白登華山落雁峰，曰：「此山最高，呼吸之氣，想通天帝座矣。恨不攜謝朓驚人詩來，搔首問青天耳。」』

雲起閣詩集

元集

《雲起閣詩集》卷之一・樂府

關中來鑑宜公　著
男淑洙聖瀾、淑泗聖濤　校

鐃歌五曲有序〔1〕

海逆報陷清漳〔2〕，王師移駐其地。海船乘潮猝侵，會城方岳王襄璞先生親開幕府〔3〕，登陴周防〔4〕，遂獲大捷。上功大司馬，乃得論最，爰奏鐃歌，以紀勛伐云爾〔5〕。

【注釋】

〔1〕鐃歌：軍樂曲。宋郭茂倩《樂府詩集》卷十六引《古今樂録》載『漢鼓吹鐃歌十八曲』，分别是《朱

鷺》《思悲翁》《艾如張》《上之回》《擁離》《戰城南》《巫山高》《上陵》《將進酒》《君馬黃》《芳樹》《有所思》《雉子班》《圣人出》《上邪》《臨高臺》《遠如期》《石留》。

〔2〕清漳：水名。

〔3〕會城：粤西古城。王顯祚，字襄璞，曾任福建布政使。

〔4〕登陴：守城。周防：周密防範。

〔5〕論最：論功。勩伐：功績。

臨高臺

榕郊茘甸，震彼長鯨〔1〕。長鯨游噬，海波縱横〔2〕。延袤南北，乘間而攖虎門〔3〕。雄遠服内，地寂鼓鉦〔4〕。逆舶驟泛，誰擄叛營〔5〕？赫赫方岳，文武兼衡。輕輿緩帶，親提軍令。爰飭兵壘，乃嬰危城〔6〕。

【注釋】

〔1〕榕郊：福州郊野。福州古稱榕城。

〔2〕游噬：游動吞食。

〔3〕擾：進犯，侵擾。
〔4〕鼓鉦：用於指揮軍隊進退的樂器。
〔5〕擶：擊退。
〔6〕嬰：圍攻。

朱鷺曲

朱鷺振振，翔集樓櫓〔1〕。雲漢遺音，驤躍龍虎〔2〕。千旅皆如子，誓死衛其父。戎律列森拾伍，格鬥合奏凱鼓〔3〕。凶邪蝟聚，骨虀腦鹽。官欣多勇，民慶有怙〔4〕。佳氣滿百雉，祝聲動萬户。康侯閑將略，巍伐耀千古。

【注釋】

〔1〕櫓：《玉篇·木部》『櫓，城上守御望樓』。
〔2〕驤躍：奔騰跳躍。
〔3〕戎律列森：軍隊的紀律整齊森嚴。拾伍：古代軍隊的編制一般以十人爲一『拾』，以五人爲一『伍』。
格鬥：進行搏擊訓練。

〔4〕蝟聚：聚集。骨虀腦鹽：虀，蔬菜碎末。此指肝腦塗地，粉身碎骨。

擄武師〔1〕

糾糾震陣，張皇特勞〔2〕。國人受甲，威信爲招。渥澤動歡娱，肅令凈喧囂〔3〕。紛紛良家子，有激皆怱怺〔4〕。誼洽勇奮，虎嘯熊嘷〔5〕。誓固吾圉，期滅海妖〔6〕。德露作良籌，仁颷布雄韜〔7〕。群士環玉帳，共瞻日月高〔8〕。

【注釋】

〔1〕擄武師：郭茂倩《樂府詩集》卷十八引《古今樂録》云：『《擄武師》者，言孫權卒父之業而征伐也，當漢《艾如張》。』

〔2〕糾糾：軍隊氣勢勇武。張皇：聲勢盛大。

〔3〕渥澤：深厚的恩澤。

〔4〕怱怺：意同『咆哮』，本指野獸怒吼，後用於形容人的囂張跋扈或者暴怒。《詩經·大雅·蕩》：『女怱怺於中國，斂怨以爲德。』此詩中特指群情激憤。

〔5〕誼洽勇奮：兵士諧和，奮勇向前。

〔6〕圉：邊疆地區。海妖：海盜。

〔7〕德露、仁飈：德高仁愛的治軍風範。

〔8〕玉帳：主將的帷幕。日月高：喻指主將的威嚴。

定武功〔1〕

環堞飭隊，魚魚雅雅〔2〕。輪力浄氛，施犒頒賞。威霜肅軍容，霽日暖兵伏。奏功賚爵封，紀録以示獎〔3〕。此日侈金繒，先厲用命者〔4〕。草木含春意，生機樂不枉。欣欣向幕府，區别慶蓋壤〔5〕。

【注釋】

〔1〕定武功：郭茂倩《樂府詩集》卷十八引《晋書・樂志》：『改漢《戰城南》爲《定武功》，言曹公初破鄴，武功之定始乎此也。』

〔2〕環堞：圍繞著城墻。飭隊：整理隊伍。魚魚雅雅：軍隊整肅的樣子。韓愈《元和聖德詩》：『天兵四羅，旗常婀娜。駕龍十二，魚魚雅雅。』

〔3〕賚：朝廷的賞賜。爵封：授爵封賞。

〔4〕金繒：黄金絲物等賞賜。

〔5〕區別：所治理的地方。慶蓋壤：慶賀的氣氛彌滿天地。

鼓吹曲〔1〕

嗚笳疊鼓，陌衢歡呼。綺雲拂纛，赬霞擁輿。光華旭升海，爛熳星移墟。烟熅香争導，咇㘉樂争娱〔2〕。滿路報恩酒，士女隨轍斞〔3〕。榮歸紫薇垣，逍遥天上居〔4〕。壘壁凈颷霧，捍禦康城郛〔5〕。壯猷動君王，寵錫下玉除〔6〕。

【注釋】

〔1〕鼓吹曲：郭茂倩《樂府詩集》云：『鼓吹曲，一曰短簫鐃歌。』

〔2〕咇㘉：聲音暸亮。漢王褒《洞簫賦》曰：『啾咇㘉而將吟兮，行鍖銋以龢囉。』唐李善注曰：『咇㘉，聲出貌。』

〔3〕斞：斟酒。

〔4〕紫薇垣：代指布政司。

〔5〕康城郛：使城池安定。

〔6〕壯猷：宏謀遠略。寵錫下玉除：榮寵與恩賜從宮中傳旨下達。

升天行

托迹人間世，誰與九重期。回頭厭塵囂，道心露天倪〔1〕。養就扶摇翰，輕舉清虚逵。前導霓爲旆，重襲霞爲衣。焱忽青牛駕，縹緲白鶴飛〔2〕。伯陽欣會合，羡門笑追隨〔3〕。逍遥玉臺側，相與戲九階基〔4〕。保身無生滅，壽與天地齊。

【注釋】

〔1〕天倪：自然天道。

〔2〕焱忽：迅疾狀。

〔3〕伯陽：老子，字伯陽。羡門：古仙人。

〔4〕玉臺、九階：神仙所居之處。

燕歌行

葉凋花萎慘霜林，蘼蕪泠縈秋水潯，銀漢横空萬象沈。鴻雁南飛飄渺吟，疑唤閨閣乍驚心〔1〕。出户一望夜色深，空向雁足問遠音〔2〕。徘徊庭階静陰森，他鄉何事君滯淫〔3〕。游雲一去不歸岑，蓬飛無定夢難尋。寸心惙惙憂不禁，悶瞀無意理孤衾，長漏搊筝淚滿襟〔4〕。

【注釋】

〔1〕飄渺吟：雁的鳴叫聲飄忽渺茫。

〔2〕音：遠方之人的音信。

〔3〕滯淫：滯留久居。

〔4〕惙惙：憂傷貌。悶瞀：心情煩亂。搊：彈、撥。

順東西門行

步西門，漫躊躇，人生何爲不自娱〔1〕。憎不足，歆有餘，較勘世境多所虞〔2〕。自謂智，却是愚，百年那用謀厚儲〔3〕。懷且開，眉且舒，聊將愁腸付屠蘇〔4〕。有狎友，宜招呼，恣意浪謔歡無拘。擁楚舞，聆吴歈，熱鬧一日樂何如〔5〕。

【注釋】

〔1〕漫躊躇：漫步徘徊。

〔2〕較勘：比評判斷。

〔3〕謀厚儲：謀劃豐厚的積蓄。

〔4〕屠蘇：屠蘇酒。

〔5〕吴歈：吴地的民歌。

自君之出矣二首

自君之出矣，夜夜對銀缸〔1〕。吐影若嘆息，憐儂久不雙〔2〕。

自君之出矣，魂縈左右隨。未獲刀頭信，夢馳亦漸疲〔3〕。

【注釋】

〔1〕銀缸：銀燈。

〔2〕儂：吴語稱『我』爲儂，民歌中常用語。

〔3〕刀頭信：回歸的消息。《玉臺新詠》卷十載《古絶句》云：『稾砧今何在，山上復有山。何當大刀頭，破鏡飛上天。』古代刀頭多打造成圓環形，故以『刀頭』隱喻還歸之意。

賦得仙人篇壽張儀昭先生

先生昔令滿城，輒返初服〔1〕，偕先達、引後進，詞賦訂社，棋酒聯伴，優游以自娱焉。壽躋七十有四。仲子九如宰邢臺，政成膺召入京，候補要津。届先生覽揆之晨〔2〕，馳旋稱慶。

仙人有王喬，嘗飛葉縣舄〔3〕。雖綰花封符，早標玉界格〔4〕。暫領薦紳班，輕試民社責〔5〕。留踪千秋燦，棲身九州窄。回旌拂高風，飄飄藐姑射。游行驂鹿鶴，宫闕築黄白〔6〕。玉女陪投壺，神侣來博弈。道髮皓且熒，丹顔朱且澤。傳法大宗師，主壇藝文伯〔7〕。子舍雙玉笋，聲華并奕奕。仲負補衮才，翩翩振鷺翮〔8〕。遠懷稱家慶，趁厥晨風驛。薦枓庀瑶芝，開樽斞玉液〔9〕。佐以笙簫聲，仙璈供悦懌〔10〕。余也愧塵容，附頌溷上客〔11〕。

【注釋】

〔1〕初服：未做官時穿的衣服，指卸去官職。

〔2〕覽揆：壽辰。《楚辭·離騷》曰：『皇覽揆余初度兮。』姜亮夫《楚辭通故》釋云『覽揆猶言覽察矣』，『至唐以後則文家又以覽揆連文，指初生言，遂成習用語矣』。

〔3〕『仙人』二句：據干寶《搜神記·王喬飛舄》載，河東人王喬爲鄴縣令，每月初一、十五都從縣里到朝廷之間往返，皇帝疑惑其來往頻繁，而不見車馬，暗中令太史觀察。太史報告説王喬快到都城時，就有雙鳧從東南飛來。於是皇帝派人等候鳧至張羅網之，却只得到一只鞋子，讓官員細看，原來是賜予尚書官署之鞋。

〔4〕花封：縣令的美稱。玉界格：仙人之氣度。

〔5〕薦紳：官員。民社：地方長官。

〔6〕驂：乘。『宫闕』句：指神仙所居之處以黄金白銀爲宫闕。

〔7〕大宗師：達道之人。伯：稱首。

〔8〕補衮才：輔佐君王之才。

〔9〕『薦柈』二句：盤中準備著美好的芝草，舉起盛滿玉液酒的酒杯。

〔10〕仙璈：仙樂。悦懌：喜悦。

〔11〕塵容：俗世的姿態。附頌：附詩稱頌。溷上客：忝列尊貴客人之中。

賦得古别離贈别駱令代

霜樹葉丹丹，秋江水泛泛。化爲無根草，飄泊作斷蓬。夫子造多士，歡聚慶道隆。今日倏别離，去逐千里風。父老戀棠舍，國士更愴衷〔1〕。願言重覲采，復來理宓桐〔2〕。

【注釋】

〔1〕棠舍：周成王良臣召伯在甘棠樹下處理政事，後代指官員的政績。愴衷：内心悲愴。

〔2〕理宓桐：指像春秋時魯人宓子賤那樣彈琴而治單父（今山東單縣）。

玉階怨

明月寂寂照，凉風颯颯吹。無限嬌妝態，空冀九天知。

箜篌謡

鳥集高木萃其耦，鹿逢美草飼其友。人生有伴結深交，相招相聚耐長久。

團扇歌

得時夏相戀，昵之不暫違。恐遭秋日置，更無再見時。

秋胡行

一室合巹，信宿言別〔1〕。空閨淑女，形影孤孑。苦耐歲時，皎皎貞潔。夫宦他鄉，參商隔越。倦仕歸來，攬轡蹀躞。廣陌桑林，嬌姝采葉。异處既久，容不習閱。匹偶相質，昧焉莫識叶或列切〔2〕。動懷艷姿，戀以淫睫〔3〕。自矜金夫，謀浼清節〔4〕。女賦貞性，嚴如冰雪。携桑而歸，厲辭謝絶。先後歸家，行不共轍。夫拜庭闈，出其金帛〔5〕。慈親動顔，呼婦共悦。婦來一覿，桑間之客。厭彼狂行，耻聯頏頡〔6〕。輕捐淑體，甘與永訣〔7〕。倡之弗隨，自致相逆叶葉〔8〕。異日泉臺，亦難共穴〔9〕。千古伉儷，詫此殊迹〔一〕〔10〕。

【校記】

〔一〕『詫』，原作『詑』，據詩意改。

【注釋】

〔1〕合卺：古代婚禮中新婚夫婦共飲交杯酒的儀式，借指婚禮。
〔2〕匹偶：配偶，夫妻。相質：面對面。
〔3〕淫睫：指滿眼貪戀，沉溺於美色。
〔4〕自矜：自夸。金夫：有財之男子。謀浼：謀求。浼，同『浼』，請求。清節：清高的節操。
〔5〕庭闈：代指父母。金帛：黄金絲綢。
〔6〕狂行：調戲女子的狂妄行爲。耻聯頏頡：以與他結爲夫妻爲耻。
〔7〕輕捐淑體：輕易地放棄了自己美好的生命。
〔8〕『倡之』二句：指不能夫倡婦隨，而終致相背而行。
〔9〕『異日』二句：指他日歸於九泉之下也難以共穴。
〔10〕詫此殊迹：詫異於此女子不凡的行爲。

迎客曲

風傳聲，雲移影。客轡驅，向門闌。騁報轡歇蕭鼓鳴，金鑪焚香倒屣迎〔1〕。

【注釋】

〔1〕倒屣：《三國志·魏書·王粲傳》載左中郎將蔡邕「聞粲在門，倒屣迎之」，「倒屣」即將鞋子穿顛倒了，比喻熱情迎客的態度。

送客曲

盤尚殷，杯正戀，日落西山促客散叶山，去聲〔1〕。客履忙，轄難投，坐中香散杳莫留〔2〕。

【注釋】

〔1〕殷：滿、多。

〔2〕轄難投：轄是車軸兩側起固定作用的部件。《漢書·陳遵傳》：「遵嗜酒，每大飲，賓客滿堂，輒關門，取客車轄投井中，雖有急，終不得去。」「投轄」意指殷切地挽留客人。

琴歌

天宇空廓，卿雲爛兮〔1〕。時序調和，瑞草茁兮。紫極重暉，神器昭兮〔2〕。穆穆明明，協恭和兮〔3〕。皇風宣布，保釐遐兮〔4〕。占雲望日，康衢恢兮〔5〕。

【注釋】

〔1〕卿雲：祥瑞的彩雲。

〔2〕紫極重暉：天空暉彩疊耀。

〔3〕協恭：協作恭謹。

〔4〕保釐：保護、治理。

〔5〕占雲：望雲氣而預測。康衢恢：大路平坦。

月節折楊柳歌〔1〕

正月歌

隨風暖漸來，草木知春至，欣欣争含胎。折楊柳，處處鳥相呼，時光不肯負。

二月歌

静坐日漸長，坐中何所見，雙燕繞畫梁。折楊柳，別時叮嚀言，他鄉尚記否？

三月歌

花朝方游賞，飄忽艷陽過，春色已駘蕩[2]。折楊柳，韶光不可追，堪憐空閨婦。

四月歌

風候届首夏，荷放池中葩，挹香坐深夜。折楊柳，應馳憶郎魂，夢中縈左右。

五月歌

榴放蓓蕾朱[1]，含笑向紗櫺，窺儂湘簟孤[3]。折楊柳，一枝寄遠懷，何日到郎手。

六月歌

赤日著驕陽，安得叶倡和，綺琴消晝長。折楊柳，郎去戀天涯，弦澀是誰咎[4]？

七月歌

天上織女星，欣與牽牛會，閨夢咸提醒。折楊柳，矯首不見郎，銀河徒空守。

八月歌

獨坐皓月前，静對有所羡，一輪正團圓。折楊柳，何日大刀頭，閨閣亦有偶。

九月歌

颯颯楓林野，薄寒侵羅裳，不禁凄凉惹。折楊柳，寄去新製衣，殷勤爲郎授。

十月歌

葉落滿庭階，那堪蕭索際，琴瑟音不偕。折楊柳，撫景憶客途，郎何孤影受。

十一月歌

駛日沈西林，晚風莽凄緊，含情黄昏陰〔5〕。折楊柳，枕席寒漸增，非關衾不厚。

十二月歌

歷耐四時情，雪飛增凛烈，寒深年又更〔6〕。折楊柳，如此歲月抛，歸来雙白首。

閏月歌

盈虚積所餘，天運倍增令，難捱寂寞居。折楊柳，日月添往來，太息照孤牖〔7〕。

【校記】

〔一〕『蓓』，原作『菩』，據詩意改。

【注釋】

〔1〕月節：月份。

〔2〕駘蕩：春風和暢。
〔3〕紗櫺：紗窗。
〔4〕弦澀：弦音不流暢。
〔5〕駛日：迅速落山的太陽。莽：猛烈。
〔6〕歷耐：經歷忍受四季的變化。
〔7〕太息：嘆息。

穫澤謡〔1〕

東萊姜省予先生令三原，三載論最，調治繁劇〔2〕。群黎徬徨，思之怨之。思先生之父母於邑也，怨調先生者之奪父母而予之鄰也。動情興謡，其古之范丹、劉陶類乎〔3〕！余代謡之曰：

我之父母，劬勞孔多。瞻之依之，忽焉移那〔4〕。孰得怙恃，孰失撫摩〔5〕。一得一失，奈彼蒼何。

【注釋】

〔1〕穫澤：三原縣附近古有焦穫澤，此代指三原。

〔2〕調治：調任、治理。繁劇：繁重事務。
〔3〕范丹：東漢以清廉著稱的官吏范冉。劉陶：東漢人，以孝廉而舉官。
〔4〕移那：調任離開。
〔5〕怙恃：倚靠。撫摩：小心呵護。

君子行

君子禔躬，出處同襟〔1〕。或陟魏闕，或栖青岑。金錫圭璧，世棼莫侵〔2〕。淡泊自守，不婪玉金。却有遠謀，憂心欽欽。積穀防身，積德防心。身有所傷，不作哀音。心有所放，静中追尋。昕夕擁座，有銘有箴〔3〕。刀劍户牖，惕之孔深〔4〕。

【注釋】
〔1〕禔躬：修身。
〔2〕世棼：紛亂的世事。
〔3〕昕夕：朝夕。
〔4〕『刀劍』二句：指在刀劍、門户上刻上箴銘，深知自誡。

《雲起閣詩集》卷之二·四言古詩

關中來鑑宜公　著

贈劉瀛洲先生四章

緬邈嵩岳，作鎮天中。孕奇儲秀，人中騰龍。中原横躍，三輔欣逢。銅章墨綬，分土磨礲〔1〕。

磨礲者何？鑄刑作柄〔2〕。握柄威臨，劃土以正。霜錫之安，雷貽之慶。春温秋肅，大化宣令。

靡靡君子，遠播令聞〔3〕。山川織錦，鈴鐸傳訓〔4〕。文治報成，乃罄嘉藴〔5〕。勛庸論最，借襄景運〔6〕。

伊余趨承，名位闊略〔7〕。寵以訪廬，昵以宴酌。蘿冗裊裊，修幹是托。仰高一顧，私衷自愕〔8〕。

【注釋】

〔1〕銅章墨綬：銅制的官印及所系的黑色絲帶，此代指官職。磨礱：砥礪鍛鍊。

〔2〕鑄刑：以模子熔鑄成器物。

〔3〕靡靡：和樂的樣子。

〔4〕鈴鐸：官員宣布政教法令時起警示作用的樂器。傳訓：傳示訓教。

〔5〕罄：用盡。嘉藴：美好的辭藻。

〔6〕『勛庸』二句：指朝廷論功封賞，以襄助其實現更好的官運。

〔7〕闊略：疏放不拘。

〔8〕私衷自愕：自感驚愕慚愧。

元日喜霽

天運序流，元朝開歲。四節休咎，三始垂示〔1〕。祥著昭明，屯現暗曀〔2〕。平旦啓觀，萬里澄霽。無俟測占，咸慶天瑞。端扆歡臨，鵷行欣侍〔3〕。林林總總，共騰喜氣。象垂九有，貞兆普暨〔4〕。辛盤聚餐，椒觴堪醉。萬户踴躍，樂逢泰際〔5〕。

【注釋】

〔1〕休咎：吉凶禍福。三始垂示：正月初一兆示著一年的時氣。

〔2〕屯現：集聚的雲。暗曀：昏暗不明。

〔3〕端扆：帝座，指帝王。鵷行：文武官員排列成行。

〔4〕『象垂』二句：指天象顯示於九州大地，吉祥的兆頭遍及八方。

〔5〕泰際：國泰民安的時候。

射烏樓紀事十二章有序

紀事者，紀少司農周櫟園先生建績於閩之事也〔1〕。公先藩臬閩中〔2〕，於樵川著保障之伐已，晉副蘭臺，轉陟少司農。茲以別事僑閩，值王師移駐清漳，海舶乘潮猝薄會城〔3〕。士人謀效樵川故事，請之主封疆者，延公登陴，專守西南隅，隅樓曰『射烏』。西南地形高起，慮其易犯，海逆果偵間而攻，橫恣之凶，雄侶膽悸。公出奇謀而折之，詞紳韵士咸賡頌歌。鑑膺委副公〔4〕，公之運籌決勝，目稽本末，爰述事而附紀焉。

溟漲渺渺，浪翻鯨鯢。疇其斷之，禆王督師。爰偵其窟，驅噬潛移。泛厥潮汐，倏忽江湄。

霻霴在南，訝其迫矣〔5〕。林攬戕風，烏啼駛雨。恬以靖柝，奚恃而弭〔6〕。壘垣既遐，堅厥百雉〔7〕。

百雉之堅，闉闍亟飭〔8〕。飭厥闉闍，五戎并治〔9〕。烝徒嬰城，胥瞻乃帥〔10〕。丈人秉鉞，斯克有庇。

緬維鷹揚，尚父勣楙〔11〕。既秉國成，六韜載究〔12〕。此謂丈人，誰云易遘。皇天下鑒，默施其祐。

祐者唯何，司農復臨。夙藩海甸，登冀楓宸〔13〕。暗以托緣，驅車返閩。憫此不虞，丕錫其人〔14〕。

士女喁喁，請於臺司〔15〕。徑唯公諳，計唯公奇。保障攸賴，亟延登陴。厥要需揆，厥害需咨〔16〕。

公乃瞥聞，掘以自奮〔17〕。曰維封疆，上關國運。遇顛而扶，寮采之分。惄於旁視，偲背古訓〔18〕。

制府総理，監司督守。公曰共濟，榜楫敢後。樓櫓之上，趨和綢繆〔19〕。滲者易潰，公任其竇。

咄咄逆徒，連舶狂逼。公運其籌，以戒啓塞〔20〕。譬彼鯖鰐，躍於漫減〔21〕。施厥莽罠，載罹乃踣〔22〕。

鼎魚穴蟻，轉瞬胥滅。固圉宣謀，堞堅於鐵。衣袽塞漏，同舟共悦〔23〕。奏於天辟，嘉公伐閱〔24〕。

伊余下吏，厥壇維副。廢寢浹旬，侍公左右。瞻公指麾，七星載覩〔25〕。勞既孔章，頌謳如門〔26〕。

雲霧黯黮，金鴉霽開〔27〕。鶺鴒呼聚，德鳳儀來〔28〕。錫安於危，貽慶於灾。將星燦燦，芒并三台〔29〕。

【注釋】

〔1〕櫟園先生：即清初文學家周亮工，字元亮，號櫟園。他曾在福建鎮壓叛軍。順治初，遷閩臬、晋布政。海寇圍福州，櫟園先生守西門，獨當射烏樓，手發大炮，擊殺賊軍統帥，解除了寇賊對福州的圍攻。有《賴古堂集》。

〔2〕藩臬：明清布政使司與按察使司的合稱。

〔3〕猝薄：突然迫近。

〔4〕膺委副公：接受委派輔佐櫟園先生。

〔5〕霧氛：雲氣迷濛。

〔6〕恬以靖柝：安寧太平，停止擊柝。

〔7〕壘垣：御敵的高墻。百雉：高高的城墻。

〔8〕闉闍亟飭：城市街巷亟待整頓。

〔9〕五戎：五種兵器。

〔10〕烝徒嬰城：眾多老百姓圍聚城中。

〔11〕緬維鷹揚：遥想主帥威武的姿態。緬維，同『緬惟』。尚父勳楙：受人尊仰的功臣功績卓著。

〔12〕六韜：軍事韜略。

〔13〕夙藩海甸：以前保障海邊地區。楓宸：宫殿。

〔14〕蚤錫：早早賜命。

〔15〕喁喁：仰望期待的樣子。

〔16〕揆：揣度。咨：商議。

〔17〕瞥聞：偶然聽到。

〔18〕『遇顛』四句：遇到地方危難而扶助，乃是爲官者的本分。若是漠然旁觀，則擔心違背了先賢的訓教。

〔19〕綢繆：事先做好防備。

〔20〕以戒啓塞：城池、路橋全面戒備。

〔21〕鯖鰐：鯖魚與鰐魚。滃淢：蕩漾的水波中。

〔22〕莽罠：廣闊之地。蹐：滅亡。

〔23〕衣袽塞漏：用破舊的衣絮來堵塞船上的漏洞。

〔24〕天辟：天子。

〔25〕七星載覿：如同仰望北斗星。
〔26〕頌謳如門：指僚屬争相贊美歌頌。
〔27〕黯黮：昏暗。金鴉：陽光。
〔28〕鶚鳩：即『鴟鴞』，善於捕捉有害鳥類。德鳳：象徵圣德的鳳鳥。
〔29〕三台：三公，借指朝廷。

沙陽閲兵

弹丸之封，畫於江滸。霧簇烟屯，莫測貏貐〔1〕。一軍是飭，閫以防侮〔2〕。受厥牛馬，從捍牧圉〔3〕。戴星展勤，詎獨弛武〔4〕。雖侣鵷鴻，亦任熊虎〔5〕。鳥散雲飛，陣喧鼙鼓。鯨鯢息浪，遠悸其伍〔6〕。兔徂烏昇，江水忭舞〔7〕。渚静以涵，嶼寧以處〔8〕。

【注釋】
〔1〕貏貐：猛獸，此指凶猛的敵軍。
〔2〕閫以防侮：統帥治軍以防御外來的欺侮。
〔3〕牧圉：邊境。

〔4〕展勤：施展勤政之道。弛武：軍事的緊張狀態趨於松弛。

〔5〕鵷鴻：比喻官員的行列。熊虎：比喻勇猛的將士。指雖然厠身於朝廷百官之中，也頗能任用驍勇善戰的將士。

〔6〕鯨鯢：借指海盜。遠悸其伍：遠遠地懼怕訓練有素的軍事力量。

〔7〕兔徂烏昇：指海盜被擊退。忭舞：歡快地起舞。

〔8〕涵：沉潛深静。

贈王茂衍藩參公六章

帝運開創，庶喆景從〔1〕。虎變文炳，鳳鳴聲噰〔2〕。風雲聚起，遍錫旌弓〔3〕。英碩争奮，何地稱雄。

青蓮華岳，作鎮金天〔4〕。儲靈毓秀，萃之名賢。龍馬呈瑞，井墟斗躔〔5〕。九霄奏賦，上第高騫。

遍歷皇塗，粉黼聖治〔6〕。遠邇傾風，庶品從乂〔7〕。焕乎國楨，藩屏叠寄。芳猷覃敷，文昭武閟〔8〕。

翩其漸鴻，重翥南楚。山川踴躍，草木蹈舞。水波含情，飛挽邁櫓。馬飽士騰，饒於憲府。

琴奏流水，纕佩幽蘭。斟酌調氣，拮据扶殘〔9〕。伫瞻异數，綸下青鸞。晉階台鼎，勣著朝端〔10〕。

伊余駑踪，宜充下駟〔11〕。樗非可材，空冀弗弃。鱗之既枯，莫泳而逝〔12〕。中心忍焉，□負蔭庇〔一〕〔13〕。

【校記】

〔一〕『□』，原漫漶不清，疑作『辜』或『虧』。

【注釋】

〔1〕庶喆景從：庶民百姓與賢德之人追隨擁護。

〔2〕文炳：文章之業昭著。聲噰：聲音諧和。

〔3〕旌弓：旌旗與弓，指朝廷招攬文武人才的政令。

〔4〕金天：華岳神靈。

〔5〕井墟：即井宿、虚宿。斗躔：北斗星運行。

〔6〕粉黼聖治：以華美的辭藻稱譽圣朝之治。

〔7〕庶品從乂：指庶民百姓順從治理，國家安定。

〔8〕『芳猷』二句：指德政延及邊遠之地，國家呈現興文抑武的局面。

〔9〕拮据扶殘：在窘困中扶助殘弱。

〔10〕晉階：官職晉升。台鼎：朝中重臣。朝端：朝廷。

〔11〕下駟：下等劣馬。

〔12〕鱗之既枯：比喻如枯魚般處於困窘之境。

〔13〕恧：慚愧。蔭庇：蔭蔽保護。

別沙陽二首

一游宦海，渡楫告難。受土司牧，努濟狂瀾。器之所遇，節錯根盤。爲政期月，局蹐萬端〔1〕。

直道自存，投劾遂志〔2〕。肩卸重負，飄然歸去。歸裝蕭索，清風兩袂。魚岳頻戀，赤壁追追羨彭澤，早計脱冠。

顧。鳥欣脱籠，逐雲遠翥。

【注釋】

〔1〕期月：一整年。局蹐：謹慎小心，恐懼緊張。

〔2〕投劾：主動投上自我彈劾狀辭官。

《雲起閣詩集》卷之三·五言古詩

關中來鑑宜公　著

擬行行重行行

去去復踟躕，君心有所戀。彼時重恩義，不禁迴頭眷。一别渺天涯，岳瀆阻晤面〔1〕。星各纏一垣，参辰不相見。歲月已歷久，容顔亦漸更。一時豈其蔀，遠天昏不明〔2〕。難望重會合，魂夢徒空縈。從此勿馳想，珍重守餘生。

【注釋】

〔1〕岳瀆：五岳四瀆，泛指山川。

〔2〕豐其蔀：豐，張大；蔀，遮陽的草席。指陽光被雲層遮住。《周易·豐卦第五十五》：『《象》曰：六二，豐其蔀，日中見斗，往得疑疾。有孚發若，吉。』

擬青青河畔草

夭夭春苑桃，曄曄夏池蓮。均含輕盈態，趁時弄嬌妍。窈窕倚門女，冶容衒芳年〔1〕。永配不知擇，逢姻輕訥然。有婿不諧合，終夜耐孤眠。

【注釋】

〔1〕冶容：嬌好的容貌。衒：炫耀。

擬今日良宴會

日舒庭自閑，式聚良儔樂。吐詞寫胸臆，有懷付管籥。人乃信之素，聞言欽所學。誰不惻井渫，碩人困丘壑〔1〕。阿誰堪喧耀，高賢尚寂寞〔2〕。百年幾居諸，光陰詎容錯。應期食天禄，可甘永藜藿。

【注釋】

〔1〕井渫：《周易·井卦第四十八》：『井渫不食，爲我心惻。』指淘清污泥使井水清澈。碩人：賢明有德之人。

〔2〕阿誰：誰。

擬涉江采芙蓉

澤蘭香堪佩，采之欲遠遺。托人代珍重，去去付所思。日月共照臨，山川有睽離。芳魂縈异地，莫令魂空疲。

擬庭中有奇樹

堤上楊柳鮮，青青撲儂面。春意觸所懷，良交恨不見。攀條折一枝，寄達遐心戀。詎效尋友夢，紆迴中道眩。

擬迴車駕言邁

紆軫歷風塵，行轍何無止〔1〕。悠悠大道中，猛悟却迴視。茫茫天地廓，親故渺無比。夙昔未成名，奄忽變衰齒。盛衰物皆然，人豈獨無毀。修短何足論，榮名誠可美。

【注釋】

〔1〕紆軫：姜亮夫《楚辭通故》對屈原《九章·惜誦》『背膺胖以交痛，心鬱結而紆軫』中之『紆軫』作了辯析，認爲當指『心屈纏痛』之意，同時又引漢代馮衍《顯志賦》『馳中夏而升降兮，路紆軫而多艱』，認爲此『紆軫』當指『路隱曲而多艱』。本詩之『紆軫』當與後者意同，即指路途曲折而艱難。

擬客從遠方來

故人萬里返，臭發舊澤蘭〔1〕。歲月山河隔，初盟尚未寒。遺我錦綉段〔2〕，連理彩色丹。堪灑薔薇水，裁被名合歡。堅如青松對，信就白水觀。

【校記】

〔一〕原作『叚』，據詩意當作『段』。

【注釋】

〔1〕臭：香氣。《周易·系辭上傳》：『同心之言，其臭如蘭。』

大宗伯王覺斯先生出示《登華山記》〔1〕

關輔西塞隅，文星亘天燭。周秦古山川，踴躍待品録。蓮開雲岊上，烟徑引彳亍〔2〕。風蹬躋峻岩，紆縈窮深谷。緣緪陟崧岑，雲行而霧宿〔3〕。肘屴薄雲霄，履綦散薩上聲危躅〔4〕。爰立勝游言，颯爾翰墨速〔5〕。孫綽賦天台，金石遍地喔叶沃〔6〕。辟彼海上霞，蜃樓懸駭矚〔7〕。辟彼瓊圃英，輝采驚結緑。夙讀《華岳志》，連章光相逐。而今出鉅篇，群星避初旭。流暉照天壤，千秋永昱昱〔8〕。

【注釋】

〔1〕王覺斯：即王鐸，明末清初書法家。

〔2〕峊：山崖的一角。
〔3〕絙：粗繩子。
〔4〕崱屴：山崖或建築陡峻貌。王延壽《魯靈光殿賦》：『崱屴嵫厘，岑崟嵫嶷，駢巃嵸兮。』履綦：足迹。危躅：踏上高峰。
〔5〕勝游：愉快游覽。
〔6〕喔：響聲。
〔7〕懸駭矚：矚，同『矚』。此指高樓遠矚令人心驚。
〔8〕昱昱：閃耀明亮。

擬陶令歸田園居

南山有舊田，耕耘愜吾願。夙昔無定主，偶被世炎煽。出游乖素踪，歲月塵埃溷。世事旁午積，應接形神倦〔1〕。自顧策名貴，不如滅影賤〔2〕。慨然厭五斗，掉躬故鄉返叶去聲〔3〕。田園逢主人，訴闊倍繾綣〔4〕。莫道力作苦，胸懷得自便。茆屋備偃息，藜藿供餐飯〔5〕。窮居樂有餘，顯達何足羨。

【注釋】

〔1〕旁午：紛繁。

〔2〕策名：科試及第。滅影：隱居。

〔3〕掉躬：轉身。

〔4〕訴闊：傾訴契闊之情。

〔5〕茆屋：茅屋。藜藿：兩種植物，葉子可食用。

牧童

昕夕侣牛羊，一篴鳴曠野〔1〕。屐破山坡青，拍促夕陽赭。弄水石泉邊，聽風嶺松下。雲角慣測占，談天任傾瀉〔2〕。

【注釋】

〔1〕篴：古稱『笛』爲『篴』。

〔2〕測占：推測占稽。

游仙三首

不戀城闕好，遥憶寶衢間〔1〕。蓬萊在大海，丹溪在深山。内有仙人居，從之永不還。海山路險阻，何妨歷諸艱。所歷皆幻象，不擾道心閑。期振摶風腋，輕輕出塵寰〔2〕。徘徊霄崿上，銀浦弄潺湲。

蒙山有所欽，願探碣石密。遍訪羨門師，專志求寶術。相逢語相欣，丹臺與玉室。清風吹潭淵，明月照崒嵂〔3〕。千年應無改，不受造化迫。俯視世間人，生命惜易卒。且爲世氛蒙，攘攘空啾唧〔4〕。

天區月皓皓，六漠風習習。悠然展星步，瑶草隨意拾。遐舉歷烟道，倏與通仙集。肅肅朝太乙，金闕任出入。絳節輕飄飖，瓊華隽咀吸〔一〕〔5〕。秦簫與楚吟，清奏音相襲。至此有真樂，下界何可及。

【校記】

〔一〕『絳』，原作『絳』，據詩意改。

【注釋】

〔1〕寶衢：道教仙境中的通明大道。

〔2〕摶風腋：乘風直上高空的翅膀。

〔3〕崒嵂：高峻的山峰。

〔4〕擾擾：世事紛擾。

〔5〕絳節：道教中仙人出現的儀仗。

寓廨獨坐盆卉盈坳對之成咏

茆舍臨碧流，許我旅踪寄。開徑無穢形，點綴饒佳致。周階匝盆盎，布彩多奇蒔〔1〕。有花鮮縟敷，有草綠滋肆。檻外雲霞爛，箔内珠璣美媚。欣無官廨風，宜作丘壑事。抱膝探清真，冥搜罔象備〔2〕。悠然會淡玄，侈矣列巒崺〔3〕。啜之清且甘，詎同世味膩。所以陶靖節，拌彼五斗易〔4〕。

【注釋】

〔1〕匝盆盎：花卉盆景圍繞臺階。

〔2〕清真、罔象：道家術語，指素樸自然、虛空無迹的境界。
〔3〕臠胾：大塊小塊的肉食。
〔4〕拌：同『拚』，舍棄。

贈蒲城張明府兼懷張司馬先生代

盧外潁水流，何意干旄駐〔1〕。賢達自枉轍，蓬蒿詎堪顧。聲氣片言中，對披出衷愫。我師峙北燕，與君托契素〔2〕。道流有淵源，覿面從之遡〔3〕。君家京兆迹，於今繩其步。憶理簿書餘，霏霏藻思吐〔4〕。借提風雅壇，伊余努力赴。

【注釋】
〔1〕干旄：以牦牛尾裝飾的旗子，代指車馬。
〔2〕契素：情意投合。
〔3〕覿面：會面。
〔4〕藻思：文章才思。

贈別岳朋海學士社兄還朝

四牡踐皇塗，旌旗耀里閈。握來雲中節，逶迤渭水岸。望望迥若仙，迴楂渡銀漢。往還動瞬際，首聚復群散。莫言別緒匆，九五急翊贊〔1〕。仍領木天儒，重開白虎觀〔2〕。國史待珥彤，文辭雲霞爛。譬諸擷莔荃，香葧盈其案。一遷日邊階，金鉉鼎耳貫〔3〕。洛余附蘭交，雲泥何早判〔4〕。纖鱗瀲瀲游，嘗思泳於瀾〔5〕。脩然餞君行，太華聳天半。云胡把以贈，載歌喬岳讚。惟願托颸颸，噓我甄甄翰〔6〕。

【注釋】

〔1〕翊贊：佐理政事。

〔2〕木天：秘書省，儒生聚集的機構。白虎觀：宮中講學場所。

〔3〕金鉉：朝中重臣。

〔4〕蘭交：志同道合的朋友。雲泥：指地位懸殊。

〔5〕瀲瀲：魚兒游動的樣子。

〔6〕甄甄：小鳥飛貌。

寄上大司寇劉瀛洲先生

神龍驤元首，彩鳳飛相赴〔1〕。尚父匡周室，留侯輔漢祚。奮迹總百工，一柱棟宇固〔2〕。朝端望倍延，履聲天邊步。荐階陟西曹，大冶春澤布〔3〕。日回扉草寒，雹破覆盆錮。三典推公輔，萬乘資保傅〔4〕。海區企鐘鼎，寄頌抒遠愫〔5〕。

【注釋】

〔1〕驤：高舉騰飛。元首：領袖群倫。

〔2〕奮迹總百工：奮力管理百官。

〔3〕大冶：大自然。

〔4〕三典：朝廷的法制體系。

〔5〕鐘鼎：天子。

寄上少司農王玉銘内叔

先世顯家乘，濟美稱公輔。青史懸星日，煜煜照千古先世謂端毅、康僖二公。今代司農勛，復起纘偉武〔1〕。賦式資筦鑰，台階映會府〔2〕。才全久倚賴，任專隆眷顧。嫵婉遺素緘，跽讀感遠拊〔3〕。小吏羈瀛濡，天外效僂傴〔4〕。憤懣無門訴，臨風付覼縷〔5〕。

【注釋】

〔1〕纘偉武：繼承英偉的功業。

〔2〕賦式：國之財政收支。筦鑰：中樞重要之職。會府：中央機構。

〔3〕素緘：書信。跽讀：長跪而讀。遠拊：遠來的撫慰。

〔4〕瀛濡：海濱之地。僂傴：彎腰恭敬致意。

〔5〕覼縷：詳細地訴説。

寄上少司馬霍魯齋先生

閩中晤山川，依依有所戀。都思舊巡方，綰情永不變〔1〕。瞪目望青霄，星傍北辰旋。三公寵大賚，司馬階初荐〔2〕。回日借戈揮，補天倚石煉。津路據要樞，作人彌不倦。雲漢有羽毛，春風吹噓遍。獨不軫頹翎，羈縻在海甸〔3〕。

【注釋】

〔1〕舊巡方：舊日巡察邊地的要臣。

〔2〕大賚：隆重的賞賜。

〔3〕羈縻：漢唐時對西南少數民族采取的懷柔控制政策。

久旱喜雨

旱魃虐農壤，膏壤亦衰颯〔1〕。今朝天怒釋，倏看雲乍合〔2〕。雷動聲殷殷，電飛光爆爆〔3〕。沛肰甘澍作〔一〕，遍土沾渥洽〔4〕。陳根饒漬潤，新畬鼓歉乏〔5〕。相鬥苗超躐，喜動田畯睫叶札〔6〕。

【校記】

〔一〕『肰』，古同『然』。

【注釋】

〔1〕旱魃：傳説中引起天氣干旱的怪物，借指旱灾。

〔2〕怒釋：憤然解除旱情。

〔3〕熚熚：光亮閃爍的樣子。

〔4〕沛肰：雨水充沛的情形。甘澍：甘雨。沾渥洽：甘雨澤潤土地。

〔5〕新畬：剛剛焚燒過野草的田地。

〔6〕相門：相對。超躐：青苗拔生長。田畯：管理農事的官員。睫：眼睛。指田稼得到雨水滋潤而茂生，農官眼里充滿喜悦。

夏日園居偶效陶體〔1〕

闢園深林裏，四壁環潺湲。覆垣榆柳茂，喧座鳥關關。野軒無雜客，祇共琴書閑。僻地誰攪靜，清風響竹竿〔2〕。此中堪栖遲，胸襟煩囂捐〔3〕。中懷冲以恬，置身羲皇先〔4〕。世緣斬葛藤，莫由作徽纆〔一〕〔5〕。一旦嗒焉悟，悠肰忘蹄筌〔6〕。

【校記】

〔一〕「纆」，原作「纏」，「徽」「纆」皆指繩子，據詩意改。

【注釋】

〔1〕陶體：東晉隱逸詩人陶淵明的詩體。宋嚴羽《滄浪詩話・詩體》先後以時代與作家論詩，認爲以作家而論，則有『蘇李體李陵蘇武也』『曹劉體子建公幹也』『陶體淵明也』等等。後代詩人屢作效陶體詩，形成抒寫隱逸情懷的一種表達范式。

〔2〕攪静：攪擾了安静的氛圍。

〔3〕栖遲：游息停留。《詩經・陳風・衡門》：『衡門之下，可以栖遲。』《毛詩》注曰：『栖遲，游息也。』

〔4〕中懷：内心。冲以恬：虚静而恬淡。羲皇：伏羲氏。羲皇先，指伏羲氏以前遠古時代閑適無憂的理想生活狀態。

〔5〕世緣：世間俗事。徽纆：指以繩索束縛自己。《周易・坎卦第二十九》：『上六，系用徽纆，置於叢棘，三歲不得，凶。』

〔6〕嗒焉：《莊子・齊物論》云：『南郭子綦隱機而座，仰天而嘘，嗒焉似喪其耦。』嗒焉，林雲銘《莊子因》釋曰：『相忘貌。』此指達到物我兩忘的境界。蹄筌：蹄，捕兔的工具；筌，捕魚的竹簍。

郵舍海棠〔1〕

迢迢皇華路，斐斐傳遽行〔2〕。塵垓雖紛撲，拭目觀瑶瓊〔3〕。一株花爛熳，向我開笑迎。

不禁徘徊睇，凝脂的歷明[4]。繁葉嫩舒翠，輕陰護嬌榮。嬋娟自有意，芳魂依人縈。恨值使客過，未肯暫停征。雖憐妍妝態，無暇住驂蹬[5]。我輟忙中轡，開尊戀芳菁[6]。勿謂頃刻別，尊中有餘情。

【注釋】

〔1〕郵舍：驛館。

〔2〕皇華路：《詩經·小雅·皇皇者華》：『皇皇者華，於彼原隰。駪駪征夫，每懷靡及。』皇華路即開滿鮮艷花朵的使者經行之路。斐斐：使者往來的景象。傳遽：驛路上的車馬使者。

〔3〕紛撲：紛飛，飛揚。

〔4〕的歷：明亮貌。

〔5〕住驂：停下車馬。

〔6〕芳菁：芬芳的花草。

贈王茂衍藩參公

君子踞顯要，千載垂嘉譽。大物匪虛膺，才識須素具[1]。惟公值龍飛，翱翔奮彩羽。夙秉三楚憲，霜飛遍草樹〔2〕。殷雷凛烈鳴，鳥獸驚且顧。式變荆楚風，無殊春臺煦〔3〕。移宣七閩政，海甸翰屏固〔4〕。星躔復軫野，任徙關津步〔5〕。文武夙性兼，所至有宣著〔6〕。大厦需棟梁，自遴楩楠措〔7〕。佇觀陟峻階，晋據樞要路。追侣周吉甫，贊襄鴻國祚〔8〕。

【注釋】

〔1〕大物：重要的職務。虚膺：空受名位。素具：本就具備。

〔2〕秉三楚憲：三楚，湖南湖北地區。秉憲，執掌法令政事。

〔3〕春臺煦：《老子·第二十章》：『衆人熙熙，如享太牢，如春登臺。』春日登上高臺遠眺，感受暖風和煦，是一種欣悦舒暢的心情。此句指楚地風氣爲之一變，政清民和，人們如同春日登臺般欣悦和樂。

〔4〕七閩：泛指福建地區。海甸：沿海地區。翰屏：捍衛。

〔5〕星躔：日月星辰的運行，此指從政爲官的足迹。陶弘景《答虞仲書》：『夫子雖迹躔朱閣，而心期岱嶺。』軫野：軫，軫宿；野，分野。軫野指二十八宿東南宫軫宿所對應的南方地區。關津：陸路關口和水路津渡，指宦途所經之處。

〔6〕夙性：秉性。宣著：顯露。

〔7〕楩楠：楩樹與楠樹，從材質和細密程度來講都屬木材中的佳品，因而用於比喻棟梁人才。

〔8〕追侣：追尋前賢的偉績。周吉甫：周宣王時大臣尹吉甫，奉命討伐北狄玁狁，在焦穫（今陝西三原、涇

陽一帶）地區阻止了獫狁的進攻，立下赫赫戰功。《詩經·小雅·六月》贊頌吉甫之壯偉業績和文韜武略，其中云：『獫狁匪茹，整居焦穫。侵鎬及方，至於涇陽。織文鳥章，白旆央央。元戎十乘，以先啓行。戎車既安，如輊如軒。四牡既佶，既佶且閑。薄伐獫狁，至於大原。文武吉甫，萬邦爲憲。』贊襄：輔助。鴻國祚：使國運盛隆强大。

漢口送田敬庵由司理值汰改補明府之費〔1〕

盛世有神鳥，徘徊華岳雲。振翮游八垓，鏘鏘音遍聞〔2〕。帝宸初甄别，旌才優出群〔3〕。特付李曹任，倚以定紛紜。法星垂海甸，轉曬鰐水濆〔4〕。兩地握三尺，俱勒遺惠文〔5〕。九宵下汰令，復課百里勛〔6〕。天眷宣聖域，因割古費分〔7〕。君去雄展錯，升騰日正昕〔8〕。余愧枋榆鷃，歸去理耕耘漢口相别，余即歸里〔9〕。

【注釋】

〔1〕司理：掌管刑法訴訟的官員。值汰：正逢朝廷選拔官員。明府：相當於郡守、縣令。費：古費縣，在今山東省。《郡縣釋名·山東郡縣釋名卷上》：『費縣，古費國地，春秋時爲魯季孫氏之邑，漢置費縣，從費國名也。』

〔2〕八垓：八方。鏘鏘：指神鳥和鳴的聲音清越響亮。《左傳·莊公二十二年》：『初，懿氏卜妻敬仲。其妻占之，曰：「吉。是謂鳳凰於飛，和鳴鏘鏘。有嬀之後，將育於薑。五世其昌，并於正卿。八世之後，莫之與京。」』

〔3〕帝宸：帝王宫殿，借指朝廷。甄别：考核鑒察。旌才：鑒選人才。

〔4〕海甸：沿海地區。鰐水濆：粤地鱷溪的水邊。

〔5〕三尺：刻在三尺竹簡上的法律條文，代指法律。惠文：古代司法官員所戴的帽子，據傳爲趙惠文王仿胡人服冠所制，故稱惠文冠，代指刑法。

〔6〕九霄：借指皇宫。汰令：沙汰令，即淘汰、挑選官員的命令。課：考課，對官員進行政績考核。

〔7〕天眷：皇恩。聖域：孔子等儒家先賢所臻至的神圣境地，泛指山東地區濃厚的人文風氣。明李東陽《懷麓堂集》中《望闕里》一詩有云：『闕里分明圣域開，魯邦遺址豈蒿萊。』割古費分：指古費縣之歷史悠久綿長、文化底蘊深厚。清光緒《費縣志卷一·疆域》云：『費，古邑也。唐虞以前當爲少皞近畿之地，在《禹貢》爲徐州之域，伯禽誓師之時，爲國爲邑，未有明據。迨僖公以賜季友，遂爲季氏之邑』，『戰國時費爲小國，蓋即季氏之後』，『至漢費縣、南城縣隸徐州東海郡』，『明隸山東布政司兖州府沂州』。

〔8〕雄展錯：威猛地施展决策。升騰日正昕：官場騰達如旭日初升。

〔9〕枋榆鷃：枋樹與榆樹間的鷃雀。耕耘：農耕之事。歸里：回歸故鄉。

冬日送鼎卿之廣陵

仲冬氣慄冽，寒風草木變〔1〕。良友整遠駕，南國訪英彦〔2〕。潢河水湯湯，東漸聲不倦〔3〕。嚴霜秦山阿，凍雲大梁甸〔4〕。雲路孤劍行，光芒千里炫。山水囊中盈，雲霞筆底絢〔5〕。訪奇騁壯游，株守徒生羨〔6〕。晨風方振翮，觸情悵隔面〔7〕。他方滯人處，多因風景善〔8〕。邗江摇艇好，雖好莫久戀〔9〕。

【注釋】

〔1〕慄冽：寒氣凜冽。

〔2〕遠駕：遠行的車駕。英彦：英才。

〔3〕潢河：淮河支流。湯湯：水波浩蕩的樣子。東漸：向東流去。

〔4〕大梁：戰國時魏國都城，今河南開封一帶。甸：郊外。

〔5〕盈：充盈。絢：閃耀。

〔6〕騁：施展。壯游：出游時胸襟開闊，游訪之地廣遠。株守：安守一方。

〔7〕晨風：晨風鳥，飛行疾速。隔面：無法相見。

〔8〕滯人：使人停留。

〔9〕邗江：水名，自揚州流入淮河。

送孟能孺郡丞還楚南〔1〕

東海起浮雲，鬱鬱雙龍闕〔2〕。一朝狂飈吹，翳彼瑶臺月〔3〕。風雨乍冥冥，雲中路衢截〔4〕。直木忌作材，甘井易先竭〔5〕。九霄奮雄飛，何期羽翮折〔6〕。斯道遭困厄，山川含泪别。去去青門駕，迢迢函關轍〔7〕。歸路長萬里，山溪迥且劣〔8〕。路險抑騏志，歲寒厲松節〔9〕。腰間佩良劍，云是豐城鐵〔10〕。去逢黄鶴樓，仙人迎之悦。晦明倏易更，岩川詎終絀〔11〕。

【注釋】

〔1〕郡丞：郡守之下的官職。楚南：湖北地區。

〔2〕鬱鬱：昏暗不明。雙龍闕：長安宫闕名。

〔3〕翳：遮蔽。

〔4〕冥冥：陰暗的狀態。路衢截：道路被遮斷。

〔5〕直木、甘井：《莊子·山木》：『直木先伐，甘井先竭。』意指筆直的樹木最先被砍伐，甘甜的井水最

先枯竭。此謂應養拙以保身。

〔6〕九霄：九天。何期：怎料想。羽翮：翅膀。

〔7〕青門駕：青門，城外送別處，青門駕即遠行的車駕。函關轍：經過函谷關的車轍。

〔8〕迥且劣：迥遠又低微。

〔9〕抑騏志：抑制了千里馬的志向。厲松節：磨礪了青松的氣節。

〔10〕豐城鐵：相傳豫章豐城出寶劍，後以豐城劍借指良劍，亦喻指人才。

〔11〕晦明：陰晴。岩川：山川。絏：束縛。

贈楊台卿膺鄉薦〔1〕

憶昔結文社，訂盟共諸子。琴書昕夕偕，德藝期互砥〔2〕。志同堅金石，晤言馨蘭芷〔3〕。習靜户多墐，埋頭珍寸晷〔4〕。群起噪時名，奕奕動梓里〔5〕。行世《掃塵篇》《掃塵》，社中制義，涂受百先生發刻，驚彼海内士〔6〕。台卿具捷足，文譽争先起〔7〕。才品日駸駸，恢志綜圖史〔8〕。家紹弓冶貽，胸韞璠璵美〔9〕。巋然登賢書，先鞭擬祖氏〔10〕。天馬來西極，蹴蹋羨獨駛〔11〕。余侣君家伯，曝鰓龍門水〔12〕。詎甘終雌伏，轗軻尚屯否〔13〕？仰睇青雲衢，欣有先導履〔14〕。千里捷馳騁，同侣舉踵企〔15〕。高步副偉抱，歡頌動遠邇〔16〕。

【注釋】

〔1〕膺：承受。鄉薦：州縣舉薦進士。

〔2〕互砥：互相砥礪。

〔3〕晤言：面談。馨蘭芷：馨香如蘭草與白芷。

〔4〕習静：性情恬静。户多墐：指經常塞窗閉門、足不出户。寸晷：光陰。

〔5〕噪時名：名噪一時。奕奕：神采飛揚。梓里：故鄉。

〔6〕制義：參加科舉考試所作八股文。發刻：刻印。

〔7〕捷足：在學業上快步登先。

〔8〕才品：才能品德。駸駸：進步迅速。恢志：宏大的志向。綜圖史：綜覽圖書史籍。

〔9〕弓冶：代代相傳的事業。璠璵：美玉，比喻美好的品德。

〔10〕巋然：高大獨立的樣子。登賢書：鄉試得中。先鞭：領先。擬：效法。

〔11〕天馬：神馬。西極：西域。蹴蹋：奔馳。杜甫《韋諷録事宅觀曹將軍畫馬圖》：『霜蹄蹴踏長楸間。』此二句指楊台卿馳騁文壇猶如天馬奔馳一般。

〔12〕君家伯：指楊台卿兄長楊鼎卿。曝鰓龍門：指科舉考試遭遇挫敗。

〔13〕雌伏：隱退。屯否：艱難困厄。

〔14〕青雲衢：平步青雲之路。先導履：先行者的脚步。

〔15〕舉踵企：踮起脚跟企望。

〔16〕高步：高邁的步伐。副偉抱：與遠大的抱負相稱。歡頌：歡樂的頌歌。動遠邇：驚動遠近的同儕。

壽李公門八十

素志耽清修，無羡世俗貴〔1〕。夙昔勤誦讀，五經鮮疑滯〔2〕。翰墨善文賦，却懶簪纓餌〔3〕。才名幾十秋，歷落昭敏慧〔4〕。溯承先代壽，世壽名公題先世三代俱上壽，中丞焦公題其堂曰『世壽』〔5〕。大椿元有柢，貽枝應無异〔6〕。一門多蒼叟，耄耋偕同氣乃弟亦逾七帙〔7〕。托契有道侶，未受世塵眛〔8〕。逍遥宣真樂，丹顔正開霽〔9〕。辟彼青田鳥〔一〕，吭啄仙島内〔10〕。高翼入雲逵，杳不虞羅值〔11〕。此日開慶筵，獻觴咸佳嗣〔12〕。志業各振振，齊觀光耀肆〔13〕。

【校記】

〔一〕『辟』，疑作『譬』。

【注釋】

〔1〕素志：平生的志趣。耽：喜好。清修：清静淡泊。

〔2〕疑滯：疑惑阻滯之處。
〔3〕簪纓餌：達官顯宦地位的誘惑。
〔4〕歷落：俊逸不凡。
〔5〕世壽：幾代皆長壽。
〔6〕大椿：壽命很長的樹木。《莊子・逍遥游》：『上古有大椿者，以八千歲爲春，八千歲爲秋。』元有柢：本有根。貽枝：留下的枝葉。
〔7〕蒼叟：白髮老者。耄耋：八九十歲的年紀。偕同氣：兄弟友睦相伴。
〔8〕托契：彼此信賴、性情相投。道侣：修行的同伴。世塵昧：世俗風氣的蒙蔽。
〔9〕真樂：内心的自在快樂。開霽：天晴。
〔10〕青田鳥：仙鶴。吭啄：聲音高亢地取食。
〔11〕雲逵：雲路，仕宦之路。不虞：不擔憂。羅值：遇到羅網。
〔12〕慶筵：慶賀的筵席。佳嗣：優秀的後代。
〔13〕志業：志向、事業。振振：高遠。肆：延伸開來。

《雲起閣詩集》卷之四・五言古詩

關中來鑑宜公 著

送陳我恂先生擢司農北上〔1〕

威鳳奮高翔，臨風厲其翼〔2〕。夫子發旆旌，摇摇指上國〔3〕。幾年宰焦穫，撫育殫厥力〔4〕。冰蘖節可欽，慈藹德可即〔5〕。烽燧洊震驚，閑衛日以飭〔6〕。饑饉愴厄屯，調輯僵復植〔7〕。四野錫之寧，頌聲喧兆億〔8〕。循良報勩成，天子爲改色〔9〕。霄漢下徵書，睽違促瞬息〔10〕。征輪無計挽，蒼藜悵胸臆〔11〕。共瞻驅皇路，鳴玉九五側〔12〕。嘉猷著度支，徽儀仰百職〔13〕。雲衢恣騰躍，顯踪企高陟〔14〕。佇瞻三公位，經綸邁契稷〔15〕。顧余類駑蹇，剪拂勞多飾〔16〕。終焉羈櫪皂，胡能侍綏軾〔17〕。中懷徒約結，難言報明德〔18〕。延頸睇紫垣，靦靦增煩憶〔19〕。

【注釋】

〔1〕擢：升任。司農：官名。
〔2〕威鳳：鳳鳥。『威鳳厲翼』喻指官運亨通。
〔3〕旆旌：游車上的旗子。摇摇：漸行漸遠。
〔4〕宰：主管。撫育：治理。
〔5〕冰蘖：清寒而堅持操守。節可欽：氣節值得欽佩。德可即：德行平易近人。
〔6〕烽燧：烽火臺。洊：接連。閑衛：防禦、護衛。飭：謹慎。
〔7〕饑饉：饑荒。戹屯：灾難。調輯：調和使民心穩定。僵復植：使不調和之事得以妥當處理。
〔8〕錫之寧：賜予安寧。喧：聲名傳揚。兆億：民衆。
〔9〕循良：奉公守法的官員。報勩：報告勞苦。
〔10〕霄漢：指朝廷。徵書：徵調的文書。睽違：離别。促瞬息：在轉眼之間急促來到。
〔11〕征輪：征行的車輪。蒼藜：蒼生百姓。
〔12〕驅皇路：向皇廷進發。鳴玉：在朝中輔佐君王。劉勰《文心雕龍·章表》：『天子垂珠以聽，諸侯鳴玉以朝。』九五側：天子身旁。

〔13〕嘉猷：治國良策。著：委任於。度支：官員。徽儀：法則、禮儀。百職：百官。
〔14〕雲衢：天路，仕進之路。顯踪：顯貴之路。企高陟：企望晋升。
〔15〕三公：朝廷最高官職。經綸：理國謀劃的才干。邁契稷：邁，超越；契是商朝的祖先，治水患有功；稷是古代掌管農事的官。意謂才能超越了先輩農官。
〔16〕駑蹇：劣馬，謙稱自己才能低下。剪拂：南朝梁劉孝標《廣絶交論》：『至於顧眄增其倍價，剪拂使其長鳴。』李善注：『湔拔、剪拂，音義同也。』即薦舉提拔之意。勞多飾：有勞夸飾。
〔17〕羈櫪皂：羈，束縛；櫪皂，馬槽中的黑馬。指自己官職卑微。綏：古代車子上助人登車的繩子。軾：車前供人倚靠的横木。侍綏軾：指侍立於達官車前。
〔18〕約結：心中充滿鬱懣之氣。漢代張敞《爲膠東相與朱邑書》：『直敞遠守劇郡，馭於繩墨，胸臆約結，固亡奇也。』明德：大德。
〔19〕紫垣：皇宫。覛覛：同『脈脈』，斜視的樣子。煩憶：令人煩惱的思念。

寄秦司理代

一爾青門别，幾載隔徽音〔1〕。徒抱擔簦願，阻之以嶇嶔〔2〕。憶昔理京兆，和日照棘林。一旦慕高潔，談笑解纓簪〔3〕。辟彼青田鳥，爰止青松陰。吭嗉惟玉露，介性世所欽〔4〕。余作孌下桐，誰意收爲琴〔5〕。明德自永昭，何堪辰與參〔6〕。悒忡積胸臆，匿影雲蘿深〔7〕。功名知努力，敢幸屬望心〔8〕。

【注釋】

〔1〕徽音：音訊。
〔2〕擔簦願：遠途跋涉的願望。嶇嶔：險峻的山峰。
〔3〕纓簪：官帽上的裝飾，借指官職。
〔4〕吭嗉：鳥的喉嚨，此指吸飲。介性：耿介的性格。
〔5〕爨下桐：灶下燒火殘余的桐木。
〔6〕何堪：怎能忍受。辰與參：如心宿與參宿一般永隔不見。
〔7〕悒忡：憂心忡忡。雲蘿深：紫藤深處，指幽深的隱居之處。
〔8〕屬望心：期望之心。

讀《南華經》〔1〕

仙流寄漆園，天機宣無礙〔2〕。浩蕩出奇談，峥嶸發高誨〔3〕。遠溯韋稀氏，餘者藐一概〔4〕。

不受儒道縛，并黜墨楊輩〔5〕。胸中懸日月，眼底破霴霿〔6〕。仁義視爲迂，是非恐成昧〔7〕。牛馬人自呼，屎溺道亦在〔8〕。放志廓無極，勞形嗔大塊〔9〕。脱略豈是疏，委蛇人不逮〔10〕。入世雖無戀，應世却無背。若謂無所見，何須劍術佩〔11〕。衛生真大妙，身外更無愛〔12〕。

【注釋】

〔1〕《南華經》：《莊子》又稱《南華經》。

〔2〕仙流：道教神仙，指莊子。漆園：莊子曾爲漆園吏。

〔3〕高誨：高論。

〔4〕韋稀氏：即狶韋氏，上古傳説中古老的帝王。《莊子·大宗師》：『夫道，有情有信，無爲無形』，『狶韋氏得之，以挈天地』。言狶韋氏以道統理天地。藐一概：一概藐視。

〔5〕黜：擯棄。墨楊：墨子、楊朱。此指莊子不信慕思想界權威的獨立精神。

〔6〕霴霿：雲霧彌漫。

〔7〕視爲迂：指莊子將儒家的仁義之道視爲迂腐。恐成昧：莊子認爲是與非不必對立看待，以統一的思想去看待萬事萬物，才能參透道的樞機。《莊子·齊物論》：『彼亦一是非，此亦一是非。果且有彼是乎哉？果且無彼是乎哉？彼是莫得其偶，謂之道樞。樞始得其環中，以應無窮。是亦一無窮，非亦一無窮也。故曰莫若以明。』

〔8〕牛馬人自呼：指《莊子》中對『天』（天然）與『人』（人爲）的理解，主張不以人爲破壞天然。《莊子・秋水》：『河伯曰：「何謂天？何謂人？」北海若曰：「牛馬四足，是謂天；落馬首，穿牛鼻，是謂人。故曰，無以人滅天，無以故滅命，無以得殉名。謹守而勿失，是謂反其真。」』屎溺道亦在：《莊子・知北游》：『東郭子問於莊子曰：「所謂道，惡乎在？」莊子曰：「無所不在。」東郭子曰：「期而後可。」莊子曰：「在螻蟻。」曰：「何其下邪？」曰：「在稊稗。」曰：「何其愈下邪？」曰：「在瓦甓。」曰：「何其愈甚邪？」曰：「在屎溺。」』莊子認爲道是人的理性認識所無法把握的，能够把道説出來的人反而是遠離了道，主張深入實際生活體會道的存在。

〔9〕勞形嗔大塊：《莊子・大宗師》：『夫大塊載我以形，勞我以生，佚我以老，息我以死。故善吾生者，乃所以善吾死也。』

〔10〕委蛇人不逮：《莊子・應帝王》中説到鄭國有神巫季咸爲壺子看相，無法探知壺子内心境界，所以慌亂逃走了。壺子曰：『鄉吾示之以未始出吾宗。吾與之虚而委蛇，不知其誰何，因以爲弟靡，因以爲波流，故逃也。』此句即指此典故。

〔11〕何須劍術佩：《莊子・雜篇・説劍》講到趙文王嗜劍術，招攬劍客千人比斗，日有劍客死傷，太子請莊子勸説趙文王，以絶其好。莊子曉之以『天子之劍』『諸侯之劍』『庶人之劍』的道理，認爲真正的劍術稱霸并非培養武力相斗，而是善用天下的有利資源和人才，於是趙文王不再養劍客。

〔12〕衛生：護養生命。《莊子・雜篇・庚桑楚》：『老子曰：「衛生之經，能抱一乎？」』

咏趙烈婦[1]

弱齡貞性存，堅如石與鐵[2]。荆布侍藁砧，藁砧曾早訣[3]。明義同生死，有志誓殉穴[4]。念嫡衰殘年，形影室居孑[5]。含泪耐居諸，井臼代据拮[6]。隨分茹荼苦，舉止并玉潔[7]。赴義踐初志，甘與世緣絶[8]。此婦未詩書，見義何明哲。當今生死際，阿誰完全節[9]。多少奇丈夫，不如女流烈。

【注釋】

〔1〕烈婦：指丈夫死後重義守節的婦女。

〔2〕弱齡：比較小的年齡。貞性：堅貞的性格。

〔3〕荆布：荆釵和布裙，比喻生活起步階段還比較貧簡寒陋的時候。藁砧：《古樂府》云：『藁砧今何在？山上更有山。何當大刀頭，破鏡飛上天。』此爲字謎詩，『藁砧』指古代行刑時以藁爲席伏於砧石之上，以『鈇』斬之，因此『藁砧』是隐指『丈夫』。整首詩意指『夫出，還半月』。

〔4〕明義：深明大義。

〔5〕室居孑：生活起居孤單一人。

〔6〕居諸：光陰流逝。井臼：汲水、舂米等家務。代据拮：代替夫君操持艱辛的生活。

〔7〕隨分茹荼苦：安守本分，耐得住生活的艱苦。玉潔：如玉般無瑕高潔。

〔8〕赴義：殉情。世緣：俗世情緣。

〔9〕完全節：保全節操。

送涂受百先生擢民部赴都〔1〕

美政滿皇塗，勛名著灼灼〔2〕。夙昔宰中土，推鞠遍窮壑〔3〕。鶯遷歷西雍，陽春信有脚〔4〕。隨車沛霖雨，旄倪舞以噱〔5〕。三載經卵翼，風氣還渾噩〔6〕。道隆開文教，宫垣振金鐸〔7〕。駑駘亦剪拂，踴躍際伯樂〔8〕。方快效周旋，一旦悵别駱。策足據要津，雲龍自騰躍〔9〕。發軫度函關，旌旆耀河洛。矯首睇車塵，沾臆望廖廓〔10〕。

【注釋】

〔1〕擢：提拔。民部：户部。

〔2〕灼灼：名聲顯赫。

〔3〕夙昔：往時。宰中土：主管中原地區。推鞠：掌管獄訟審問之事。窮壑：偏遠的溝壑。

〔4〕鶯遷：官職晋升。白居易《東都冬日會諸同年宴鄭家林亭》：『桂折應同樹，鶯遷各異年。』西雍：關

隴一帶。

〔5〕隨車沛霖雨：比喻官員的恩澤如及時雨降予百姓身上。旄倪：老幼。舞以噱：起舞歡笑。

〔6〕經卵翼：經過養育庇護。還渾噩：重還渾沌、淳樸的狀態。

〔7〕道隆：道術隆盛。文教：文化教育。振金鐸：振興教育。

〔8〕駑駘：劣馬，喻平庸之人。踴躍：歡欣奮起。際：遇到。

〔9〕策足：乘快馬疾馳。要津：要路。雲龍：駿馬。騰躍：飛騰奔躍。

〔10〕矯首：抬頭。睇：斜看。廖廓：遼遠的天空。

江山贈楊鼎卿社兄〔1〕

日月亘居諸，飛駟乃迅廷〔2〕。魯陽揮戈難，夸父逐亦誑〔3〕。晷運駛逝波，人生日易慮〔4〕。憶昔吾儕盟，青歲志倜儻〔5〕。負翼期高飛，舉趾邈難量〔6〕。荏苒馳年華，飄忽失少壯〔7〕。百里君方受，薄游余漫浪〔8〕。恝與泉石別，晚節垂高尚〔9〕。游滕异鄉促，行止悲塵坱〔10〕。值君弧懸日，桃李花正放〔11〕。琴堂擁兕觥，父老頌善狀〔12〕。君抱蒙山願，碣石曾遍訪〔13〕。一旦爲仙令，百里賴屏障〔14〕。卧治錯經綸，美政邁倫行〔15〕。論最冠方州，仍秘青童藏〔16〕。應有舄化梟〔一〕，翱翔丹臺上〔17〕。

【校記】

〔一〕『梟』，原漫漶不清。《後漢書·方術·王喬傳》載：『喬有神術，每月朔望，常自縣詣臺朝。帝怪其來數，而不見車騎，密令太史伺望之。言其臨至，輒有雙梟從東南飛來。於是候梟至，舉羅張之，但得一隻舄焉。乃詔尚方診視，則四年中所賜尚書官署履也。』據此補。

【注釋】

〔1〕江山：縣名，位於浙閩贛三省交界處。

〔2〕日月亘居諸：時光綿延流逝。迅廷：旋風。此句意爲飛馳的馬如同旋風，亦言時光之匆逝。

〔3〕魯陽：古代傳説中能揮動戈矛使太陽回去的奇偉之人。漢王充《諸子論衡·對作》引《淮南書》云：『堯時十日并出，堯上射九日。魯陽戰而日暮，援戈麾日，日爲却還。』誇父：即誇父逐日的傳説。此二句是説魯陽揮戈令人難以置信，誇父逐日亦是謊言，意謂時光之流逝不可復返。

〔4〕晷運：太陽運行，指時間流轉。廜：古『曠』字，此指荒廢、耽誤。

〔5〕青歲：青年時。志倜儻：志向不凡。

〔6〕舉趾：邁開脚步。

〔7〕飄忽：迅疾。
〔8〕薄游：宦游於外。漫浪：放縱不羈。
〔9〕恝：淡然的姿態。
〔10〕塵坱：塵世。
〔11〕弧懸日：生日。
〔12〕善狀：良善事迹。
〔13〕蒙山：山東境内的山脈。碣石：碣石山。
〔14〕仙令：縣令。
〔15〕卧治：清簡爲政，主張無爲而治。錯經綸：錯綜複雜的事情得以治理籌劃。倫行：人倫關係、行爲品德。
〔16〕方州：州郡。秘藏：佛教語『秘密藏』，指奥妙神秘的境界。青童：修煉有素的道士。『秘青童藏』指探求道家的奥秘境界。
〔17〕舄化鳧：指道家神秘的仙術，『鳧舄』亦代指縣令。丹臺：道教中神仙的居處。

感興〔1〕

海上有金臺，影從水際現〔2〕。百丈入雲端，結構著奇絢。烟霞隱真侶，幻香散天半〔3〕。余也住海瀕，仙踪渺不見。波光映雲漢，异彩宜蒸變〔4〕。積道煉九氣，隨地有珠殿〔5〕。何必羡雲幄，茫昧以附援〔6〕。

【注釋】

〔1〕感興：感懷寄興。

〔2〕金臺：金砌的樓臺，指神仙居處。

〔3〕真侶：道教仙人。幻香：如入幻境，香烟繚繞。

〔4〕蒸變：雲氣飛騰。

〔5〕積道：積聚道行。

〔6〕雲幄：雲霧般的帷幕。茫昧：仙道神秘莫測。附援：依從求助。

夏夜喜雨

海隅夏易霪，今歲夏苦旱〔1〕。肆彼積陽虐，客宵增煩懣〔2〕。漏催海上雲，飛布長空滿〔3〕。

瓺瓺雷聲奮，燁燁電光伴〔4〕。合織絲雨密，修霤音不斷〔5〕。雨氣穿疏簾，威驅妖魃散〔6〕。

【注釋】

〔1〕霪：雨連綿不停。

〔2〕肆：放縱。積陽虐：積久的陽光照射帶來的侵害。客宵：客居的夜晚。煩濊：煩緒愁悶。

〔3〕漏：計時的滴漏。

〔4〕玈玈：雷聲轟鳴震耳。燁燁：電光明亮閃過。

〔5〕修霤：屋檐的雨水接連不斷。

〔6〕妖魃：古代傳説中造成旱災的鬼怪稱爲旱魃。

三山迎方伯田心耕先生〔1〕

皇穹溥眷顧，洪造暨六服〔2〕。喆人蚤受綏，且不膠其轂〔3〕。夙昔篤西陲，文星芒高燭〔4〕。末陶士宏埏埴，樹儀示金玉〔5〕。爰提文苑衡，欣睹尼嶧續〔6〕。藻鑒尚秋實，鐸音變風俗〔7〕。末造波流振，西京隆運復〔8〕。風動幅幀慕，莫由挽流輹〔9〕。羽葆出函秦，奕奕駐江澳〔10〕。控疆靖路塵，參藩廣土牧〔11〕。江草凛霜威，還欣霽日暴〔12〕。幾載瞻豫章，矗矗峙喬岳。文武夙性兼，遥恢穰苴躅〔13〕。狼烟摧闒材，佳林變枯木。柝柝丹荔衰〔一〕，丁丁緑榕促。蒼昊鑒且憫，亟以錫膏沃。借引洪河澤，淋瀝期優渥。簡之托藩垣，撫綏宣帝德篤〔14〕。津路歷乃周，風迹峻益逐。奇踪遍地散薩，上聲，偉步切天蹴。既康江潯步，應惜海瀕蹷。攀轅情莫惘，待哺救宜速。殘甸急倚賴，山川正瞪目。慚余蕭艾質，濫附苓菌斸〔15〕。銜恩睽更依，歲月恒髦髦。宮垣厠末座，栟幪趨卑屬〔16〕。望切延蚤頸，神馳代遠足。瞻雲愜所懷，托風申此曲。

【校記】

〔一〕『柝柝』，據詩意疑作『析析』，指落葉之聲。

【注釋】

〔1〕三山：福州城古稱三山，因有于山、烏石山、屏山圍繞。方伯：布政使。

〔2〕皇穹：皇天。溥：廣泛地施予。洪造：洪恩。曁：及於。六服：王畿以外的邦國。

〔3〕喆人：智者，有才識之人。受綏：登車攬轡，此指接受委任。膠其轂：膠著於瑣細。明代李春熙《玄居集卷六·賀陳學院遷大僕》：『雖登車攬轡者，不乏澄清之志；而膠轂棘軸者，或虛行邁之謀。』

〔4〕西陲：西部邊疆地區。文星：文曲星，借指有文才的人。高燭：高照。

〔5〕陶士：做陶器的人。宏：使宏大。埏埴：和陶土製作陶器。樹儀：樹立典範。

〔6〕衡：北門星。明代張銓《張忠烈公存集卷十八·請主考》：『北門垂光，久繫士林之望；南州啓泰，特提文苑之衡。』此指其文光如北門星熠耀。尼嶧：山東境内的尼山和嶧山。

〔7〕藻鑒尚秋實：品評薦拔人才時推尚有德行之人。

〔8〕末造：末世，衰敗的時代。

〔9〕幅幀：幅員，疆域。

〔10〕羽葆：天子的儀仗。函秦：函谷關，泛指長安。奕奕：盛隆的情景。

〔11〕參藩：擔任布政司參議官。

〔12〕霽日：晴日。暴：曬。

〔13〕穰苴：指春秋時治軍嚴明的田穰苴，被晏子推舉爲齊國大將軍。

〔14〕藩垣：藩籬和垣墻，比喻護國的重臣。

〔15〕蕭艾：没有什么用處的野草。苓菌：優質的藥草。斸：挖。此言自己能力微弱，忝列能者行列。

〔16〕帡幪：帳幕。

望月懷鄉

巢托西岳側，魂栖南瀛瀕。山水幾千重，冥絶渺音塵。儂心效明月，常去照西秦。輕越千山峻，捷超千水深。月臨秦中土，儂戀秦中人。臨土土有目，對之瞻月輪。戀人人有懷，詎不念儂身。往來通魂夢，徒煩虚縈頻〔1〕。不如月照時，一見面逼真。

【注釋】

〔1〕虚縈頻：思鄉之情徒然在夢中頻繁縈繞。

寓舍聞笛

濱海多龍籟，偶傍旅客吟〔1〕。吟出梅花曲，應動故鄉心。紫笛與赤簫，皆通竅中音〔2〕。律吕飄清風，恐颺出世襟〔3〕。倘效秦樓鳳，龍飛不可尋。

【注釋】

〔1〕龍籟：龍笛的聲音。

〔2〕竅中音：孔穴中發出的聲音。

〔3〕律吕：用於校正音律的器件，後泛指樂音、音律。

韓性存郡丞公拂花齋講詩二十四韵

君世華岳峙，余族渭水流。先代聯金閨，舊閥著雍州〔1〕。薄游泛宦海，旅衽接南陬〔2〕。

各傳弓裘秘，不受囂雜咻〔3〕。荒昧需廣益，開導資哲儔〔4〕。雲館容塵屣，托志厲清修。借啖淡玄味，期馨大雅臭抽〔5〕。末世變聲籟，諸氏雜賡酬。失指四始漓，垂音八體謬謀〔6〕。秦缶流夏厲，蔡謳習薄柔〔7〕。相逐建安轡，紛組漸啁啁。月露盈牘墜，風雲堆案浮。晝脂元精憊，鏤冰玄風偷〔8〕。盛衰關天造，清真出人謀。但晰正變界，即定工拙籌。深襟貯鴻寶，鳴步復琳球〔9〕。莖露滌埃臆，桃菊凈蕪喉〔10〕。象外志律申，筆底邃古留。開悟星燦燦，抽毫雲油油。調什發天機，倫類備攎蒐〔11〕。片言珍寸璧，長篇瀉湍濤儔〔12〕。翰墨欽矗律，詞賦回暗幽〔13〕。講席一揮麈，提携入道周〔14〕。新盟策蹇足，疲曳勉矣趨啾〔15〕。

【注釋】

〔1〕聯金閨：同在朝中爲官。舊閥：祖上的門第地位。

〔2〕南陬：南方邊遠地區。

〔3〕弓裘：父子相傳的事業。囂雜咻：喧囂紛雜之聲。

〔4〕廣益：廣泛接受教益。哲儔：賢明之輩。

〔5〕淡玄：深奧的玄理。

〔6〕四始：指《詩經》『風』『大雅』『小雅』『頌』各部分的第一篇。八體：指八種不同風格的文體。

〔7〕秦缶：秦地的民歌音樂。蔡謳：河南上蔡一帶的民歌。

〔8〕畫脂、鏤冰：在油脂上作畫，在冰上鏤刻，比喻詩文雖技藝精巧，但却失去了元氣真旨，浸染了玄風。
〔9〕琳球：具有文學才華的優秀人物。
〔10〕『莖露』二句：美好的文辭如同莖上露水滌淨了心中的埃塵，如同掃帚掃清了喉舌間的蕪雜之感。
〔11〕攟蒐：拾取搜集。
〔12〕湍濤：急速的浪濤。
〔13〕欻：迅速。矗嵂：矗立的高山。
〔14〕道周：教化之道。
〔15〕疲曳：疲憊衰頹。勉矣趨：勉强地快步趕上。

贈馬繹如公擢東牟郡丞

鶉飛附草遲，鵬運圖南捷〔1〕。行啄各有托，分在難凌躐〔2〕。夫君抗風翮，邁迹迅轉睫。別駕飭西甌，一隅倚提攝〔3〕。素絲見雅操，石畫出儒俠〔4〕。危黎欣捍禦，板蕩復素業〔5〕。隆望聳七閩，酬勩上賞愜〔6〕。牟子借控郡，司馬峙岌嶪〔7〕。巍署娛蜃市，偉伐應并曄〔8〕。瀛濡散和風，元氣隨車燮〔9〕。

【注釋】

〔1〕『鶉飛』二句：指鵪鶉鳥依附於草間飛得遲緩，大鵬展翅向南飛得迅捷。

〔2〕行啄：飛行、啄食。難凌躐：大鵬之習性與鴻志鵪鶉鳥難以超越。

〔3〕提攝：治理。

〔4〕素絲：指爲政清廉。石畫：宏大的謀劃。

〔5〕危黎：危難中的黎民百姓。板蕩：社會的動蕩。

〔6〕隆望：受人尊崇，極有聲望。酬勩：酬賞官員的勞苦。

〔7〕牟子：東漢牟融，曾任豐縣縣令，因治理州郡功績卓著而被舉薦入朝爲官。

〔8〕巍署：巍峨的官署。蜃市：瀕海沙漠地區因光線折射而形成的奇幻景象。偉伐：壯偉的功業。并暉：并生光耀。

〔9〕瀛濡：海邊濕潤之地。燮：調和。

聞秦大饑，賦此自訟

自嗤老佁儗，行藏辨未清〔1〕。萬里仕閑局，何事裨聖明。愧縻升斗禄，慚冒仕籍名〔2〕。不如歸去來，家食确田耕。况有子與孫，待翁受一經。失計溷仕隅，悠悠對南瀛。霜髮寄殊土，且慄大海鯨。伯兒閩省予，復去試燕京。仲兒專誦讀，家緣未兼營。繁口責之肩，懼昧豐歉情〔3〕。毒運白螣起，大侵困經生〔4〕。飄蓬浪宦迹，匪關國政縈。朝廷報既鬱，家園拋何輕。瞀聞桑梓語，萬里遠惸惸〔5〕。虛挺七尺軀，愆對國家并〔6〕。

【注釋】

〔1〕自嗤：自笑。佁儗：儗呆而猶疑不定，儗同『疑』。

〔2〕愧縻：慚愧受到官位束縛。

〔3〕繁口：家中人口多。『懼昧』句：擔心不清楚豐年和歉收之年的情況。

〔4〕毒運：災害。白螣：一種食苗葉的小蟲。大侵：大饑荒。經生：研習經學的書生。

〔5〕惸惸：孤獨憂愁。

〔6〕愆：失職自責。

送陸眉元年兄之京

宦途滯冷曹，海瀕共淹頓〔一〕〔1〕。憤結自填胸，相對抱鬱悶。萬里寡交親，旅踪倍繾綣。歌咏多倡酬，怡情傲蹇鈍〔2〕。官汰逢新恩，銓改釋偏困。仍可促膝歡，不作分襟恨。昵情難暫睽，密侶苦遽遠〔3〕。相別神依依，聊付三爵勸。

【校記】

〔一〕『頓』，原作『頔』。淹頓，意指拖延困頓，因據改。

【注釋】

〔1〕冷曹：僻静的衙門。

〔2〕蹇鈍：艱難處境。

〔3〕昵情：親近之情。難暫睽：難以面對暫時的分別。密侶：關係親密的伴侶。苦遽遠：因忽然遠别而痛苦。

寄涂受百先生

一别渺徽音，荏苒三十祀。往陟朝班崇，雲逵邁風軌。津路日邊遷，所立著盛美。行試鼎鼐職，隆望冠天陛〔1〕。樵漁仰山斗，勛名歷在耳。何期曳履聲，倏焉變行止。塵烟塞世路，林丘昧游屣。徒縈宫垣魂，莽莽隔山水。一旦晤胄君，覿面示近履〔2〕。雲逵高萬丈，岩藪閟道趾〔3〕。夙昔并阿衡，而今北甪里。鴻儀漸西南，嘉範昭遠邇。出處任轉移，大道永凝祉〔4〕。欣哉慰區區，蕪詞宣所喜。

【注釋】

〔1〕行試：行將擔當。鼎鼐職：重要職位。隆望：隆盛的名望。冠天陛：列於朝廷官員之首。

〔2〕胄君：貴族後裔。覿面：見面。近履：交情親密。

〔3〕雲逵：指仕途。岩藪：山野。閟道趾：道路隱蔽。

〔4〕凝祉：聚集福禄。

侯筠庵督學公抵粵賦贈

英朝化道成，文章賁萬國。輿圖八桂遥，寧綏土風飭。帝旌付提衡，延求鉅任副〔1〕。惟公具偉儀，天子方改色。簡之托斯文，豸飾重所職。威霜肅山川，化雨澤樸棫。行御尼嶧綏，多士仰引翼。楊苾措嘉風，成器待埏埴〔2〕。旌旆奕奕臨，文星照粵域。此日瞻霽光，蒸變益莫測。道範厲堪欽，德隅温可即〔3〕。共造肇昌期，合倚至人翊〔4〕。

【注釋】

〔1〕帝旌：帝王游車上的旗子，此指國之大業。提衡：簡選官吏。延求：延聘招攬人材。

〔2〕楊苾：揚起芬芳。埏埴：制作陶器，喻指培育人材。

〔3〕道範：風範。厲堪欽：威嚴令人欽敬。德隅：德行正直不阿。温可即：温厚而平易近人。

〔4〕翊：輔助。

嶺南逢陸綉公太守賦贈

巍科士可期，文價却難度〔1〕。子丑闢風雲，新藝競錯落。中原定所宗，群起推大作。家塾課兒輩，几窗快有式叶爍。焚香一披讀，父子共神躍。諳籍古檇李，知承宣公學。側望志偏殷，數年昧津爵。何期嶺表風，嘘蓬附寓迹叶爵〔2〕。識荆愜平生，道宇驚寥廓。洪鐘響無沉，發音觸輕搏。莫測海淵深，妄冀挹一勺。詞林剃蓁蕪，千古大雅托〔3〕。遽丐照乘光，借引迷途覺〔4〕。

【注釋】

〔1〕巍科：科考高中。文價：文章的價值。

〔2〕嶺表風：五嶺以南地區的風氣。嘘蓬：吐氣吹散蓬草。附寓迹：依附爲官流寓的足迹。

〔3〕蓁蕪：叢生的雜草，此指雜亂之音。

〔4〕遽丐：急切求取。

雄州春日迅雷劇雨，援筆記之

憶余西朔方，夏日多氛祲〔1〕。怪風與劇雨，驟隨奔雷臨。一瞻大火躔，雷聲若有禁。今僑炎海傍，花朝風雨甚。更怪霹靂雷，寓客驚伈伈〔2〕。莫謂南朔殊，陰陽氣淺深。所感應如此，蒼冥詎有謬。

【注釋】

〔1〕氛祲：雲氣籠罩。

〔2〕伈伈：驚恐。

贈劉永生司理公

中原彩鳳翔，德輝萬丈起。貴籍通金閨，丕濟庭闈美。澄清夙有懷，合笓李曹仕。衡尺試雲中，明允肇厥始〔1〕。借布蒐賢羅，門多雲龍士。嗣際兩讀禮，法星躔三徙。徙之垂東魯，攬轡傍闕里。載徙照嶺南，海甸仰風軌。泠泠清風隨，嘉頌遍所履。吸露鶴吭宜，淩霜松性喜。道高門自清，求掃人莫企。余遂登龍願，懿訓方提耳。溯憶先世交，誼篤聯孔李。少小承家學，亦殫翰墨拔。蹇拙淪泥塗，難繩先人跬〔2〕。煢煢栖閑曹，欣戴高雲被。

【注釋】

〔1〕衡尺：選拔人材。雲中：朝廷。明允：明正公允。

〔2〕『蹇拙』句：時運不好，陷入艱困的狀態。『難繩』句：難以繼承先祖的步伐。

壽封侍御蕭太翁萬輿先生代

世德冠中原，華族著海甸。鏕鏕五馬聯，專城偉勳建。太翁富抱儲，方略佐高宦叶院。經史腹有笥，姱修深自浣〔1〕。傳經發飶芬，乘時超然奮叶近〔2〕。岳岳豸爲冠，侃侃虎覲殿。旌揚美庭闈，絲綸雲霞絢〔3〕。靈晨簇名篇，斐亹佑祝宴〔4〕。余聯子舍譜，附申九如願〔5〕。

【注釋】

〔1〕腹有笥：腹藏書箱，指飽讀經史之書。姱修：品德美好。深自浣：深得於自我的修養。

〔2〕飶芬：芳香。

〔3〕絲綸：朝廷嘉獎的詔書。

〔4〕靈晨：美好的壽辰。斐亹：文采斐然。佑祝宴：祝福賀壽的筵宴。

〔5〕九如：祝福長壽。

壽高太孺人侍御潼水母　代

豈闈節稱奇，撫孤在襁褓。歲月歷苦辛，昕夕耐懊惱。堅貞撫弱嗣，歷年髮皓皓。哲嗣騰才名，巍科致身早。昔也延宗祊〔一〕，今也拓門造。花封輝里閭，歡脱荊與縞〔1〕。峻遷柱史階，皇綸褒上考〔2〕。潘輿擁褕珈，焕采燕京道。上都瞻婺光，華蓮燦蒼昊。滿朝獻祝觴，共祝後天老〔3〕。

【校記】

〔一〕『祊』，原作『祊』。宗祊，宗廟、家廟之義，因據改。

【注釋】

〔1〕花封：見《賦得仙人篇壽張儀昭先生》注。輝里閭：輝耀鄉里。『歡脱』句：指從此脱離了貧寒的生活。

〔2〕峻遷：官職高升。柱史：御史。皇綸：皇帝下旨。褒上考：褒揚政績上等的官員。

〔3〕後天老：祝壽語，祝福人與天齊壽。

合咏劉三太母節烈太史介庵之祖母與兩母　代

自古論閨壺，美德逢不易〔1〕。懿行萃一門，山川貢嘉瑞。憶昔厄藁砧，凄兩少嫠泪。雙鵠共含貞，詎不同烈志。遺孤肩撫摩，讓之獨早縊。重節輕捐生，甘就幽冥侍。死者愜所願，生者更深計。姑嫜迫崦嵫，阿翁復先背〔2〕。嫠姑偕嫠婦，相伴守静閟。共督弱嗣學，厥躬茹辛備。和熊課讀夜，相對憔悴積。積之發芬苾，共陶廟廊器〔3〕。熒熒天禄藜，煌煌鳳池轡。清華耀上都，迎養輝兩世。方快報鞠勞，念舊復酸鼻〔一〕。乾坤共柏舟，寧容一閨秘。傳之齒頰芬，載之史編貴。

【校記】

〔一〕『酸』，原作『朘』，據詩意改。

【注釋】

〔1〕閨壺：閨閣，代指婦女的儀德。

〔2〕姑嫜：公婆。迫崦嵫：人到暮年。阿翁：公公。先背：先去世。
〔3〕芬馝：家風芬芳遠播。『共陶』句：共同培養朝廷所需的人材。

生日書懷

人子逢初度，本源不忍忘〔1〕。伊余届此晨，撫衷更凄愴。少小背嚴慈，中歲失元伉〔2〕。此情藏中懷，觸之鬱不暢。荏苒歷歲月，衰扶皓髮杖。階前踴躍拜，兒曹領孫行。祝詞頌九如，延賓以陪釀。詎不笑含杯，暗裏倍惆悵。

【注釋】
〔1〕初度：生日。
〔2〕背嚴慈：嚴父慈母去世。元伉：元配正妻。

送張子北試戎闈

澌流凍初解，春迴日正熙。策杖睇遠甸，風鑣何紛馳。麃麃共首北，望日如燕畿〔1〕。君有干城才，奇抱人早推。胸中六韜備，携之獻玉墀。不負臨軒問，高名升旭暉。從此逢嘉惠，副願竹帛垂[2]。應知天路近，歡情托酒卮。

【注釋】

〔1〕麃麃：氣勢威武。首北：向北而行。燕畿：京畿地區，代指京城。

〔2〕嘉惠：朝廷所賜之恩惠。竹帛垂：功業載於史籍。

沙陽署中題壁

余素姑息示愛，恐其政之弛也，書此自箴書。

政須猛濟寬，水柔人易溺。由來驕子頑，出於慈父昵。治國如治家，嚴君戒姑息。天造至今朝，輸挽觀順逆[1]。按編急催科，正爲撫子計。全愛成於勞，聖訓宜銘壁[2]。

【注釋】

〔1〕天造：開創基業。輸挽：運送物資。順逆：風濤的平順與逆折。

〔2〕聖訓：聖人的訓示。

沙陽午日偕沂兒小飲

遠游宦鄂渚，倏逝一載餘[1]。兹届天中節，飄忽復結廬。江上重兢渡，龍仍驤𦪙𦩶[2]。咫尺金鼓喧，余也閬地居。分土類黑子，同城寡僚儔叶除。與誰伴采艾，共之酡觴壺。把杯退食署，因憶穴中雛。故園紛毛羽，一翮戢上都時洙兒寓京。祇有晚雛隨，堪理泛蒲醹。香蘭薦湯沐[一]，朱榴捧罦罳[3]。江貢鰣與鯽，釣來充節厨[4]。异鄉庭階語，叮嚀在詩書。

【校記】

〔一〕『沐』，原作『沭』，據詩意改。

【注釋】

〔1〕鄂渚：湖北武昌長江中之洲渚，後代指鄂州，即今湖北武昌。

〔2〕兢渡：龍舟競賽。𦪙𦩶：飛速前行的龍船。

〔3〕『香蘭』句：宋陳敬《陳氏香譜》云『五月五日以蘭湯沐浴』。

〔4〕『江貢』句：江中出産鰣魚、鯽魚。節厨：節日里的厨房飲食。

贈黄岡董渭苑明府

上第九霄騫，分牧邾君土〔1〕。戴星錯經緯，名區徼綏撫〔2〕。製就萬丈錦，挂之長江滸。百里咸瞻仰，欣欣依恃怙。才彦更樂育，文教覃施普。口碑遍路衢，相與傳召杜〔3〕。余也入楚疆，歷誦治迹譜。按譜課山川，含情共蹈舞。

【注釋】

〔1〕上第：科考第一名。九霄騫：如鳥兒展翅於九霄之上。分牧：分管治理。邾君土：山東鄒縣地區。

〔2〕戴星：披星戴月，政務艱辛。經緯：治理。徼綏撫：安定邊疆。

〔3〕召杜：指漢代賢官召信臣與杜詩。召任職谷陽，爲官勤謹，大興水利，百姓尊稱其『召父』。杜詩任職南陽期間亦注重興修水利，使民衆生活殷富，百姓尊稱他爲『杜母』。此指董渭苑明府治理地方頗有政績，百姓將其比之召信臣與杜詩。

中秋漢口寓樓偕三子兩孫觀月二首

東海升皓月，庾亮喜登樓。旅地無飲伴，祇集庭階甌。宴薄家常具，情真天性流〔1〕。歡坐通明夜，那知是他州。

一鷁奮遐翮，飛來自京邸。行館聚新逢，恰與圓月比。月圓有光輝，人聚生歡喜。高樓把杯對，竟夕神不怠叶地。洙兒北上考職，復歸楚省，余至漢口相遇。

【注釋】

〔1〕『宴薄』二句：宴飲淡薄，只是家常菜品；情意真摯，携子弄孫賞月乃是天性的流露。

歸里憩漢口作效陶體

舍彼宦海舟，登岸步輕展。雲憶原岫歸，鳥思故巢返。山川路仍舊，草木時遷轉。鼓枻快渡江，憩宿尚傍沔〔1〕。前去入函關，華岳自繾綣。定訊數年別，容顏何遽損叶顯。三峰翠不老，永映青菡萏。余也扶衰軀，對之應抱赧〔2〕。

【注釋】

〔1〕鼓枻：划船。憩宿：休憩住宿。尚傍沔：還是依傍沔水之濱。

〔2〕抱赧：心懷慚愧。

雲起閣詩集

亨集

《雲起閣詩集》卷之五・七言古詩

關中來鑑宜公　著

北莊田家款飲歌

夙昔省田住此村，幾年遠游宿昆侖。今日歸來尋舊侶，村中相識幾人存。科頭出門歡顏迓〔1〕，問予何往訪道奔。笑而未答睇山水，共坐清林開野樽。潺潺游波繞村舍，樹顛參差緑上下。環列培塿起山丘，山根歷歷泉源瀉。引導灌田稱沃區，鷗鷺群游戲水汊〔2〕。他處遭旱苗俱枯，此地錦錯秀實稼。坐中諸翁喜相瞪，款客歡飲慶腴田〔3〕。

【注釋】

〔1〕科頭：不戴帽子。

〔2〕沃區：肥沃的土地。水汊：小水流。

〔3〕相睇：相視。款客：接待客人。腴田：田地肥沃。

送楊台卿之廣陵

吾儕共盟騏驥志，鉛槧生涯同舍肄〔1〕。盟中展步推君雄，睥睨文壇空士類。得失由天數難同，此時雌伏暫共儂。不甘寂守薜蘿裏，遠學冠劍邗水東。揚州風景人易戀，居諸流逝多忘返叶。須記制科已近期，相依習業恐漸遲〔2〕。急待歸來偕梳羽，鵬飛萬里忙乘時。

【注釋】

〔1〕騏驥志：如千里馬一般的高遠志向。鉛槧：寫作著文。肄：學習。

〔2〕制科：科考。習業：攻習學業。

春日行

群卉駘蕩春光徹〔一〕，桃李夭冶艷淑節。芳林處處薦笙歌，睍睆好鳥弄新舌〔1〕。徘徊此際輕公侯，金塘玉淑美追游。風景雖好寧久住，倏忽一去不可留。董子春忙帷垂户，管寧更茹穿榻苦〔2〕。博得高名空駭世，土丘一樣泣霜露。眼前宏域散春風，且把金樽到花叢。醉拂春風歌且舞，收盡春色樂無窮。

【校記】

〔一〕『卉』，原作『彙』，據詩意改。

【注釋】

〔1〕薦：獻上。睍睆：鳥聲清脆。

〔2〕『董子』二句：漢代大儒董仲舒專心讀書講誦而三年不窺園；三國名士管寧心志篤定，常年坐一木榻上，以致木榻被膝蓋磨穿。此指專注習業，心無旁騖。

游荔枝園歌

伏日苦炎埃，小兜訪西麓〔1〕。塘間蕖相待，風前香相逐。歷莎岸，度柳關，清芬暗隨付潺湲。水際天嬌惹流盻，濃妝淡飾嬌相間。游屣帶香入雲林，錦雲乍變緑沈沈。誰將琥珀滿林綴，翕艴輕點緑雲埒〔2〕。摩雲摘來薦雕盤，個個解衣瑪瑙寒。咀吸迴殊喉間味，火棗白橘乃仿佛。仙果因招仙翁來，仙翁坐處天門開。風泠泠，雲淡淡，丹房紫洞從此探。清虚之界暑自消，不煩河朔醉避熇傍徑皆蓮塘，蓮有紅白二種。

【注釋】

〔1〕小兜：小竹篚。

〔2〕琥珀：指荔枝滿樹如琥珀懸掛。『翕艴』句：荔枝色彩光亮絢麗，輕輕點綴於如緑雲般的緑葉中間。

對月憶内

一判琴瑟關河渺，兩地共對月皎皎〔1〕。南瀛懷土署凄凉，西塞念遠閨懊惱。月臨兩地照平安，憐人惙惙俱無歡〔2〕。冷暖睽隔安足道，衹愁桑田變海瀾。海瀕行踪月詳視，月前已求消息寄。雖無聲音却有象，徘徊吾庭勝於字。多君近况亦托來，莫道西沈不東回。今宵光輝明宵在，仍升東海向人開。

【注釋】

〔1〕一判琴瑟：夫妻一别。

〔2〕惙惙：憂傷。

茶洋紀事

南海咆咻陷清漳，海甸之土春草荒〔1〕。雲屯魚麗聚兵馬，裨王督壘下海疆。爰備委積追呼急，飛芻挽糗土不給〔2〕。殊方采辦走僚吏，侈頒公帑責之執〔3〕。連檣灘瀨溯洄遥，麟趾褭蹄下雲霄。况聞波横吞舟魚，何堪擔之晝夜漂。積雨沺沺汩浪至，電激雷崩不敢試〔4〕。沙漈相逢雖相留，却嫌捍衛弗奰屭〔5〕。因道嶺後鷹作聲，見腥厲吻變䲔鯨。此地荒凉無迴避，勸君早計掩饞睛〔6〕。遂躋厓隒周四顧，野草纖茸迷大路〔一〕〔7〕。草際曾置茶洋驛，鷹擊殘驛吏逃去。悖屣歸舟魂不寧，數夕不眠站水汀〔8〕。水汀躊躇天地窄，環舟四面愁雲停。

【校記】

〔一〕『茸』，原作『葺』，據詩意改。

【注釋】

〔1〕咆咻：咆哮。

〔2〕飛芻挽糗：用《漢書·主父偃傳》中『飛芻挽粟』之典，指以車或船迅速地運送糧食。

〔3〕公帑：公费。

〔4〕油油：雨水盛多。

〔5〕贔屭：氣盛有力。

〔6〕饞睛：貪戀之眼。

〔7〕厓隒：崖邊。纖茸：纖細叢生。

〔8〕悖屣：驚慌的脚步。

靄雲歌贈李斗岩明府赴召

飛雲油油，灑雨瀌瀌。變幻霽巒，咸被鴻休〔1〕。下散群黎，上報冕旒。維兹雲之焕發卷舒，普於九州。爰霪霿絪縕携膏液，於篤萬卉之生意〔一〕；復空濛布簇結輪困，於昭九重之嘉氣。咄嗟神明宰秦川，肇人龍，百里分，海甸坐籌提花封〔2〕。翠花山頭雲霏霏，群息欣欣共因依。幾載政成報天子，上賚舄奕出皇闈。忽瞻雲飛繞北極，更向九五致扶翊〔3〕。相與賡歌靄雲開，靄雲輝輝著三台〔4〕。

【校記】

〔一〕『卉』，原作『彙』，據詩意改。

【注釋】

〔1〕鴻休：大善，美德。

〔2〕人龍：人中俊傑。坐籌：謀劃。

〔3〕致扶翊：指獻上輔佐君王之忠心。

〔4〕靄雲：祥瑞的雲彩。

春閨

暖風至，香靄縈，芳草碧，錦樹明。自啓玉箔窺春色，獨倚綉几怨轉生〔1〕。燕掠户以侶影，鳥栖林而换聲。紅顔暗逐韶光易，寧堪寂寞銷此情。

【注釋】

〔1〕玉箔：玉簾，簾幕的美稱。綉几：美麗的几案。

移居河滸

春日結廬碧水隈，閣上瓮牖傍漈開〔1〕。隔岸楊柳翠烟動，灣頭杏林露粉腮。莫道鎧戈蹸春草，此地觀春春仍好〔2〕。曳杖臨流兩孫隨，長者牽裾幼在抱。天地窄兮斗室寬，山川危兮環堵安。甘栖陋巷志不拔，閑弄潺湲好加餐。

【注釋】

〔1〕瓮牖：簡陋的窗。漈：岸邊。

〔2〕鎧戈：鎧甲兵器。躪：車輪碾壓。

劍津歌贈姜道以明府

兩道沃流南漸海，涌以相從東西匯。中原佳氣正堪收，應有三公肇茂宰〔1〕。君不見雷煥之劍驟爲龍，欣乘此津躍沖瀜。一去升騰不可測，變化曾借靈地通。元爲七閩扼沖要，津頭弗斷帆檣鬧。且值王蹕移駐閩，兵馬飆霧往來頻〔2〕。邑中若無神明吏，紛紛應接偲無備〔3〕。姜侯人龍素擅名，飛提花封坐江城。不但給付能周到，嗷嗷蒼黎值重造。一時播譽漢循良，霖雨霶霑培野棠。三年政成萬國仰，日邊論最异數奬。從此展步承明廬，高翔霄漢護帝居。

【注釋】

〔1〕茂宰：主管縣邑的官員。

〔2〕王蹕移駐：指帝王出行暫居閩地。

〔3〕偲：同『愳』。

應龍篇贈陳昌箕孝廉

中澤有龍茭莽竄，欲窺爪鬣冥漫漶〔1〕。莫知垂天翼夭矯，輕如蝍蛆試撫玩〔2〕。疏鑿之際尾開泉，詎溷蝘蜓伏流涓〔3〕。此日蚪蟠俟雲雨〔一〕，轉瞬蜿蜿上九天。大海鍾靈產奇士，詞場鎔鑄羅經史。文章美譽馨茝蘭，廓處猶息岩石趾。匪甘吳市梅福居，乃栖莘野保衡儲〔4〕。一出方駭驪龍飛，飛向五位抒嘉謨〔5〕。

【校記】

〔一〕『蚪』，據詩意疑作『虯』。

【注釋】

〔1〕茭莽竄：隱匿於草莽之中。爪鬣：爪毛。冥漫漶：冥暗不清。

〔2〕夭矯：展翅翱翔姿態矯健。蝍蛆：蟋蟀。

〔3〕蝘蜓：壁虎。

〔4〕梅福：東漢隱士，曾在會稽隱居，有『吳門市卒』之號。莘野：隱居之處。

〔5〕五位：皇宫，指帝王。嘉謨：經邦治國的謀略。

咏魚岳

魚岳在嘉魚城下，《水經》《山海經》載之。余讀其書，憶鄂渚之上、赤壁之下，循大江至嘉魚，入港口、溯湖水而知其旁有魚岳焉。余宰其邑，就地尋觀，大半傾頹於湖水而不可以登。一日孝廉李雨公索余題咏，因追憶而咏焉。

夙有土鯉躍水滸，歷入經編傳千古。一方倚之矜勝觀，佳如海澨浮珍嶼〔1〕。余來牧土先攬奇，大半崔隤湖水迷〔2〕。向湖訪勝尋古址，土居時流茫不知。孝廉堪稱摭古士，援述記載備終始。部中山水論勝概，魚岳堪稱第一美。古來魚岳名雖傳，如何瞻之却茫然。或乘風雷奮鱗鬣，去躍龍門上九天。祇餘蝘蜓殘痕在，游人對之生感慨〔3〕。

【注釋】

〔1〕海澨：海邊。

〔2〕牧土：治理一方。攬奇：攬取奇觀名勝。崔隤：蹉跎時間。

〔3〕蝘蜓：壁虎。

比鄰行

比鄰有痴翁，迷習未知改。遇病不延醫，只信巫者詒。此日西鄰鼓喧喧，又爲病沉祈神援。古人借巫通禱愫，今人效巫作狂言〔1〕。病家心忙致惓惓，巫家意遂肆亹亹〔2〕。巫鼓聲停，病欲作鬼。問巫何拯，巫笑其昧。人間生死皆由天，按病服藥醫參權。君來求巫巫何與，莫怪床褥病不痊。

【注釋】

〔1〕禱愫：求神的心意。

〔2〕惓惓：心煩意亂。亹亹：辛勤不倦。

贈淳化文清也明府初度

矗矗甘泉聳千尋，山灣聚闊民社林〔1〕。稔歲桑麻歡四野，疃稑溢慶起歌吟〔2〕。誰擁琴堂提百里，應出昭代經綸士〔3〕。漱玉湘水共毓靈，胸羅萬卷富經史。平生意氣埒青雲，西宰鎬京迥不群。手握綱維宣道化，展錯炫爛懋奇勛〔4〕。塞帷憑軾勤問俗，甘雨和風告清淑。嘉勣真敵漢循良，更襄文運校閫牘〔5〕。搜盡士儲采瑾瑜，光芒入貢賁上都。此日槐衙列錦宴，賓客環集鬧雙凫。仙流試宰擬葛令，大丹初就大椿慶〔6〕。滿堂詞賦咸報恩，各采稗管頌佳政。余附鄰土愧無文，遠謀侑觴乏嘉咏〔7〕。

【注釋】

〔1〕矗矗：指泉水從高處直瀉而下。

〔2〕稔歲：豐收之年。曈稑溢慶：日光照耀先熟的稻谷，仿佛流溢著慶賀的氣息。

〔3〕琴堂：指縣署、縣衙。提百里：掌管一縣之地。昭代：政治清明的時代。經綸士：有經邦理政才能的人。

〔4〕綱維：法度。道化：道德教化。展錯：施展政令。懋奇勛：功勛盛烈。

〔5〕循良：奉公守法的良吏。

〔6〕試宰：爲官。

〔7〕侑觴：勸賓客飲酒以助興。

題畫

潺潺流水，園闢其潯。前多奇卉，後有茂林。汲清泉以烹茗，采野薪而供焨〔1〕。土階静兮舞孤鶴，雲樹緑兮集异禽。栖遲其中者，逍遥仙岑。

【注釋】

〔1〕供焫：供應燒火之用。

上巳後日邀詞社諸公集飲耦園之松臺，王金鉉倡賦，石仲昭、楊吉公和之，余亦賡咏

吾家方岳闢園林，百畝擴址景色深〔1〕。方岳闢園共雁行，曾割園址析力任〔2〕。因時崔頽久寂寞，兹有英裔志駸駸〔3〕。重理所任存一叚〔一〕，偏留松臺謖謖音〔4〕。春來乾坤盡回媚，松林迎之增青翠。一望新采雲浪翻，游宴尚堪稱勝地。遍拉詞壇諸名賢，西郊共聯蹀躞轡〔5〕。芳甸十里披烟霞，松引嘉賓詵詵萃〔6〕。滿臺氍毹壺枰陳，羯鼓傳花雜麗人。載筆遥追蘭亭會，誰倡詞賦紀佳晨。逸少大篇波濤瀉，苞雄和章并堪珍〔7〕。次第投來珠璣燦，余亦賡咏愧效顰。

【校記】

〔一〕『叚』，疑作『段』。

【注釋】

〔1〕方岳：朝廷重臣。

〔2〕雁行：兄弟并行同游。析力任：各自分擔事務。

〔3〕崔頽：即『崔隤』，浪費光陰。英裔：才華出衆之後輩。

〔4〕謖謖音：風吹松樹的聲音。

〔5〕蹀躞轡：騎馬按轡慢行。

〔6〕詵詵萃：衆人和樂聚集。

〔7〕逸少：才華横溢的少年。苞雄：傑出的人材。

燕歌行贈王金鉉進士新除東光令北上受文憑之任

君不見直北雲高起，五色蒸變絢帝里〔1〕。天子臨軒欣遴簡，司牧得人開顔喜〔2〕。君不見東方日初昇，扶桑杲杲曉旭明。上第雄飛方筮仕，雲扶高步九天行〔3〕。燕都市上錯綉轂，才人交往覲王國叶。鵷鷺隨班覲紫宸，析圭剖符分牧土〔4〕。夫君素藴富文章，携去飭治遠翱翔。上帝偏篤箕尾野，借之織錦傍魯陽〔5〕。行旌此日度渭灞，華岳高呼餞遠駕。塗中恰值管灰萌，遍催春色起相迓。計抵都門春澤敷，都市芳華正堪娱〔6〕。應念齊東紛竹馬，山川急望雲中鳧。

【注釋】

〔1〕直北：正北方。蒸變：雲氣蒸騰變化。

〔2〕臨軒：皇帝坐於前殿。遴簡：選拔人材。司牧：明清的太僕寺卿。

〔3〕筮仕：出仕做官之前卜卦占問。

〔4〕析圭、剖符：朝廷授予官職。

〔5〕上帝：天帝。箕尾：箕星和尾星的分野，指幽州一帶。魯陽：今河南魯山縣。

〔6〕春澤：春雨。

白馬篇贈孟郡丞歸里

白馬黃金羈，蹀躞長安徹〔一〕〔1〕。旋馳西京路，道隆絳帳設。容余厠末座，仰止竊寐悦。自謂山斗永依依，豈圖一旦成分別〔2〕。東望龍門水長流，不盡人間攢眉愁。陸機名高翻見妒，賈生曾遭絳灌仇〔3〕。人心對面生波濤，頃刻反覆變不休。丈夫勇決性難回，豈因得失計咎休〔4〕。高瞻山，遠觀海，地天泬寥永不改。塵世茫茫度居諸，秦皇漢武今安在？昌期名世應運來，先生自是棟梁才。茲日解綬返泉石，浮雲於我何有哉？

【校記】

〔一〕『徹』，疑作『轍』。

【注釋】

〔1〕蹀躞：小步前行。

〔2〕山斗：泰山北斗，喻指欽慕之人。

〔3〕『陸機』二句：西晋陸機文采出衆，名重一時，因卷入政治争斗而被殺害；漢代賈誼才華横溢，遭到絳侯、灌嬰等人嫉恨。事見《晋書·陸機傳》《後漢書·賈誼傳》。

〔4〕咎休：即『休咎』，指吉凶善惡。

覲後歸途作

宦游四載羈東粤，覲期代庖入帝闕。群鳥朝鳳聚復散，倚雲整翮紛紛别。余怯天末遠翱翔，嶺表八千雲路長。兹出都門逢三月，繁花匝路的的香〔1〕。久别故土有所思，假道紆程入秦疆〔2〕。華岳渭川定含嚬，嗤余皤髮歷風塵。岳有蓮，川有竹，近地風景堪娱人。論年已及古稀老，回頭安歇計須早〔3〕。

【注釋】

〔1〕的的香：繁花鮮明艷麗，香氣馥郁。

〔2〕紆程：行程中迂回繞路。

〔3〕安歇：隱退休息。

别署中榴花歌

階際雙絢安石榴，來去煩汝迎且留。前歲我至花初放，歸日復看赭采稠〔1〕。憶汝迎主發歡笑，莫識主人志欲休。聞主解綬整歸駕，忙來繾綣捧餞卣〔2〕。且謂别後誰作主，疑有隱懷向主吐。自怨生植官寺中，來往難結久長侶。兩載曾作清署好，願隨千里永共處。如此雅誼難分拋，收之堪作莫逆友。歸去雖好栖故園，詎戀松菊遠忘汝。

【注釋】

〔1〕赭采：紅色的光采。

〔2〕餞卣：餞别的酒杯。

新杏花灣歌

清水環流傍西山，一灣北繞復南灣。北灣久矜杏林艷，南灣寂寞逝潺湲。人茶林殘花難繼，南奮雄志人咸勵〔1〕。群謀栽植絢烟霞，鬥簇春華雲裏綴。夙昔游客鬧北林，邇來士女聚南潯。如何兩地今昔异，榮瘁變易由自致。

【注釋】

〔1〕茶：精神疲憊。勵：奮發振作。

《雲起閣詩集》卷之六·七言古詩

關中來鑑宜公　著

雙桂篇

署中二桂耦於副堂之坳〔1〕，粤中之桂如此修且茂者，亦罕覯也。

由來官寺號傳舍，纔及瓜期欷告謝。花樹元不謀久長，春紅夏緑難相借。何期此署存雅懷，早托菌桂并伫迓。迓余踴躍鬥森沉，蜿蜿蝹蝹兩坳下〔2〕。對走驪虯勢欲騰，風飄芬芳薰庭榭〔3〕。質此清況久徘徊，空際誰烘雙罏麝。不禁揮毫狂命篇，酣顔把杯守深夜。夜深放患月窟近，静對素娥天香瀉〔4〕。

【注釋】

〔1〕耦：成雙種植。副堂：正廳旁邊的偏室。坳：低處平地。

〔2〕迓：迎接。森沉：樹木茂盛。蜿蜿蝹蝹：枝干屈曲如龍盤伏。

〔3〕驪虯：驪龍，虯爲有角之龍。

〔4〕放悲：髣髴，依稀、隱約之意，「悲」同「髴」。月窟：月宫。

游楊瀝岩歌〔1〕

雄州春日，出郊訪勝，距城十里許，土丘環擁，四望童然，轉眄延睇，遥得一岩，林木菁葱，殿閣崇閎，土民指爲楊瀝岩。岩上有龍潭，禱雨輒應。唐釋有脱升於此者〔2〕，迄今肉軀擁座，雄郡第一勝概也。尋登其顛，歌以紀之。

凌江江上鬱巃嵸，遥指雲靄有蟄龍。十里欣欣春草緑，窄徑危橋曲折通。曠望天際環培嶁，一帶童然土爲阜〔3〕。猛得一岩豁游眸，且駭靈氣氤氲厚。銀城金壇聳碧空，紫桂赤松散烟藪〔4〕。頂上渟涔匯群流，旱走官僚呼龍湫〔5〕。何處吼潑急湍水，瀑布聲墮金漢裏〔6〕。唐釋振錫游諸天，歡逢勝地乃安禪〔7〕。挂錫高升連色相，軫丘更作迦維傳〔8〕。余也蓬飄萬里外，驅馳天涯厭塵壒〔9〕。安得此中葺茅齋，結契幽岩慰素懷〔10〕。

【注釋】

〔1〕楊瀝岩：雄州名勝。

〔2〕唐釋：唐代僧人。脱升：僧人圓寂升天。

〔3〕培塿：小土山。童然：光秃秃的様子。

〔4〕烟藪：烟氣籠罩的草野。

〔5〕渟涔：岩上的龍潭。龍湫：雁蕩山之大瀑布，此指水勢盛大的瀑布。

〔6〕吼潑：指瀑布之水吼鳴著潑灑下來。金漢：銀河。

〔7〕振錫：行走時錫杖發出聲響。安禪：通過静坐的方式修行，亦指内心平静無擾的境界。

〔8〕挂錫：借宿於寺院中。色相：佛教指現象界各種有形之物。軫丘：方形的小山丘。迦維：佛祖釋迦牟尼。

〔9〕塵壒：塵世。

〔10〕結契：托心於山岩。

閲孫西赤先生潛龍軒册附題

葺茅開軒湖水濱，莫怪雲霧冪前津。元有應龍蟠其下，五彩九色賁甲鱗〔1〕。識者美稱潛龍處，名公韵士争表著。或圖或咏墨迹殊，流輝含彩錯蠙珠〔2〕。收之傳家珍什襲，每放玓瓅向人敷〔3〕。靈枝皆堪翰墨寄，文孫更克永孝思。携來秘藏共一披，雲霞蔚起塞官寺。參差描寫示真容，因信當年人是龍。倚天已垂夭矯翼，曾待雷雨颯颯從。素博文史鎔今古，升騰可期翊九五。留之奕葉作典型，須言努力繩嘉武乃孫遠侯文學索題也。

【注釋】

〔1〕應龍：一種有翼的龍。蟠：盤伏。甲鱗：龍鱗。

〔2〕蠙珠：指詩畫如珍珠閃耀。

〔3〕珍什襲：當作珍寶收藏。玓瓅：耀眼的珠寶之光。敷：散發。

喬松篇壽獻吾趙太翁九帙

太翁乃同州刺史乾符尊人。世籍武鄉，三子。長君明經候銓，次君聯捷甲第〔1〕，季君即乾符也，兩孫俱孝廉。季君徵咏祝耋。

岩上亭亭古幹勁，蒼顔不與凡顔并。枝頭疑留洪濛雲，碧采恰向長空映。汾水靈波濯天根，姑射仙胎凝貞性。因逢冱寒摻益堅，頻俾霜天失肅令〔2〕。葰楙廣蔭子孫條，觸鹿紆回虬龍競〔3〕。怪底深山儲棟梁，多材元從厚培昌。銅鞮鉅閥趙獨矗，太公深静毓嘉祥〔4〕。九疑仙采自綽約，年登九帙愈尚羊〔5〕。滿階英聲俱不凡，邦彦錯綜燦琳琅〔6〕。名穴葳蕤萃三鳳，更多孫鷯梳翎扛〔7〕。次第雲漢呀高翀，季君五馬驕西雍。三輔藹藹化景舒，華下習習谷颷動。編民俱切渥德含，淵源溯憶喧祝諵〔8〕。椿期不煩管弦頌，修齡無疆自永覃〔9〕。

【注釋】

〔1〕候銓：等候朝廷授官。聯捷：科考連續及第。

〔2〕摻：喬松挺立。

〔3〕葰楙：指松樹茂盛。觸鹿紆回：《晋書・孝友・許孜傳》載，許孜雙親去世，哀痛萬分，不僅爲父母建墓於東山，而且整日守於墓旁，時有小鹿觸碰其墓地所栽松樹，孜遂悲嘆動物不知其悲痛之深，第二天忽見鹿被猛獸所害，倒於其所觸之松下。後以『觸鹿』之典比喻孝心感動生靈。

〔4〕銅鞮：古縣邑名，春秋時晋國的政治文化中心。鉅閥：世家大族。

〔5〕尚羊：即『尚佯』，悠閑自在的狀態。

〔6〕邦彦：一國之傑出人材。

〔7〕孫鷯：孫兒輩。梳翎扛：梳理翅膀羽毛後飛向高空。

〔8〕編民：一地之平民百姓。渥德含：沾潤其恩德。喧祝諵：祝福之聲喧鬧。

〔9〕永覃：永續綿延。

仗劍歌二首

仗劍四顧兮丹楓凋，良馬服箱兮風蕭蕭〔1〕。不逢伯樂兮鬱牢騷，長伏櫪下兮困頓遭。仰天宣臆兮鳴無聊。

仗劍長吁兮雲黯黯，塵埋鼎鼐兮晦琰琬〔2〕。國器掩光兮白日晻，急望開霽兮歲荏苒。天數難料兮怯晼晚〔3〕。

【注釋】

〔1〕服箱：駕車。

〔2〕鼎鼐：大鼎。晦琰琬：使美玉光色晦暗。此喻指人材被埋没。

〔3〕晼晚：日暮將晚。

合咏三太母詩有引

三太母乃劉介庵太史之大母與母也。太史七齡而孤，母忍死以撫之，庶母羅烈而自縊。太史幼恃嫠慈，兼依大父大母焉。太史丱年聰慧，甫就外傅，遂遠近知名，補博士弟子籍。大父驟逝，大母亦垂伉儷而嫠居，姑婦侶影，共督太史學。甫弱冠而通籍金閨〔1〕，開席木天〔2〕，隆養兩世，重慈稱慶。轉憶夙昔相伴茹荼，乃愴然動懷，并念羅母之烈，早侍太翁於泉穴，潛德宜合昭也。遍徵詞咏翰墨之儔，咸嘉三太母芳行，并欽太史孝思云爾。

雍州河岳氣不泐，磊落倔彊土風特。氣灝風直萃厥靈，閨壼受之發坤德〔3〕。清渭湯湯繞門庭，井野高映雙婺星。或忍一死撫藐諸，或矢烈志侍幽冥〔4〕。俱抱堅貞比金石，遠延宗祏更善晝。煢煢少嫠何所倚，仰瞻翁姑耐朝夕〔5〕。膝前弱齡殊慧聰，方就外傅負望隆。一旦王父付長逝，王母稱嫠與母同。姑婦淒惻共吊影，相伴丸熊課讀冷。百方砥礪期亢宗，果看庭階飛步猛〔6〕。弱冠上第早播名，木天清貫耀燕京。聯輿迎養慶重慈，追憶夙昔惹愴情〔7〕。并念泉臺烈隨者，三母苦行合共寫。遍徵歌咏務闡揚，孝思著世托風雅。

【注釋】

〔1〕通籍金閨：取得出入宮廷的資格。

〔2〕木天：秘書省。

〔3〕氣灝：氣勢浩然。風直：風氣剛正。萃厥靈：聚集了眾多英傑人物。閨壼：女子居室，代指女性。發坤德：發揚婦德。

〔4〕藐諸：諸位年幼者。矢烈志：立下誓愿。侍幽冥：守護已故者。

〔5〕少嫠：尚需撫養幼子的寡婦。翁姑：公婆。
〔6〕亢宗：光宗耀祖。
〔7〕聯輿迎養：指將兩位母親迎於一處贍養。

壽王岳母七帙

門庭舄奕太宰後，靈枝芳聯三桂茂叶母。端毅公乃翁之五世祖，其祖兄弟三人皆登賢書，先達榜其第曰『三桂連枝』。簪纓世傳風逾高，德業範世稱賢耆〔1〕。賦來龍性不可馭，林泉放浪酒爲友。龐公偕隱稱高尚，木公欣逢金母偶〔2〕。大母静和滌塵埃，桃顏色駐丹還九。三侑七箸齊萊舞，中外孫行盈左右〔3〕。玉樹凌風春滿階，椿容萱姿映南斗。秋月秋花堂中筵，清日清歌座上酒。樂奏虎瑟與鸞笙，盤列冰桃共雪藕。此日南陽菊正開，谷水泛英薦芳卣。曈曈杲日照錦茵，藹藹瑞烟襲花毯。賓客次第頌九如，辱館小子附拜手。鳳穴諸雛毛葳蕤，佇看高舉縈組綬。翕然鬢鬟意栩栩，蒼顏歷算天地久〔4〕。

【注釋】

〔1〕賢耆：賢良的高壽老人。

〔2〕『龐公』句：漢末龐德公與諸葛亮等一起隱居襄陽，有高士之名。『木公』句：道教中的東王公和西王母，乃是人間夫婦白頭到老的象徵。

〔3〕三侑七箸：祝壽勸食之禮。萊舞：春秋時老萊子爲盡孝心，年七十仍穿小兒彩衣爲雙親舞戲。

〔4〕意栩栩：心意歡愉。

瑞鹿篇壽錢太恭人

憲長錢公永先生爲太母七帙賦詩祝釐，遍徵詞林，和韵共祝。余於先生有國士之遇，應命敬賦。

君不見鹿度千春迴北斗，人間上瑞堪居首。彼煩大羅所致者，四駕六飛世所有〔1〕。三角七星匪凡類，天衢應與諸仙偶。鉅公孝思感岳瀆，純善有靈被格久。兹歌聖善拜高堂，錦瑟瑶笙娱金母。毛質斑駁焕嘉瑞，呦呦聲向瑶池走。著休歡游清水前，行春躍逐鄭車後。中庭騰倚如拜舞，依然華封祝進酒。世人漫説仙界遥，三危青鳥昇此否。太母翛然擁翟珈，吸厥雲液茹雪藕〔2〕。吾師克孝復克忠，應知上求夔龍以爲友。

【注釋】

〔1〕大羅：神仙所居的天界。

〔2〕翟珈：女性的頭飾。雲液：美酒。雪藕：嫩藕。

過釣臺

富陽山巔漢代草，净却埃氛青不老。共觀色澤久莫渝，堪爲幽人表清藻。人間履道元坦坦，静釣烟波欣自澡。箕山移石砌厥臺，潁水繞流故灝灝〔1〕。東海釣叟栖渭濱，既載周車弃釣綸〔2〕。莫如此臺志高尚，一丘一林净世塵。星犯帝座交雖昵，逵鴻依然羽翰振。飛飛縹緲遠弋繒，天地永存臺上人〔3〕。雲來飛采燦高護，閑閱帆檣忙水渡。帆檣渡中多勞擾〔一〕，阿誰質之肯自悟。

【校記】

〔一〕『擾』，原作『櫰』。勞擾，紛擾、煩亂之義，因據改。

【注釋】

〔1〕箕山、潁水：傳説高士許由隱居之處。

〔2〕『東海』二句：周朝時隱士吕尚乃東海人，釣魚於渭濱，周文王打獵遇之，載之歸，後輔助周武王討伐商紂立下奇功。

〔3〕弋繒：一種用於射鳥的短箭。

贈彭鶴叟少府

長安裊裊豎雲岜，翠屏參差終南列。一灣曲江錦水流，綺薄花柳倚爲埒〔1〕。冠蓋由來美遨游，每迎車騎薦歡悦。風景所喜在歌咏，瞪目專盼翰苑杰。一朝逢迎彭使君，川岳相對色欣欣。西臨函谷蒸紫氣，井野晢晢德星麗〔2〕。天禄隆副二千石，褰帷行春五馬儷。杖頭携來三江波郡丞姑蘇人，遍灑秦川霖澤多。厄屯之餘慶重造，雷霆雨露均撫摩〔3〕。公餘詩酒多雅興，終南曲江散吟哦。士儲有材遍招尋，分别裁成巨斧任。余也供餐愧葵藿，一對大官知自怍。如何托味却相同，痂逢嗜者不厭惡。何日投分炙光儀，期慰平生御李渴〔4〕。

【注釋】

〔1〕綺薄：綺麗輕盈。埒：圍牆。

〔2〕蒸紫氣：蒸騰祥瑞之氣。井野：井星乃秦之分野。晢晢：明亮。

〔3〕厄屯：災難。

〔4〕御李：東漢李膺因賢德而聞名，士子皆願意主動接近他以抬高自身地位，謂之『登龍門』。

送駱叔夜令君扶櫬歸會稽

盛代薪櫝賁輿疆，群士獻賦奏明光〔1〕。共抒所懷上九天，遂聯世譜作雁行。伊余薄游無諸國，夫君分符内史鄉。幾載善政傳萬里，遠知穫澤多霖雨。更宣文教闢宫垣，收盡部下英妙士。珍鸞争薦供佳食，藜藿在列亦不委泗兒受令君薦拔。越山超水暗縈魂，欲覩霽采阻無門。兹因改銓趨畿甸，行軫紆道省故園。君雖遭彈戢鳳羽令君被誣，浮雲聚散詎終昏。方遲開霽仰日月，誰不思卧寇公轍〔2〕。庭萱倏萎黯蘭階，蒼藜方悲怙恃絶。雲愁風慘扶櫬歸，山川含淚與君别。别後甘棠遥繫思〔一〕，延頸東南念更私。仰籲皇穹仍注意，簡之重來續撫綏〔3〕。

【校記】

〔一〕原作『棠』，當作『棠』。

【注釋】

〔1〕薪檝：指薪火聚集，檝，同楫。賁輿疆：光彩閃耀於地域。

〔2〕卧轍：指百姓爲挽留官員卧於其所行車道上，比喻對官員的擁戴。寇公：指東漢寇恂，曾出任汝南太守，肅清盜賊作亂有功，後潁川盜賊起，朝廷復派恂前往平亂。《後漢書·寇恂傳》：「即日車駕南征，恂從至潁川，盜賊悉平，而恂竟不拜郡。百姓遮道曰：『願從陛下復借寇君一年。』」

〔3〕仰籲：仰頭呼喊。注意：措意，重視。撫綏：安撫一方。

梁君雷封翁偕壽歌

爵禄人間貴，匪關著意圖。局天蹐地薄祜子，富貴偏戀偉丈夫。君不見梁君雷胸中無羈坦恢拓，應世御物任所樂〔1〕。氣高萬丈薄層霄，寧甘柳之縈齷齪〔2〕。夙與余輩締文盟，才品焯爍士林驚〔3〕。臨帖染繪兢大雅，厭從鉛槧問簪纓。訪花探月侑尊罍，解錢貰酒良友陪。相國經邦却自許，森森玉笋庭階培。長嗣孝簾雖暫伏，應龍有翼升騰速。中嗣高踞要路津，逍遥青瑣弼紫宸。幼嗣英質復堪把，風雲同氣待吹灑。貤綸舄奕崇秩加，蒼顔依然領烟霞〔4〕。兹日稱俱慶，滿朝供圖頌。遥勸偕壽卮，傳遽達西雍。錦軸綉屏盈中庭，瑶翰瓊墨光錯綜〔5〕。芝髓薦，壽域開，雲璈奏，鳳旍來〔6〕。紺瞳緑髮次第集，木公金母共含杯〔7〕。椿萱堂上純嘏簇，何須九如比類祝〔8〕。

【注釋】

〔1〕坦恢拓：爲人坦蕩，胸襟開闊。

〔2〕甘柳：猶『蔽芾甘棠』之謂，指官員政績卓著。此句意指豈肯以甘柳之姿牽纏於骯髒污濁的世俗之事。

〔3〕焯爍：指才能品德光芒閃耀。

〔4〕貤綸：屢被朝廷重用封官。崇秩加：官居高位。蒼顔：容顔蒼老。領烟霞：引領群僚。

〔5〕瑶翰瓊墨：指文辭優美的祝壽詩篇與書畫。

〔6〕芝髓：芝草精華。明代《彙苑詳注》卷十二：『芝髓，仙人藥也。』

〔7〕紺瞳緑髮：深青而微紅的眼睛，烏黑有光澤的頭髮，指前來祝壽的年輕後輩神采奕奕。

〔8〕純嘏簇：祝福匯集。比類祝：祝壽者依次上前賀喜。

嵩岳篇寄贈楊台卿社兄初度

君不見嵩岳崚嶒起萬丈，高峙中天四岳仰。下列緱山慣升仙，太室之巔恣來往。楊子高名騰雍州，翰墨同含素爲儔。一朝獻賦承明廬，栩栩雲霄作仙流。名通金閨墨綬綰，分符中土稱游宦。早秋褰帷望荆山，艮岳池頭芙蓉綻[1]。户外懸弧愜壯心，堂上閑操宓子琴。一曲清音抒素志，吹臺近接桃李陰。循良著勣已馥郁，九重旌帛正優渥[2]。伯氏風雲采翮聯，同氣吹灑彌九天[3]。佳兒年少耽詞賦，韋氏一經已堪傳。余也悠悠淹歲月，枯守丘園老不越。願添籌，阻山河，遥瞻嵩岳漫成歌[4]。

【注釋】

〔1〕荆山：位於河南靈寶縣。艮岳：山名，位於河南開封東北。

〔2〕旌帛：禮聘賢官的絹帛。

〔3〕伯氏：父輩。采翮聯：如同彩色的翅羽聯結。同氣：志同道合。

〔4〕添籌：長壽。

題李太孺人百齡聖善卷[1]

千尺金箋載歌咏，長謡短什任自命。筆底淋漓寫祝情，墨帳蒼顔年正盛[2]。期頤稱壽世所希，侈集嘉賓争致慶。膝下稱觴善祝釐，托之風雅遍徵詞。翰墨揮灑述聖善，長幅的皪玉參差[3]。春日展誦海棠下，春華爛熳恰相比。

【注釋】

〔1〕孺人：明清七品官員母親的封號。

〔2〕寫祝情：寫下祝壽的心意。

〔3〕述聖善：描述婦女之美德。長幅：篇幅長的詩卷。的皪：鮮明。玉參差：指詩篇如美玉參差排列。

題《懸岩古梅圖》贈李斗南太守有引　代

斗南解五馬而戀三徑，屏幡蓋而理松筠〔1〕，蓋輕軒冕以命張翰之駕〔2〕，特避塵囂以修香山之社〔3〕。茲孟冬十月之九日，乃肇揆之晨〔4〕，不得以春艷時卉摹之，覓得《懸岩古梅》一幅，聊贅俚言，倩舒祝懷。

老梅扶疏挺曠野，狂飈起兮塵不惹。冰膚玉肌播芬芳，喬幹飭貌寒岩下〔5〕。枝頭疑留鴻濛雲，天香若共月桂瀉。憶昔托魂羅浮巔，仙流丰姿傳不假。貞操偏臨冱寒堅，芳修更堪霜後把。李翁氣骨類芳梅，才賢早推名世者。得路高騰萬里雲，展錯專城控五馬。偶拋軒冕返初服，專博文史稱大雅。恬退山中養深静，善飭行藏迓純嘏〔6〕。繁枝森森慶嗣昌，蒼顏含笑浮玉斝。

【注釋】

〔1〕五馬：官員的車駕。三徑：隱者的居處。幡蓋：華美的車子。松筠：松竹。此指解去官職，心向田園隱居生活。

〔2〕張翰：西晋名士，字季鷹，吴郡（今江蘇蘇州）人。翰性情灑脱，曾與會稽名士賀循偶遇於途中，成爲知音，遂决定與循同舟赴洛。後目睹中原紛争，心生隱居之意，值秋風起，有感而發，自言思念家鄉吴中之菰菜、莼羹、鱸魚鱠，於是棄官歸鄉。

〔3〕香山之社：唐代詩人白居易晚年曾與僧人結香火社，又稱香山社，此代指文士所結之詩社。

〔4〕擥揆：生日。擥，同「攬」。

〔5〕飭貌：不俗的姿貌。

〔6〕行藏：出仕隱退的行迹。迓：迎來。

壽蕭太翁 代

冠紱名閥著七閩，五馬顯基垂千春〔1〕。太翁雄起承弓冶，博綜文史户常墐。人羡腹笥多經籍，却仰雲逵鴻漸翮。雅志高卧倚南窗，静參軒岐廣拯厄大翁素深醫理〔2〕。更耽賑施扶瘠顛，暗蔭嘉穀闢良田〔3〕。倏看鳳毛著德輝，法星曾分畿甸縣。晋陟要路驅驄馬，豸冠持斧肅朝野〔4〕。帝旌嘉猷异數將，貤章頻從九天下〔5〕。綉服絢於斑衣萊，共溯淵源積崔嵬。萬花争向靈晨簇，笑促僚班薦壽杯。

【注釋】

〔1〕冠紱名閥：出身名門，在官場名望甚高。

〔2〕軒岐：指蕭翁所著《軒岐救正論》，卷十四《都中蕭長源侍御公徵咏爲太翁萬輿先生祝釐二十四韵》一詩自注中提及。拯厄：拯救困厄。

〔3〕賑施：救濟貧困百姓。扶瘠顛：扶助貧困艱難者。

〔4〕晋陟：晋升、進用。豸冠持斧：比喻執法嚴明。

〔5〕貤章：朝廷論功行賞的詔書。

醉歌行

問余何事攢眉愁，路逢軺軻志未酬。先世嘗作清白吏，環堵一室傳箕裘。少就鉛槧甫知學，妄擬青雲足下浮。天空易展鵾鵬翅，海闊易騰蛟龍氣。訂里閈之時髦，約雲漢以共萃。邇來同學咸通貴，逍遥軒蓋矜高位。余年四十辱泥途，悠悠琴書仍老儒。空拭寶劍腰間佩，虚收明珠懷中儲。騕褭得路快先躍，駑蹇伏櫪悶自吁〔1〕。命早定，人難轉，豈憑才品較長短叶。造化無意行將去，錯疑參差分早晚。君不見年少甘羅計雖奇，一還五城復何爲〔2〕？驟拜上卿驕喧耀，列國傳聞詑一時。又不見東海漁翁釣渭涘，老逢西伯歸車載。當代共仰尚父尊，勛業傳世珍鼎鼐。美器誰甘韞櫝藏，出售詎容忤時忙。時至魚變風雲翰，未至龍蟄茭莽竄〔3〕。前路渺渺，舉步冥冥。醉之莫覺，寐之難醒。世途通塞雖難料，穿楊工夫更莫停。此日懈志委天命，珍不自愛難待聘〔4〕。

【注釋】

〔1〕騕褭：駿馬。駑蹇：劣馬。自吁：獨自歎息。

〔2〕甘羅：戰國時秦相甘茂之孫，善於游說，在秦國欲聯合燕國吞并趙國之時，甘羅受秦始皇委派赴趙國游説，成功勸服趙王主動獻出五座城邑向秦示好，趙遂扭轉局勢與秦聯合攻燕，一舉佔領燕國城邑三十座，甘羅也因此被秦始皇封爲上卿。

〔3〕『時至』句：指魚躍龍門而化龍翱翔，比喻科舉及第。

〔4〕懈志：志氣懈怠。

游赤壁

赤壁在沙陽南六十里石頭港口，蘇公以黄州赤鼻爲赤壁，誤矣。

何事飛帆溯江游，公餘閑省古迹丘。江濱土石崔嵬起，胸宿往事笑不休。昔年三國來格鬥，周瑜勝筭破魏舟。一鞠壁壘奏凱躍，一收組練逐北愁〔1〕。堪笑彼時所見短，轉瞬抛付逝水流。成敗電影今何往，空留赤壁閲千秋〔2〕。

【注釋】

〔1〕『昔年』四句：指周瑜、劉備聯軍大破曹軍的赤壁之戰故事。鞠：領兵。壁壘：兵營的垣壘。奏凱躍：高奏凱歌而歡躍。收：收兵。組練：精鋭軍隊的武裝陣勢。逐北：追逐逃兵。

〔2〕電影：如電光之影轉瞬而逝。

途中看官署一池蓮花

誰將一群粉黛容，閑鎖深閟拂薰風〔1〕。争臨鏡臺新妝照，齊飾朱色類漢宫。深宫閴寂悶相聚，共倚長門望遠空。皇華使者繽紛過，一旦相逢去急匆。官寺莫值惜香主，難徼昵情壺罣從〔2〕。終日盈盈徒自嘆，虛矜妍姿群卉中〔一〕。

【校記】

〔一〕『卉』，原作『彙』，據詩意改。

【注釋】

〔1〕粉黛容：指蓮花色澤嬌艷如美麗女子。深閟：深深地掩蔽於官署中。

〔2〕官寺：官署。惜香主：憐惜芳花香草之人。徼：求得。昵情：情感親近的朋友。壺罣從：以杯酒相從。

漢口遇文清也明府之雲陵任咏別

洞庭金鼓彩鷁翔，雲屯沔水駐輝光。御風復行滄浪道，膺命牧土華岳傍。夫君家聲沸西粵，遥携膏澤綏蒼赤〔1〕。部下亦有甘泉山，差堪登眺快遠睫。黑子之土簡賦徭，定多公餘詩酒豪。伊余旋里附風雅，佇睹鄙俚歸薰陶〔2〕。

【注釋】

〔1〕家聲：家族名聲。沸西粵：聞名粵西地區。膏澤：恩澤。綏蒼赤：安撫地方百姓。

〔2〕旋里：回歸鄉里。鄙俚：鄉村粗俗淺陋之人。歸薰陶：受到薰染陶冶。

鄂渚歌贈王紫垣

洞庭北下江灝灝，夏口城外濤聲繚。漢水西來初相從，合漸大海更浩淼。選險黃鵠倚築城，鄂王據之國莫勍〔1〕。江岸因號鄂王渚，屢憑要害霸業成。由來勝地須付托，歷代才智經揮霍。君不見陶庾相繼鎮武昌，彼時山川樂安康〔2〕。又不見廣略嘗作觀察使，寬嚴隨地變法治〔3〕。借問此日誰撫捫，報稱華下王紫垣。居鄰蓮岳閾并峙，冠盖集美永輝暄。紫垣文譽騰內史，鶚薦成名家既起。大舒素蘊著賢聲，三台偉踪從此始。余也負材自知非，今戴主恩早放歸。歸理松菊效彭澤，仰睹彩鳳凌霄飛〔4〕。

【注釋】

〔1〕黃鵠：黃鵠山，即今湖北武昌之蛇山，鄂州城倚靠黃鵠山而建。莫勍：無人能敵。

〔2〕陶庾：指東晉的陶侃、庾亮，陶侃曾被司馬睿任命爲武昌太守，陶去世後庾亮繼續鎮守武昌。

〔3〕廣略：唐代崔郾，字廣略，敬宗時歷任鄂岳、浙西觀察使。

〔4〕彭澤：代指隱士陶淵明，因其曾出任彭澤令。

壽從兄克敬歌

吾兄紀年七十六，面如童顔睟如玉。少小曾習箕裘傳，家藏編籍共誦讀。豪志不受儒冠縛，賣藥都市追仙躅。伊余浪附宦海游，因判塤篪十五秋〔1〕。倦翎千里歸故巢，林中相迎少舊儔。先生歸然峙庭闈，吾家偏得雁序留〔一〕。首夏媚階綻芍藥，争捧壽觴鬧管籥。陪宴揮毫賦壽詩，兒孫拜祝群爵躍。問余海上遇何仙，授來秘訣應共傳。答云塵世仙難值，有道遂養自永年〔2〕。先生嗢噱向吾道，仙付丹訣各有緣〔3〕。我枕久有玉函秘，窗前添火丹竈然〔4〕。言畢相對復大笑，願脱塵網任游眺。遂計游踪何地偕，徘徊昆侖御風嘯。

【校記】

〔一〕『雁』，原作『鴈』。雁序，比喻兄弟，因據改。

【注釋】

〔1〕『因判』句：古以『塤篪』比喻兄弟，此指兄弟分别已十五載。

〔2〕邃養：修養深厚。

〔3〕嗢噱：喜不自勝。丹訣：煉丹之術。

〔4〕丹竈：煉丹爐。

泗兒齋中觀木槿一本而赤白二色

仲兒插槿傍草廬，伏日放葩陸芙蕖。更詫奇芬飾容色，一莖何得赤白殊。朱鳳白鶴同戢羽，艳縠霓裳比肩居〔1〕。莫謂春朝華爛熳，艷素錯光絢有餘。土儲靈氣物踴躍，花負旺魂喜換裾〔2〕。嘉藻發祥應有紀，听然援毫壁上書。

【注釋】

〔1〕艳縠：色彩紅艷的絲織品，此指木槿花之艷麗。

〔2〕土儲：地方物產。物踴躍：指風物土產生機勃發。旺魂：旺盛的神氣。換裾：花朵換了色彩，如同女子換了衣裙。

《雲起閣詩集》卷之七・五言律詩

關中來鑑宜公　著

早春同諸子集耦園

陽和初轉令，拉伴集園林〔1〕。香遇紅梅得，春從碧草尋〔2〕。風回烟捲岫，日照浪翻金。不計歸途晚，徘徊月下吟。

【注釋】

〔1〕轉令：節氣變化。

〔2〕『香遇』二句：指香氣因遇到紅梅而覓得，春天的氣息從碧草中尋到。

春日同温與誠、與樂河滸小飲

春游宜選勝，携酒集河隈。濤影摇山樹，泉聲響石苔。雲宿水心泛，雁穿波底來〔1〕。乾坤疏我輩，傳斝幽襟開〔2〕。

【注釋】

〔1〕『雲宿』二句：雲朵停留在水面的倒影中，大雁的影子仿佛穿過水底而來。指河水極爲清澈。

〔2〕『乾坤』二句：天地之間使人有疏隔俗世之感，在傳杯暢飲中幽懷得以開闊。

春日與誠西園集飲

園址傍城郭，客多款段來〔1〕。徑穿青竹嶺，溪繞白松臺。撲座春纔至，隔籬花半開。西山矗翠色，相向好揮杯。

【注釋】

〔1〕款段：緩慢前行。

贈李侍御

相逢聚燕市，別後异升沈。彩鳳驕雲漢，拙鳩守阜林〔1〕。霜肅西曹座，鐸喧南國音〔2〕。澄清遍川岳，争迓豸冠臨侍御督學江南〔3〕。

【注釋】

〔1〕阜林：山林。此二句指李侍御如彩雲翱翔於雲漢，而自己則如拙鳥寂守於山林之中。

〔2〕西曹：官署。

〔3〕争迓：争迎。豸冠：代指官員。

上元次夕與亨席上分得繁字

九陌然餘漆，輪蹄復鬧喧。鐙球星繫壁，火樹花攢門。游睇南鄰盛，轉觀北里繁。如何隨步飲，有主廣携樽。

瓶梅二首

淡妝屏艷采，素質深閨扶。憐汝肌常馥，爲誰體漸癯。羅浮來弱女，姑射下仙姝。不與凡人語，静地弄嬌軀。

横几參差影，依俙蟠玉龍[1]。何開鱗甲秘，遍瀉麝香濃。蟄倘玉瓶啓，雲應粉壁從[2]。須防爪鬣奮，恐帶雨零零[3]。

【注釋】

〔1〕依俙：同『依稀』，朦朧不清的樣子。

〔2〕蟄：潛伏。

〔3〕零零：《廣韻》：『零，雨貌。』

雲

雲積空中合，漸凝靉靆陰。卷舒流萬態，變幻出無心。有虎喧山嘯，引龍躍海吟。新經三月旱，急望灑甘霖。

新秋偶咏

耳邊秋淅瀝〔一〕，爽氣漸侵裾。移令物華换，隨時暑燠除。菊忙花欲放，柳倦葉慵舒。塞雁鳴雲漢，聲聲悚客居。

【校記】

〔一〕『淅』，原作『浙』。淅瀝，形容風雨、霜雪、落葉等聲音，因據改。

游西湖二首

千頃玻璃水，珍環碧玉陘。緑波因樹密，暝曲有雲停〔1〕。寺匝鼓鐘響〔一〕，墳宣松柏青指岳墳。游人欲窮睇，更上水心亭〔2〕。

水心亭上坐，游楫繞亭喧。遠近遞簫鼓，往來遮彩幡。月從龍窟出，雲傍鷺汀屯。有景俱稱勝，延觀不厭繁。

【校記】
〔一〕『鼓』，原作『鈙』，據詩意改。

【注釋】
〔1〕暝曲：黄昏幽暗之時。
〔2〕窮睇：窮盡眼目。

共與恕咏雪分得四支

同雲空際合，飄灑玉參差。倚岫翔千仞，觸風舞九逵〔1〕。輕花挂瓊樹，虚浪捲瑶池。欣伴灞陵客，共吟雪裏詩。

【注釋】
〔1〕九逵：大道。

又和與恕五微

風雲天地變，雪落乍澧澧〔1〕。山著瓊宮采，野摇素練輝。樹顛瑶鳳戢，空際玉龍飛。一道河中水，似由銀漢歸。

【注釋】

〔1〕澧澧：潔白。

賦得四更山吐月

月何深夜出，鷄唤照紗窗。仙幔鈎高挂，素娥眉失雙。光留半窟兔，聲鬧滿城尨〔1〕。光射至南欹，曉催鐘鼓摐。

【注釋】

〔1〕尨：長毛犬。

秋霽郊游

天黯浹旬雨，雲破霽秋旻。暴鳥晴林翅，躍魚溢沼鱗〔1〕。籬菊喜新潤，山楓浄污塵。何意蕭索際，佳勝快游人。

【注釋】

〔1〕暴鳥：陽光下的鳥。此二句意謂被陽光照耀的鳥兒在晴明的樹林中展翅飛翔，躍動的魚兒跳出水面鱗光閃爍。

村莊

出郭披雲靄，輕蹄散野坰。楊樹風疑雨，竹林晝欲冥。寄栖人訪少，多暇午眠寧。更喜柴門外，翠嵐障遠屏。

夏日即事

樓閣開軒望，密林陰不分。蛟龍亂鬥雨，鸛鶴高巢雲。疏性懶迎客，静居久失群。祗貪荷沼上，把酒挹新芬。

哭與恕二首

一旦薛蘿黯，吟窗失所偕。修文李賀往，識讖賈誼乖。久播孝廉譽，虛登刺史階與恕除刺史未任。詞壇摧大雅，聲氣寡吾儕。

嶼浮閒無主嶼浮，與恕閣名〔一〕，天禄滅藜輝〔1〕。柳母悲階惲，陸雲慘伯機。霜前凋玉樹，沙裏掩明璣。遠志今已矣，雲飛蔀烏暉〔2〕。

【校記】

〔一〕『嶼浮』，原作『浮嶼』。温日知，字與恕，閣名『嶼浮閣』，有《嶼浮閣集》行世，因據改。

【注釋】

〔1〕『天禄』句：晋王嘉《拾遺記》卷六《後漢》：『劉向於成帝之末，校書天禄閣，專精覃思。夜有老人著黄衣，植青藜杖，登閣而進，見向暗中獨坐誦書。老父乃吹杖端，烟然，因以見向，説開辟已前。』此指書齋中熄滅了燈光。

〔2〕蔀：指遮蔽光線之物。烏暉：指太陽光。古有『迅過烏暉』之語。

何處難忘酒，效白太傅體，時北上途中苦雪作二首

何處難忘酒，雪光滿客居。捲風寒擁道，積野冷侵車。積玉遥迷路，堅冰乍上鬚。此時得一盞，解凍躍春魚。

何處難忘酒，客途雪片飛。落山山慄冽，過水水歔欷。况歷北陲遠，莫堪玄帝威。此時得一盞，凍木向春暉。

過華下王孝伯貽詩走筆賦答孝伯先人槐野先生與先侍御公同登甲第

溯源聯孔李，世契近逾堅。族并華峰峙，名同斗宿懸。長征逢白帝，暫款睇青蓮。邂逅春風裏，傾披星日前。

冬日同張九如北上途中雜興五首

冬日關山道，夾車堆雪霜。晚奔追晡倦，早發戴星忙。村店饔餐寄，野宵刀劍防。逆旅元

匪易，由來□客裝。

燕都幾千里，浪迹逐塵途。縹緲雲帆引，縈紆風□驅。探奇狂興在，題句老懷舒。旅夜銀釭下，佐□□一壺。

良友長途伴，蘭香襲遠征。山川眸底换，雲物軫□更。旅膝晨昏促，塵顔談笑清。憶入燕都日，御堤□柳迎。

愧匪郭泰侣，攀附李膺舟。咸指仙人伴，錯疑銀漢游。冰元砌野道，雪復落官郵。莫怪征途冷，鷟風起孟陬〔1〕。

雲飛入何岫，去去宿燕山。日月懸魏闕，星躔繞御班〔2〕。轉杓暖帝里，著采滿畿寰〔3〕。相約酣春苑，共吟菀柳間。

【注釋】

〔1〕鷟風：寒冷的風。

〔2〕星躔：星辰的流動運行。御班：朝官。

〔3〕轉杓：北斗星流轉。帝里：京城。畿寰：郊縣。

晚坐

晚坐蓬窗下，挑燈閲道書。初參纔眑眑，有得輒蘧蘧〔1〕。霜葉隨風墮，夕林映月疏。天地繪佳景，静對俗魔除。

【注釋】

〔1〕眑眑：幽静深遠。蘧蘧：悠然自得。

望海

大海空溟漠，延瞻萬里開。洲波浮石嶼，蜃霧現樓臺。循日潮兼汐，按期進復回。百川隨起落，嘘吸一喉恢。

雄州中秋夜偕泗兒小飲

酬節庭闈酒，把杯湞水前〔1〕。風隨萬里響，月向他鄉圓。初被微雲掩，復揩明鏡懸。垂照若有意，皓采促吟篇。

【注釋】

〔1〕湞水：流經廣東南雄縣的河流。

孤杖二首

孤杖乾坤廓，游踪傍海瀾。人嗤裘鞹敝，自顧帶圍寬〔1〕。客聚共談笑，誰來問暖寒。家遥鴻鯉少，何處訊平安〔2〕。

孤杖隨風往，閩僑復粤僑。華峰久憶别，滄海屢延招。神向蜃樓躍，魂逢鯨浪摇。歷觀有題咏，多作畫圖描。

【注釋】

〔1〕裘鞹：皮衣。

〔2〕鴻鯉：書信。

送梁子和北上省乃弟子遠都諫

縈遠池塘夢，寤來憶鶺鴒[1]。迅驅春甸轡，往戢帝都翎。隨地花迎笑，逢人柳放青。應知掖垣内，雁序九天停[2]。

【注釋】

〔1〕寤：同『寤』，醒來。鶺鴒：一種嘴細尾長的鳥兒。《詩經·小雅·常棣》：『鶺鴒在原，兄弟急難。每有良朋，况也永歎。』後以『鶺鴒』代指兄弟友愛情深。

〔2〕雁序：成行的大雁，此指朝官的行列。

春日集與恕園有感二首

追憶同舍友，修文地下游。一瞻荒苑像，如聚故窗儔園内有與恕像。無語蘭偏萎，晤顔臭莫求。祇留文譽在，傳世水長流。

園廢留芳樹，春仍菩蕾新。迎賓花作主，襯座草爲茵。山雲繪景遠，林鳥奏歌頻。雖與市塵近，自堪净避塵。

午日盱眙道中口占〔一〕〔1〕

旅土日逢午，拂塵車正驅。山榴含笑訊，野艾作狂呼。憐客途奮翮，共誰酒泛蒲〔2〕。聞之慚悞節，自恨遠踪孤〔3〕。

【校記】

〔一〕『盱眙』，原作『盱眙』。盱眙，地名，今屬江蘇省，因據改。

【注釋】

〔1〕午日：端午節。口占：隨口成詩。

〔2〕酒泛蒲：古代端午有喝蒲葉酒的習俗。

〔3〕悞：同『誤』，耽誤。

挽貞節婦

節烈人間异，閨門淑範垂。琴聲青歲澀，雁侶九原隨。寒露沾清褧，斷雲拂素輀〔1〕。路傍多痛誅，爲悼女中師。

【注釋】

〔1〕清翣：棺木上清冷的裝飾。《説文》：『翣，棺羽飾也。』素輛：載靈柩的白色車子。

抵里與亨、虞白載酒迎集，與亨有作，依韵和之二首

幾載違泉石，浪踪嶺外游。鳥歸舊巢戢，雲返故山休。訴闊良朋聚，浣塵美酒留〔1〕。若詢七閩勝，可睇海波流。

久暌欣復合，彼此舊盟尋。疏性宜丘壑，迷途羈綬簪〔2〕。開籠暫解羽，縛足待歸音余以汰缺歸里，計期赴補。何日山林下，共披放浪襟。

【注釋】

〔1〕訴闊：傾訴久别契闊之情。

〔2〕綬簪：綬，系玉飾的絲帶；簪，綰髮的首飾。此借指官位。

早興

雞聲催漏歇，曙色欲穿窗。臨路輪蹄鬧，近城鐘鼓摐。試風喧欸乃，開渡解艂艭〔1〕。堪笑名利客，輕軀入險邦時寓江南，海寇未靖〔2〕。

【注釋】

〔1〕欸乃：船槳劃動之聲。艂艭：船。

〔2〕海寇：海上的强盗。靖：平定。

晚興

日落西山紫，黄昏萬象迷。螢飛陂草亂，鳥宿野林齊。城柝喧防夜〔一〕，江舟静泊堤〔1〕。市廛貪飲客，個個醉如泥。

【校記】

〔一〕「柝」，原作「拆」，當作「柝」。

【注釋】

〔1〕城柝：城中巡夜擊柝的聲音。防夜：防衛的夜晚。

燈下偶成

遠寓子先返，孤軀羈异邦。晝裁公案牘，夜坐獨吟窗。忙咏被誰迫，有魔不自降。三更停翰墨，把盞對銀釭〔1〕。

【注釋】

〔1〕銀釭：銀燈。

邀丁哲人、王曼壽游集青蓮精舍

江滸青蓮宇，僧寮白社筵。草翻春色碧，花弄霽光妍。禪咀鹽中水，詩參象外天〔1〕。觸眸窺幻化，一悟净塵緣。

【注釋】

〔1〕咀：咀味。此句意指談禪需咀味，如同品味水中之鹽。象外天：常法之外的境界。

登樓觀山上雪有懷

炎甸雪痕少，茲何皓滿岩。望之魂欲醉，睇矣眼逾饞。烟泛海邊鳥，林搖風際杉。泬寥廓無極，引睇過崤函〔1〕。

【注釋】

〔1〕泬寥：天空清朗寥廓。

過淮陰侯背水陣處

南有韓墳嶺，北連背水場。英風猶烈烈，苦霧復茫茫。籌國謀全勝，保軀策未良〔1〕。千年行道客，歷地久徬徨。

【注釋】

〔1〕籌國：謀劃國事。

宿天王寺

荒烟悲落日，古寺傍孤村。列炬方投宿，撚鐘正報昏。静寮喧客舍，方丈閙公門。終夜未成寐，溯流覺水源。

中宵

中宵未成寐，明月上紗櫺。西峙青蓮岳，天垂井鬼星〔1〕。羈踪纏异土，游念返故庭。何事關心切，爲傳子含經。

【注釋】

〔1〕井鬼星：二十八宿中的井宿和鬼宿，代指南方。

早春

初轉天心泰，寒消布令嘉。姸微回柳色，芳碧露萓芽。喚鳥纔調韵，催梅争落花〔1〕。融融晴日暖，占稔快田家〔2〕。

【注釋】

〔1〕喚鳥：啼喚之鳥。催梅：催發之梅。

〔2〕占稔：占卜農事豐收。

春雪

柳芽方綻日，雪積作玉堆。初暖冰開凍，復寒草鬱胎〔1〕。莫嫌花失信，堪喜禾多培。何定豐年卜，可憑土吏猜〔2〕。

【注釋】

〔1〕鬱胎：積聚初芽。

〔2〕土吏：掌管農事的地方官員。

如南陽書懷

余由嘉魚令解任歸里，衰年閑居矣。不意左補南陽幕，辭之不得，復赴其任。

衰翎宜静戢，風促復遐飛。何面蓮峰别，怯言梓里違。祈休雖有例，達上偏無機〔1〕。須去報王命，挂冠求早歸。

【注釋】

〔1〕祈休：請求辭去官職。

鐙山二首

鐙累上元夜，通明擬太陽〔1〕。堆珠齊焕采，聚宿共垂芒。天禄熾藜焰，金鰲放海光〔2〕。如何山閃灼，嵐泄采飛揚〔3〕。

光繁欺皓月，焰峙一峰崇。香霧飛薰陌，烟雲上熖空。社分金鼓夜，人共管弦風。游客多於晝，睇鐙山下叢。

【注釋】

〔1〕鐙累：鐙，同『燈』，指燈火相連。

〔2〕天禄熾藜焰：見《哭與恕二首》注。金鰲：傳説中的海中神龜。

〔3〕嵐泄：山中霧氣流動。

挽温太母

碧矗芙蓉岳，嘆媛秀氣分。昔嘗垂母範，今倏黯天文。鳳噬泉臺叶，蘭香窀穸薰子與恕孝廉先逝〔1〕。月臨虎丘照，千載秘清芬。

【注釋】

〔1〕泉臺：墓地。窀穸：墓穴。

大楓嶺越閩之界

碧落星垣定，山川疆界封。越閩楓下析，南北嶺頭沖〔1〕。泉瀉一丘霧，泒行兩國龍〔2〕。相連通紫極，接引共朝宗。

【注釋】

〔1〕越閩楓下析：大楓嶺位於浙、閩交界處。

〔2〕派：同『派』，水的支流。此指甌江、閩江於此分開。

中秋夏九如招集

秋爽開良會，薄涼暗上衣。皓輪呼麈動，圓鏡助觴飛〔1〕。客盡歡成笑，余何悶憶歸。月光臨萬國，偏無异土輝。

【注釋】

〔1〕麈動：麈尾搖動，意指在皎潔的月光下談學論道。

嘉魚秋日郊行，諸文學款飲

秋風引行部，問俗省郊田〔1〕。霜薄禾初秀，寒輕林尚妍。繞垣波湎演，環座竹嬋娟〔2〕。聚飲皆住士，字堪因問傳。

【注釋】

〔1〕行部：巡行之處。

〔2〕湎演：水流動的樣子。

晚投洪洞偶成

夕岫紅銜日，晚飈凉襲裾。輕蹄喝辟易，艱挽悲欷歔〔1〕。估客風塵路〔一〕，田家草澤廬。合觀多异態，憑軫一長吁。

【校記】

〔一〕『估』，原作『佑』。估客，即商人，因據改。

【注釋】

〔1〕辟易：退避讓路。

《雲起閣詩集》卷之八·五言律詩

關中來鑑宜公 著

贈太史王拙庵社兄

夙昔才名美，得時喧耀新。雲逵驤騕褭，天路慶麒麟〔1〕。座副三台相，詞倡西掖臣。焚香修竹下，靜注起居頻相，去聲。

【注釋】

〔1〕驤：昂首奔馳。騕褭：良馬。

五日二首

斯世天中節，香蘭共濯膚。古今繫彩縷，長幼佩靈符。蒼郡追贒守，湘江祀大夫〔1〕。莫爲深感慨，悞却酒杯蒲。

江南龍楫渡，士女滿江濱。烹鶩傳佳節，葅龜效昔晨〔2〕。蜩笙初聒耳，榴火正攻人〔3〕。縛艾懸爲虎，伏妖賴有神〔4〕。

【注釋】

〔1〕蒼郡：指越地之括蒼郡。贒守：贒，同『賢』，賢良的太守。此指漢會稽太守朱買臣的故事，他曾奉命帶兵征服東越。

〔2〕烹鶩、葅龜：指南方地區端午煮鴨、炖龜的習俗。《初學記》卷四《歲時部》引晋周處《風土記》曰：『仲夏端午，烹鶩角黍。』李時珍《本草綱目》亦引周處《風土記》云：『江南五月五日煮肥龜，入鹽、豉、蒜、蓼食之，名曰「葅龜」，取陰内陽外之義也。』

〔3〕蜩笙：五月鳴蜩時節，人們在祭祀活動中奏起竽笙。榴火：指五月石榴花紅艷似火。古人多於端午簪榴花、戴艾葉以避邪。

〔4〕縛艾：端午節有將艾草編成虎形懸掛於門上的習俗。

送王白石内侄上公車

之子太師裔，科名弱冠成。驪珠初月朗，天馬遠風輕〔1〕。闗柳含情别，御花開笑迎。天人策堪獻，帝里駭雷鳴。

【注釋】

〔1〕驪珠：寶珠，比喻有才華之人。

吴航閲兵

邑震鯨鯢浪，座鄰豺虎峰。文教忙未措，武備亟相從。漸養星門氣，期諳雲陣踪〔1〕。戎謀揮指授，殫技障山墉。

【注釋】

〔1〕星門、雲陣：軍營、軍陣。

校試童子

羃䍥春芽衆，芝蘭品不同〔1〕。匪惟形可辨，應有氣先通。詎待花迎目，始知香逐風。先天分種類，暗存片幅中〔2〕。

【注釋】

〔1〕羃䍥：《集韻》：『羃䍥，烟貌。』

〔2〕片幅：指考選童子的試卷。

三山除夕王若士寓舍守歲，同鄭審之、賈闇棕、王雪墀分得九青

天涯柏酒會，客炬冷熒熒。憐我扶衰質，群賢躍壯齡。共馳踪迹浪，難挽歲華停。特羡子真樂，歸趨元旦庭審之尊人在堂。

謝陳伯宗惠新荔枝

丹荔朔方重，枝頭鮮更芬。兹煩詞客贈，應自寶園分。出林捧赤日，啓筐散赭雲。寓居元

促隘，四壁彩紛紛。

自嘆

自嘆浮名羈，半綸作梗流〔1〕。盟好欣足倚，牢落那堪愁。啓户延詞侶，掩扉伴道儔。枝頭鳥解意，相狎且相投。

【注釋】

〔1〕半綸：綸，古代官員系官印的絲帶，半綸代指職位低的官員。梗流：即斷梗流萍之意，比喻漂泊的人生。

朱渭陽司理過吴航邀集陳園

昨夜法星轉，今朝使節臨。對談逢里社，和集選山林。宴際梅森玉，樽中酒鬱金。論文復論劍，遮莫曉鷄吟〔1〕。

【注釋】

〔1〕遮莫：不管，不顧。

復雨三首

海邦春易潦，豐注兩旬過。旦始開晴旭，晚仍匿絳河。竹寒盥嫌久，花悶泪應多。官廨寂寥甚，消愁賴一酡。

難測陰晴變，水禽去復回。霤停聲續起，水落浪仍來。花遠賞期悞，山高游興灰。恨無千尺劍，直上剥雲堆。

龍復雲豗鬥，春林望曝難〔1〕。乍晴陰未退，但雨濡寧乾。游采蜂多阻，饑啼鳥不歡。起居總無賴，孤悶厭爲官。

【注釋】

〔1〕豗鬥：撞擊打斗。

答李孔昭明府見贈之作

翰墨英無敵，詞場盡避鋒。金閨蚤通籍，花縣疊留蹤。甄士懸秦鏡，得人躍海龍〔1〕。政聲冠僚吏，賢貢更堪宗時孔昭分校秋闈。

【注釋】

〔1〕甄士：甄選薦舉人才。懸秦鏡：《西京雜記》卷三『咸陽宫異寶』：『有方鏡，廣四尺，高五尺九寸，表裏有明，人直來照之，影則倒見。以手捫心而來，則見腸胃五臟，歷然無硋。人有疾病在内，則掩心而照之，則知病之所在。又女子有邪心，則膽張心動。秦始皇常以照宫人，膽張心動者則殺之。』後有成語『秦庭朗鏡』。此指官員清正廉明之風範如明鏡高懸。

送申子還秦

君寄四年寓，我來未滿期。久暌方首聚，乍合復襟岐〔1〕。離岫悲雲泛，歸巢羡鳥移。交親宦路寡，倚徙更憑誰。

【注釋】

〔1〕襟岐：岐同『歧』，此指在分別的歧路口。

邀張乘卿、鄭景陶、張莅生、陳元岳諸子集飲

詞壇羨諸子，弱冠氣凌雲。座上海珠燦，尊前月桂芬。跬移深托契，膝促細論文〔1〕。鷟鸑方振彩，層霄賁一群〔2〕。

【注釋】

〔1〕跬移：向前移步。托契：契合依賴。

〔2〕鷟鸑：鳥名，鳳類的一種。賁：華美光彩。

聞台卿民部訃四首

倏至司農信，崇傳是也非〔1〕。風遥多變幻，日黯驟歔欷。面晤真難再，音塵自此違。愴情睽萬里，不禁泪長揮。

更憶异鄉惨，還將事細論。伯昆曾面訣，長嗣亦馳奔。海甸纔傳計，秦川已妥魂。修文何速奪，斯世蚤黄昏。

平生懷遠志，所就未全酬。製錦方馳譽，含香晋展猷[2]。勛名漸著迹，朝望正懸眸。蒼昊作何意，霜催髦士秋[3]。

詞社悲蘭友，朝端悼棟臣[4]。不言修短數，俱抱折摧嗔。鷄復和鳴起，珠餘并價珍。閥仍風未改，朝旭續升新[5]。

【注釋】

〔1〕祟傳：灾禍傳來。

〔2〕展猷：展開功業。

〔3〕髦士：俊傑之士。

〔4〕蘭友：知心朋友。

〔5〕閥仍：家世地位累代相沿。

若士席上遇曾庭聞孝廉

底事陶令宴，凄其意共含。應憐飄泊寓，强擁嘯歌酣。天外逢詞友，尊前接雅談。驟來能驟往，倍增久羈慚庭聞次日還江右。

端四性存社長招集衙齋〔1〕

招尋臨盛夏，環坐倚風榕。承塵許提耳，捫蘿欣附踪〔2〕。誼從先世重，節恰詰朝逢〔3〕。相約屏符縷，共酣續命鍾〔4〕。

【注釋】

〔1〕端四：古人稱五月初四爲端四，端午前一日。《荆楚歲時記》：『京師以五月一日爲端一，二日爲端二，三日爲端三，四日爲端四，五日爲端五。』

〔2〕承塵：指承蒙教誨，古人稱他人之教誨指點爲『塵教』。提耳：即耳提，懇切教導。捫蘿：攀援葛藤，此指追隨賢者。

〔3〕詰朝：清晨。

〔4〕屏符縷：摒棄端午戴符、系彩繩的習俗。明沈榜《宛署雜記》：『五月，女兒節，系端午索，戴艾葉、五毒靈符。』《太平御覽》卷三十一引東漢應劭《風俗通》曰：『五月五日以五彩絲系臂，曰長命縷，一名續命縷，一名辟兵繒，一名五色縷，一名朱索。』續命鍾：此指以喝酒代替端午習俗中的系續命縷。

午日集眉元寓廨

尚聚天中會，雲裝共待風。懷鄉千里别，酬節一卮同時俱如京改銓〔1〕。應解階榴意，故調寓客紅。隨時自堪樂，何必悶飄蓬。

【注釋】

〔1〕酬節：佳節慶賀活動。改銓：接受官職調動。

寓舍即事

寓舍袛容膝，盆花匝座排。對之堪悦目，咏矣足抒懷。寒次朋稀至，清談子與偕。乃知真率趣，畢竟是庭階洙兒在側。

悶

抛家深歲月，掩户静支頤。寒襲花情鬱，雨侵草色痴。久翔知鳥倦，遠泛憶雲疲。兀坐匪闕懶，此情衹自知〔1〕。

【注釋】

〔1〕兀坐：兀自獨坐。

送賈闇棕歸秦應試

吾穫文章彦，何期遇海疆。聲氣欣妙會，倡和恣清狂。游擷南隅秀，歸搴月窟香〔1〕。莫悲江渚別，重聚上都觴時余赴京改銓。

【注釋】

〔1〕南隅：南方。月窟：邊遠之地。

春日王大祚抵閩喜賦

壯游羨司馬，探勝歷山川。龍劍飛霞嶺，雲帆度海天。异鄉聯里社，旅次共詞筵〔1〕。恰值芳春日，萬花故簇妍〔2〕。

【注釋】

〔1〕里社：邑中的詩社。

〔2〕簇妍：花團錦簇，妍麗動人。

梅仙山

山巔無所見，惟叠紫烟重。因覓丹罏迹，尚留仙餌濃。芃芃崖底草，謖謖徑傍松〔1〕。千載宣春煖，榮枯异別容。

【注釋】

〔1〕芃芃：草茂盛的樣子。謖謖：松樹挺拔的樣子。

月閣

月空含峻閣，仿佛碧霄齊〔1〕。夜闢瓊宫路，雲扶玉界梯。江疑銀漢瀉，山似鵲橋低。恨不生毛羽，御風函谷西。

【注釋】

〔1〕峻閣：高峻的山巔樓閣。

送盧子歸廣陵

垂丱隨閭里，倏移邗水濆〔1〕。异邦琴瑟奏，嗣世桂蘭芬〔2〕。舊侶睽仍合，游踪聚復分。故巢鷹待鳥，何戀旅居群勉盧子歸秦。

【注釋】

〔1〕垂丱：年幼的時候。邗水：又稱邗溝，春秋時吴王夫差開鑿的連通長江、淮河的古運河，位於江蘇境内。

〔2〕桂蘭芬：即蘭桂齊芳，指子孫後代宦途騰達、身份顯貴。

送丘伯遒孝廉試春官

弱冠輝文賦，隨時獻玉墀〔1〕。花驄嘶電轉，龍劍躍星移。燕市春光焕，杏園霽采披。金鞿鳴得意，游眺更題詩〔2〕。

【注釋】

〔1〕玉墀：宫殿臺階，借指宫廷。

〔2〕金鞿：金色的馬繮繩。

夏日陳伯宗招同韓性存、游漢叟諸詞盟集宴高齋

風林開錦席，大雅萃詵詵〔1〕。倚玉慚匪侣，捫蘿愧厠賓〔2〕。階鋪扶座卉，池躍勸杯鱗。醉別不須炬，月懸歸路新。

【注釋】

〔1〕大雅：有才華的士人君子。詵詵：衆多。

〔2〕倚玉、捫蘿：趨近賢者。

榕城贈若士乃弟廷蔚

閭里切親串，相逢海甸遥。笑談陪异域，肝膽見今朝。鄰土鼓鼙震，共廬昆弟僑。旅巢欣有托，風樹莫愁摇。

寄家信

裁就平安信，托之萬里鴻。唤醒峭嶺柳，欣受海邦風。迹尚關河隔，魂從翰墨通。開函如睹面，霽彩滿庭櫳〔1〕。

【注釋】

〔1〕霽彩：彩箋寄至家中，如霽後之晴光照耀。

偶成

鎮日少公事，吮毫對綺窗。龜龍吟霧海，花柳咏烟邦。細摹古今體，嚴分雅變腔〔1〕。調音期正始，自勉斥奇哤〔2〕。

【注釋】

〔1〕雅變：『正風』『正雅』與『變風』『變雅』相區別，後者旨在諷刺衰敗的世風。

〔2〕正始：合乎法則的詩體。奇哤：語體雜亂的詩章。

哭孔昭明府

方驚洞口祟，復動海瀕嘆〔1〕。循吏毀雙玉，詞朋摧二蘭呂將樂相繼而歿，將樂有靈，源洞羅，源瀕海〔2〕。仕遭殊土厄，人厭他鄉官。里社多閩宦，相看皆失顔。

【注釋】

〔1〕祟：灾禍。嘆：寂寞。

〔2〕循吏：守法的官吏。

寥陽宫避暑

雲薛翳精廬，寒流縈玉除。蜿蜒穿石洞，錯落□□墟。霧浥三芝草，風清四蕊居。冥然空世蹄，□□□清虚。

臘日同鼎卿游觀音寺二首

鳳刹侵雲起，開場薦令晨〔1〕。爲尋蓮社迹，獲溯雪□因。鐘雷齊破凍，花雨早迴春。一禮空王殿，幽香隔世塵。

多少優婆塞，争供遠至僧〔2〕。那能携慧筏，相與證心燈〔3〕。縱有蓮花現，非緣貝葉增。由來天竺教，豁悟□高升。

【注釋】

〔1〕鳳刹：佛塔。

〔2〕優婆塞：佛徒、僧衆。

〔3〕慧筏：指佛理對人心的開悟作用。證：修行。心燈：心靈。

人日喜晴〔1〕

新歲多陰晦，今朝始霽開。令晨欣各慰，彩勝□□催〔2〕。瑞色净烟霧，春光上柳梅。雲物堪卜吉，可□□深杯。

【注釋】

〔1〕人日：古代以農曆正月初七爲人日。

〔2〕彩勝：古人立春時節有剪紙人、紙燕、紙蝴蝶戴於髮間的習俗。

穀日朋海留同與亨、君雷小飲〔1〕

人日快新霽，兹晨喜再晴。占年豐有象，卜□□□禎〔2〕。閑造詞林第，欣傳里社觥。使臣歡且祝，□□□含情。

【注釋】

〔1〕穀日：古代以農曆正月初八爲穀日。

〔2〕占年：占卜豐收。

中秋前一日，印洛、五雲、鼎卿、台卿、文侯社集，分得昆字

桂開秋欲半，里社舊盟存〔一〕。看月隔今夜，占星聚此門。掄材須訪鄧，選玉憶登昆〔1〕。誰謂烟霞谷，不堪曠曉暾〔二〕〔2〕。

【校記】

〔一〕「里」，原作「理」，據詩意改。

〔二〕「曠」，原字刷印不全，疑作「曠」。

【注釋】

〔1〕掄材、選玉：施展詩文才華。訪鄧、登昆：探訪鄧林、昆侖山，比喻鉆研經籍及文辭義理的深義。劉勰《文心雕龍·事類》：「經籍深富，辭理遐亘。皓如江海，鬱若昆鄧。」

〔2〕曠：明朗。曉暾：朝陽。

督學田心耕先生再校士余稷投贈五首〔1〕

夙現關門紫，西游著五千〔2〕。談經三輔窟，引士九霄翩。復逐春風道，仍臨錦浪川。絳紗宣化雨，桃李更矜妍。

豸袍司桂籍，文武擁兼稱〔3〕。共仰條山秀，且瞻晋水澄〔4〕。冶金金弗躍，相馬馬争騰。暐曄秦風變，憲邦頌合增〔5〕。

日月輝區域，西河淑訓將〔6〕。文旌游帶鐸，憲節竪含霜〔7〕。叢篠經春美，渚蘭待雨香。化覃凌棫樸，歌咏沸池陽〔8〕。

海波元渺渺，群派兢歸宗。履侈登門御，簦還問字從〔9〕。入甄欣妙冶，聞響戀洪鐘〔10〕。階與鼎鉉近，逡巡陟九重〔11〕。

由來彈鋏客，無賴戀田文。駑質嘗加策，駒蹄復倚雲〔12〕。何期許父子，接迹聆河汾〔13〕。遠效顔曾侣，世從泗水濆〔14〕。

【注釋】

〔1〕校士：考評士子。

〔2〕此指老子西出函谷關留下《道德經》的典故。

〔3〕豸袍：官服。桂籍：科舉考試登科者的名册。

〔4〕條山：即中條山，位於山西省境内。

〔5〕暐曄：光彩顯耀。憲邦：爲邦人樹立了效法的範式。

〔6〕西河：黄河以西地區。淑訓：對女子的教育。

〔7〕文旌：行旅出發彩旗飄揚的盛况。鐸：宣布政教法令的大鈴。憲節：監察官吏所持的符節。

〔8〕化覃：布散德教。棫樸：比喻人材。池陽：涇陽縣西北地名。

〔9〕履俊登門御：《後漢書·鄭玄傳》載國相孔融深深敬服鄭玄之賢德，鞋子來不及穿好就登門造訪，并要求高密縣爲玄特設一鄉，以顯示敬重賢者之意。此指田心耕先生深得百姓敬服。簦還問字從：指有許多慕名者擔簦前來問學。

〔10〕欣妙冶：欣喜有良好的鑄造場所。

〔11〕鼎鉉：青銅重器，比喻國之重臣。

〔12〕倚雲：高舉入雲。

〔13〕許父子：指古代隱士許由、巢父，隱於汾水之陽。

〔14〕顔曾：指孔子的弟子顔回、曾參。泗水濆：孔子死後安葬於魯國北面的泗水之濆，弟子爲其守孝數年。

麗人

珠簾垂映月，笑擁玉琴調。柔態柳同媚，艷姿桃并夭。靚妝拖寶釧，輕飾曳雲綃。狹邪多醉訪，環聚董嬌嬈〔1〕。

【注釋】

〔1〕狹邪：倡女所居之處。董嬌嬈：《玉臺新詠》録漢代宋子侯《董嬌嬈》詩，慨嘆女子如花，盛年一去便歡笑不再。此以『董嬌嬈』代指美麗的女子。

元夜月食有感

薄食初圓月，乾坤倏掩明。喧呼動萬國，鼓角凄三更。燈引輪還吐，烟蒸桂復生。蒼冥元莫測，顯晦何關情。

贈靈虚道人

結舍終南下，玄門已遍參。鍊形同桂父，拯世續蘇耽〔1〕。鳳旆開烟道，鸞驂倚法曇〔2〕。相逢多接引，寶訣許誰探。

【注釋】

〔1〕鍊形：修煉自身。桂父：漢劉向《列仙傳·桂父》：『桂父者，象林人也，色黑而時白、時黃、時赤，南海人見而尊事之。常服桂及葵，以龜腦和之，千丸十斤桂，累世見之。今荆州之南尚有桂丸焉。』晋左思《吴都賦》：『桂父練形而易色，赤須蟬蜕而附麗。』蘇耽：《水經注》引《桂陽列仙傳》：『蘇耽，郴縣人，少孤，養母至孝，忽辭母云：「受性應仙，當違供養。」母曰：「汝去使我如何存活？」曰：「明年天下疫疾，庭中井水、檐邊橘樹可以代養，至時病者食橘葉、飲井水愈。」』

〔2〕鳳旆：畫有鳳鳥圖案的旗子。鸞驂：仙人的車駕。法曇：象徵佛法的曇花。

春郊即事

緩轡烟霞道，春光十里開。新鶯聒林坐，輕燕蹴雲來〔1〕。行賡詩朋韵，坐酬酒伴杯。金塘與玉溆，一望更徘徊〔2〕。

【注釋】

〔1〕蹴雲：踏雲。

〔2〕玉潊：銀光閃閃的水邊。

春寒

南天冬未凍，春半轉深寒。霧柳眠長寐，風花笑不歡。雷何痴以遁，龍似怯而蟠。安得開陰晦，霽暉照海瀾。

不寐

苦作异鄉侶，况於海甸居。對燈驚歲月，撫枕憶樵漁。神繞秦山後，魂摇渭水餘。漏聲深欲曙，不寐動欷歔。

雨霽

春苦浹旬雨，今朝破積雲〔1〕。寒輕如惜稻，濕退更宜蠶。含霽收花泪，負暄啰鳥談〔2〕。羅裳尚添潤，海氣與山嵐。

【注釋】

〔1〕浹旬：歷時一旬。積曇：積久的陰雲。

〔2〕負暄：受日光照曬。哢：鳥的鳴叫聲。

月下感懷

静對三更月，凄凉萬象垂。浮名悲自悮，鬱抱冀誰知〔1〕。世路既如此，游踪更奚之。摇摇坐中夜，短咏慰愁思。

【注釋】

〔1〕鬱抱：心懷鬱悶。

贈晋江王岳生明府二首

文翁夙化蜀，今代屬閩邦。操峻甘廉蘗，渥深瀉澤江〔1〕。飭躬真第一，牧土復無雙〔2〕。更震神明宰，陴防海魅降海寇侵城，岳生嚴守，寇乃退〔3〕。

冲繁供應苦，約法倚才人[4]。徭密催科急，慮周撫字新[5]。綏區爲茂宰，經國待良臣[6]。已報三年政，伫移要路津。

【注釋】

[1] 操峻：品行超拔。廉：廉正。蘗：木材堅硬的黄檗樹。此句指王明府如黄檗樹般廉潔正直。渥深：恩澤深厚。瀉澤江：如山澤江海之傾瀉。

[2] 飭躬：警誡自身。牧土：治理邦國。

[3] 陴防：守城防衛。海魅：海盗。

[4] 冲繁：事務繁重。約法：精簡法令。

[5] 催科：催收租税。撫字：安撫百姓。

[6] 綏區：安定一方。茂宰：縣令。

贈安溪韓東白明府二首

兩世開家學，纘成仕有經[1]。芳修同玉潤，美政共花明。試宰通才見，感人令譽成[2]。尚應持稗管，采勣紀高名[3]。

善政驚人播，家聲更遍聞。淵源方溯憶，迎養共加欣。觴薦椿闈慶，錦披花縣芬〔4〕。編民推渥德，相與祝無垠時迎尊人，性存公署中稱慶。

【注釋】

〔1〕纘承：繼承。

〔2〕試宰：爲官。

〔3〕采勳：獲取功業。

〔4〕椿闈：父母的居室。花縣：縣域。

九日登鄰霄臺

海甸黄花節，登臺摩碧霄。烟江空浩浩，雲樹冷蕭蕭。雁惹鄉關憶，砧添逆旅慆〔1〕。當筵萸泛酒，泥飲慰無聊〔2〕。

【注釋】

〔1〕慆：憂愁。

〔2〕萸泛酒：指重陽節喝茱萸酒。泥飲：酣飲。

秋日邀陳昌箕、徐器之、韓性存、陳國翰、鄭復履諸詞盟小集

旅宦馳驅日，詞壇契合稀。欣迎吟社集，愧薦野蔬菲〔1〕。秋霽暑猶劇，飆迴爽不違。相娛稱妙會，差可緩思歸。

【注釋】

〔1〕菲：菲菜。此指以野菜佐食。

秋日邀陳伯宗、王若士、鄭審之、陳昌箕諸詞盟小集〔一〕

火流秋色動，景暑未全消。聲氣遥相合，詞賢困并邀。麈談珠彩煥，闈牘桂芬飄（席間閲伯宗闈牘〔1〕）。更喜論風雅，客居慰寂寥。

【校記】

〔一〕『箕』，原作『季』，陳肇曾字昌箕、昌基，因據改。

【注釋】

〔1〕麈談：閑坐清談。闈牘：科試考卷。

中秋對月有懷

欣對今宵月，桂魂處處芬。畿闈望薦鶚，省院憶登雲〔1〕。遠懷懸兩地，佳信待雙聞。試眺通明際，肇祥五色雯時望兩兒捷訊。

【注釋】

〔1〕畿闈：在京城參加科考。薦鶚：推薦賢才。省院：古代主管官吏考核的中央機構。《天一閣藏明代科舉録選刊·登科録》：『陛下之立法度也，凡吏之賢否，歲時郡縣以狀上之監司，監司以狀上之省院。』登雲：登科。

宿長慶寺寺在閩會城西郊港口

奔注鰲江浪，聲攜鳳刹鐘。佛臨通慧派，川逝悟禪宗〔1〕。多少流帆過，有無彼岸逢。星龕一投宿，覺路引迷踪〔2〕。

【注釋】

〔1〕慧派：禪宗的派別。

〔2〕星龕：散列如星的佛寺、佛塔。

雲起閣詩集

利集

《雲起閣詩集》卷之九·五言律詩

關中來鑑宜公 著

登仙霞嶺抵江山界偶興東鼎卿明府

久羁天涯客，抛閩度嶺長。懷中皆故土，望裏得江郎江郎，山名。晴岫璧生彩，霽嵐霞有光。行行瞻四野，遍地芾甘棠[1]。

【注釋】

〔1〕芾：草木茂盛。甘棠：棠梨樹。《詩經·召南·甘棠》：『蔽芾甘棠，勿翦勿伐，召伯所茇。』贊揚周宣王之臣召虎征伐南方蠻夷的功績。後以『甘棠』作爲官員美政的代稱。

江山共鼎卿坐談

歸翎風正促，何事戢江涯。欣與良朋聚，暫寬故土懷。仙禅鳴雪室鼎卿專心兩教，梅柳動春階時值陽至。共卸肩頭重，身輕放浪偕。

至口游般若庵〔1〕

旅途逢歲晏，浄土日初長。鐘鼓催春信，柳梅傳佛光。觸景明禅理，渡津有法梁。管葭飛子半，草樹轉微陽〔2〕。

【注釋】

〔1〕至日：冬至日。

〔2〕管葭：古代以葭莩之灰置入律管中，待節氣至則葭灰飛出，此指節氣變化。

冬夜宿江山署中

萬里歸巢鳥，戢翎復暫淹。愁逢孤燭劇，寒向旅衾添。夢裏春盈室，寤來月在簾。客中多悶瞀，偃卧對東暹〔1〕。

【注釋】

〔1〕悶瞀：心意煩亂。東暹：東方初升的朝陽。

江山游雪泉

山塹涌泉瀉，泠泠播遠鳴。竇開珠滾滾，瀑布雲英英〔1〕。注沼纖流漸，灌田浩泒行〔2〕。汲來堪瀹茗，坐嘯引風清〔3〕。

【注釋】

〔1〕英英：鮮明的樣子。

〔2〕浩泒：浩蕩的水流。

〔3〕瀹茗：煮茶。

春日小雨

上冬亢未雪，壠畝需春淋。小施䨩䨦潤，速開靉靆陰〔1〕。彼蒼仍靳㴐，下土莫沾霖〔2〕。霡霂氣空泄，更深憂旱心〔3〕。

【注釋】

〔1〕䨩䨦：小雨。靉靆：雲氣繚繞。

〔2〕靳㴐：吝惜而不肯給予一場及時雨。

〔3〕霡霂：小雨。

西郊築堡

夙昔平疇地，雲屯棟宇齊。半借崇潯險，易周峻堞堤〔1〕。往來連郭近，行止并家携。爨烟起無别，多與野嵐迷〔2〕。

【注釋】

〔1〕崇潯：高高的水岸。峻堞：高墻。

〔2〕爨烟：炊烟。

雪

一夜乾坤黯，曉鋪皓采琳。隨風輕絮柳，映月素花林。海闊翻銀浪，天空舞玉禽。灞陵堪觸興，鄭棨祇孤吟〔1〕。

【注釋】

〔1〕鄭棨：唐代末年詩人，有《老僧》詩描寫雪後山寺景象云：『日照西山雪，老僧門始開。凍瓶沾柱礎，宿火陷爐灰。童子病歸去，鹿麑寒入來。齋鐘知漸近，枝鳥下生臺。』

雄州雜詩六首

南鄰滄海浪，北曳豫章風。樹障藩屏峻，扼吭鎖鑰雄。榷關截流水，估客卧游蓬〔1〕。莫謂山郡僻，萬貨集巃嵸。

泥封頻下詔，日月垂光遥〔2〕。珠浦争歸化，羊城欣奏謡。交阯逐風款，越裳渡海朝〔3〕。鯨鯇新息浪，旅客易孤僑。

粵固山川圉，設關北鎖門。廓懷藏海甸，矯首望辰垣。展土恢千里，傍瀛守一藩。梅花香發處，踴躍附中原。

南瀛防沸浪，刁斗入雄州。梅嶺塵埃暗，柳關草木愁。花殘寧耐雨，葉敗怕逢秋。萬井烟初聚，難堪哮嚻投〔4〕。

無端作塵吏，公牘日葳蕤〔5〕。久廢顛狂酒，并荒倡和詩。賞花多悮約，看竹更違期。忙裏居諸度，静修待幾時。

耳際土人語，嚻哰作异聲〔6〕。訛言文可證，諺舌韵難明。傾訴終鬱抱，對談仍昧情。宦塗宜就近，風接共音鳴。

【注釋】

〔1〕榷關：在沿海關口對來往船只徵稅的機構。

〔2〕泥封：用泥封住信函。

〔3〕交阯：南越地區。

〔4〕哮嚻：震怒的樣子。

〔5〕葳蕤：繁多。

〔6〕嘷哰：語言含混不清。

午日署中獨酌

咄咄公堂畢，退居思補軒。署開懸艾户，座擁泛蒲樽。榴火階前熾，鳥簧枝上喧〔1〕。望雲懷故土，渺渺遠縈魂。

【注釋】

〔1〕鳥簧：鳥叫動聽如簧聲。

送梁青子廣文歸順德二首〔1〕

异土論文聚，遠逢聲氣親。𤟤𤟤音驕饒物望，俣俣邁時倫〔2〕。蓬遇天涯伴，鳥呼旅樹鄰。蒼公作何意，俾睽兩黯神〔3〕。

逐客漾舟去，飄然志不凡。素懷空谷傲，何怯世途讒。快擊珠江楫，欣乘炎海帆。祇愁睽萬里，渺渺斷鴻函。

【注釋】

〔1〕廣文：廣文館教官。

〔2〕矯矯：超凡不俗。饒物望：深得衆望。俁俁：英偉高大。邁時倫：超越了當時的同輩。

〔3〕俾睽：使人分離。

贈寓客續弦

沙際垂楊柳，鴛鴦侶翠烟。操桐賡始韵，促柱續新弦。天作赤繩合，閨仍皓月圓。花燭雙졸夜，牛女并芒躔〔1〕。

【注釋】

〔1〕雙졸：夫妻成婚各執一酒杯舉行合졸禮。牛女并芒躔：指牛女相會，比喻夫妻結爲百年之好。

送李亦白明府還秦

天南冬亦暖，榕翠滿三山。歸橐收烟海，去旌逐塞關〔1〕。含情分去住，慨世有忙閑。羡爾解塵綬，逍遥故土還〔2〕。

【注釋】

〔1〕歸橐：歸去的布袋。

〔2〕塵綬：塵世的官職。

同性存游烏石山訪古寺

拉伴娱清寂，入山訪古禪。行逢龍象侶，坐聚雁堂偏〔1〕。冷映詞中雪，法空象外天。晚風輕拂座，蕭瑟滿晴川。

【注釋】

〔1〕龍象：修行的高僧。雁堂：佛堂。

秋日游道山寺步性存韵

悲秋同意氣，共步扣禪扉。佛界元空寂，世途多是非。畦邊山蕨嫩，殿角地精肥。此際塵緣斷，徘徊戀夕暉。

渡小湖灘

聚石宕波起，遠眸駭巨瀾。無風生澎湃，雖霽作蒙霳[1]。撼勢驚高趐，吼聲攪静蟠[2]。却憑舟子技，弄楫出危灘。

【注釋】

〔1〕蒙霳：霧氣迷濛。

〔2〕静蟠：安静的蟠龍。

王恢傅寓館小飲

對酌天涯酒，共藏故土心。華峰縈夢峻，渭水繞魂深。夙昔交元狎，他鄉遠互尋[1]。坐間多感慨，麈下寫胸襟。

【注釋】

〔1〕元狎：本就親密。

南海夏日張六垣明府招同許碧山、王梅叟宴集二首

龍章初接際，開宴萃金蘭。杯浮竹葉緑，柈薦荔枝丹。鳥籟奏弦管，花英發笑歡。圖書盈粉壁，足供坐賓觀。

暑深逢妙會，風榭共披襟。式燕任聊浪，合歡肆快吟〔1〕。定携滄海澤，去灑華峰陰。余也編鄰土，遥馳闓懌林六垣新擢伏羌令〔2〕。

【注釋】

〔1〕式燕：宴飲場合。聊浪：放縱不羈。

〔2〕闓懌林：群情和樂之地。伏羌：今甘肅甘谷縣。

禪林納涼

毒熱逃何處，急移佛國林。雲遮松下榻，風伴洞中琴。禪院空空寂，僧寮渺渺深。鳥啼歸

徑暮，猶貪躑躅吟。

廣州逢里人自里遠抵，口訊里中近況

幾載別吾閭，輕蓬風亂噓。客從鄉里至，遠帶土音舒。不用鴻魚寄，勝於翰墨書。欣得平安信，慰懷樂有餘。

贈李廷標別駕二首〔1〕

土瀕南極海，郡接嶺頭梅。風引朱幡近，星躔別駕來。匡時多异政，經世著雄才。兩載嘉猷燦，一隅化國開〔2〕。

文譽傳北海，乘遽傍江皋〔3〕。展錯星雲布，聲聞川岳號。天衢良馬逐，紫極健翎翺。治倚詩書飭，嘉猷截漠高〔4〕。

【注釋】

〔1〕別駕：官名，刺史屬吏。

〔2〕嘉猷：治理國家的良策。

〔3〕乘遽：所乘之車馬。

〔4〕飭：治理。

南海渡江過海幢寺，訪澹歸、阿字兩上人，偶值他游，其徒月旋迎余茶寮，對坐談法，移晷而返〔1〕

乘泭訪禪友，遠雲雙錫移〔2〕。室仍喧貝葉，座自拈松枝。禪院誰迎客，法談徒代師。應知衣鉢接，一教演三支。

【注釋】

〔1〕移晷：日影移動，時間流逝。

〔2〕乘泭：乘木筏。雙錫：僧人所用的錫杖。

贈沈石友鹽課司二首[1]

簪纓傳世澤，美武偉科追。風宦行隅遍，星階轉次遲[2]。珠江波灝灝，荔苑草萋萋。動地歡聲起，群商鬧口碑[一]。

南海論財賦，課鹽理上田。堅操清比玉，均轉運如泉。柈薦水晶潔，羹和鼒鼎全。才優多撫輯，百粵倚高賢[3]。

【校記】

〔一〕『商』，原作『商』，據詩意改。

【注釋】

〔1〕鹽課司：主管鹽業徵税的官員。

〔2〕星階：如星辰流轉般的官階。

〔3〕撫輯：安撫民眾，整頓治理。

贈嘉魚李霞裳明府二首

英朝開泰運，東海奮名賢。甲第騰霄漢，才譽滿幅幀。棟梁宜大厦，舟楫托要川。天眷南楚地，鳌星聯軫躔〔1〕。

赤壁峥嶸喜，湘濤踴躍鳴。依天瞻政令，環座效祥禎。城郭花初滿，山川錦已成。更觀霖雨普，遍土野棠生。

【注釋】

〔1〕鳌星：有治理能力的人才。聯軫躔：車馬接連而來，比喻人才眾多。

過孫氏山園二首

山縣逢春至，土枯少艷葩。風原林竹茂，潭水潤荷奢〔1〕。公倦尋休沐，景佳選曠遐〔2〕。出郊餘一舍，啜茗野人家。

有園却無壁，編籬棘作垣。十畝少亭榭，百畦多徑樊〔3〕。倚林堪列坐，除地可開樽〔4〕。此處屏軒盖，暫娱丘壑魂。

【注釋】

〔1〕奢：張大。

〔2〕曠遐：空闊遥遠的地方。

〔3〕徑樊：徑路以荆棘爲籬。

〔4〕除地：清理出一片平地。

贈漢陽唐松交明府二首

弦歌初試宰，土地慶新恩。梟引銅章戢，花隨墨綬繁〔1〕。湘川臨郭舞，漢水繞城喧。棘豈鸞栖藪，伫凌萬里翻。

神君任牧土，始政已堪嘉。草木得春早，山川通氣奢。鳴琴聒沔鄂，製錦燦雲霞〔2〕。論最奏天子，褒書下鳳麻〔3〕。

【注釋】

〔1〕銅章：官印。墨綬：印鈕上的黑絲帶。

〔2〕沔鄂：湖北漢陽一帶。

〔3〕鳳麻：湖北黄州團鳳、麻城一帶。

塞下曲

詫負邊山冷，暑時雪未消。孤踪栖塞土，萬里仰天朝。眼底干戈亂，耳邊鼓角驕。三軍逢折柳，惹泪柳枝遥。

宫詞二首

陽和春令轉，春色滿仙楹。朱户鳳凰戢，彤樓翡翠鳴。花吻迎日笑，柳眼望雲瞠。霄漢喧絲管，齊隨御輦行。

韶光輝帝域，嘉景樂宫闈。錦綉圍銀浦，笙簫奏紫微。瓊階迎鳳輦，玉座捧龍衣。仿佛游仙島，天臺戀未歸。

夏日共劉帝鄰江上泛舟

何處披襟好，閑揮江上甌。龔黄慚异轍，郭李快同舟〔1〕。暑倩清風解，酣因明月留。事簡公多暇，吾儕約續游。

【注釋】

〔1〕龔黄：指漢代良吏龔遂、黄霸，二者因治理州郡頗有政績而聞名。郭李：指東漢郭太與李膺，郭太得李膺賞識，二人名震京城。後二人回鄉，同舟渡河，衆人望之，以爲神仙。事見《後漢書·郭符許列傳》。

寄館甥常子二首〔1〕

舄奕中丞澤，却憐爾晚承〔2〕。追繩崇閥武，怒發峻霄翾〔3〕。伯氏行堪式，阿咸學足憑〔4〕。庭闈兼取法，拭目望龍乘甥乃中丞修之公幼子。

青歲稱大雅，葳蕤鳳穴毛〔5〕。箕裘傳世業，器宇邁時曹〔6〕。余詎冰清侶，子誠玉潤豪。年光須自惜，莫憚董帷勞〔7〕。

【注釋】

〔1〕館甥：女婿。

〔2〕舄奕：聯綿不絶、光明。

〔3〕追繩：繼承祖先宏業。崇閥武：崇尚功業與勇猛。峻霄翾：高入雲霄飛翔。

〔4〕伯氏：伯父。阿咸：三國魏阮籍的侄子阮咸，此代指侄子。

〔5〕青歲：年少。

〔6〕箕裘：祖上的事業。

〔7〕董帷：指漢代董仲舒放下室内的帷幕閉門講學，此代指師者潛心授課。

附家書寄洙兒二首

自知霜髮老，宦僑滯海濱。雲山身羈粵，庭帊夢縈秦〔1〕。衰逐功名路，久睽骨肉親。裁書情不盡，閣筆泪沾巾。

仲兒分手別，旦暮復偕誰。出撫殘蠻憊，入呼蒼僕痴〔2〕。家傳豐稔信，遠慰他鄉思〔3〕。雖析庭階箸，仍須爾總持〔4〕。

【注釋】

〔1〕庭帊：庭階。

〔2〕殘蠻憊：殘零的蠻鄉人生活疲困。蒼僕：奴僕。

〔3〕豐稔：農物豐熟。

〔4〕析箸：指分家。

送泗兒歸里應試二首

隨余供退食，何事遽言歸[1]。科制宜忙赴，憲期難有違[2]。匆匆移子舍，去去遠親闈。烏仍客巢宿，風鷁萬里飛。

此去馳西極，應逢閭里歡。家庭憶睽别，接晤訊平安。定怯孤爲客，轉嗔老作官。從今求解綬，樂地一廬寬[3]。

【注釋】

〔1〕退食：退朝後進膳於家中。

〔2〕憲期：法令規定的日期。

〔3〕解綬：解去綬印辭官。

都中高潼水侍御公徵咏壽太母二首

節烈人間重，懿行苦更殫。鳴虫秋績紡，秉燭夜和丸。一旦豸冠峻，百年鳩杖歡[1]。靈晨輝錦綉，應作彩衣看。

柏臺列高宴，繚繞紫烟舒。竇籙天香秘，玉函儛訣儲〔2〕。庭闈設帨會，詞翰祝釐書〔3〕。侑箸遍徵頌，孝思羨有餘〔4〕。

【注釋】

〔1〕豸冠：即獬豸冠，古代執法官吏所戴的帽子。鳩杖：手持之處雕刻有鳩鳥的手杖，漢代有爲老者賜鳩杖的敬老制度。

〔2〕儛訣：仙人之法術。

〔3〕設帨：古代女子生辰於房門右邊懸掛佩巾。祝釐：祝壽。

〔4〕侑箸：筵席上的助興者。徵頌：求取祝壽之辭。

和黄東崖相公送王岳生擢職方入京之作次韵三首

群流源未乾，海水詎愁闌。偶值危波險，欣憑巨砥安。弹琴饒治土，揮羽并登壇。茂宰雄武略，奏勛天子看岳生宰晋江，值海逆侵郡，諸邑俱陷，晋江獨安。

功成德意覃，深澤萬黎涵。鳧去翔天北，花留馨海南。職方今急借，選士期遐戡〔1〕。敷奏勤王治，嘉猷播美談〔2〕。

調鼎核□□，□□味借嘗。國威舒遠略，天藻□遐荒。著朝官級峻，貽土德波長〔3〕。余附山川別，朽材冀莫忘。

【注釋】

〔1〕職方：明清時的兵部職方司。遐戡：平定遐荒叛亂。

〔2〕敷奏：向朝廷報告。

〔3〕著朝：名聲顯揚於朝中。貽土：留下政績於地方。

漢口送田敬庵宰費二首〔1〕

官柳春初動，寒梅華未穠。鳧催古費駕，蓬析漢陽踪〔2〕。引斾楚雲迅，迎車魯樹重〔3〕。琴堂何景對，憶有蒙山峰。

夙昔法星麗，今何郎宿懸敬庵以司理裁汰，補授邑宰〔4〕。新移嚴肅令，轉闢泰和天。清本渭川竹，香隨華岳蓮。嘉猷人共仰，千載永歌弦。

【注釋】

〔1〕宰費：到費縣任職。費：山東費縣，位於曲阜東北。

〔2〕鳧僊：指王喬『飛鳧舄』典故，代指縣令徵行。蓬踪：宦途行踪如蓬草飄零。

〔3〕引旆：風吹動車上的旗子。

〔4〕法星、郎宿：指朝廷派出的官員。

海幢寺訪澹歸禪師

□公飛錫處，奕奕起星龕。結契出塵網，開迷得指□。攝心求法寶，戴髮戀雕談〔1〕。一遂生修願，愜懷味□□〔2〕。

【注釋】

〔1〕攝心：收斂心神。戴髮：指居家佛徒。雕談：高談闊論。

〔2〕生修：修養身心。

端陽後一日同劉帝鄰廣文偕諸文學泛舟江上二首

□□□中宴，再游午日舟。群龍猶兢渡，諸鷁復隨□。□□通人筆，繼騷詞侶謳。晚飆促歸騎，新月復忙留。

何處槐堪住，石翁山上呼江岸有山，山頭站一石人，相傳爲漁父化身。若憐塵路客，暗引净林隅。舟次貪揮麈，水濱故薦蒲。飄飄散熇暑〔一〕，蕭爽足清娛〔1〕。

【校記】

〔一〕『暑』，原作『署』，據詩意改。

【注釋】

〔1〕熇暑：暑氣炎熱。

江滸偶興

江滸秋陰濫，氤氳水閣重。中流官舸鼓，隔岸野禪鐘。波霧縈行杖，夕陽照客踪。長空南雁過，北去欲相從。

夏日申海遺表弟見招宴集

促膝仙楹裏，披襟風樹前。源雖泒分出，雁仍序共連。招尋開妙會，談笑聚芳筵。兹坐渭陽第，却酣河朔天〔1〕。

【注釋】

〔1〕渭陽第：舅父的宅第。

坐談申珩孺表弟館中偶咏

高館虹霓繞，師友聚崢嶸〔1〕。濟濟雲堪步，循循鐸益鳴〔2〕。詩書淹皓髮，圭璧播鴻名。莫惻井虚渫，應瞻階早榮。

【注釋】

〔1〕崢嶸：衆多。

〔2〕濟濟：形容人多。循循：次序井然。鐸鳴：講席中聆聽高論。

《雲起閣詩集》卷之十·七言律詩

關中來鑑宜公　著

游方南杏花灣

十里烟霞紆水潯，游踪選勝集芳林。青山注睞穿花竇，黄鳥賡歌隱樹陰〔1〕。堪恣歡笑發清興，更任流連散遠襟。嬌英晚怕游郎别，忙捧殘杯酒復斟〔2〕。

【注釋】

〔1〕注睞：注目。花竇：開滿繁花的石洞口。

〔2〕嬌英：嬌艷的花朵。

同楊鼎卿社兄登巀薛山

峻列五峰錯遠空，烟巒百叠聳巃嵸。夕陽抹出晚嵐紫，海旭塗來早岫紅。廣開景色乾坤廓，上逼穹窿呼吸通。有志天門參帝座，須抛塵罟作閑躬〔1〕。

【注釋】

〔1〕塵罟：塵網。閑躬：悠閑自在。

贈夏別駕代

奕奕聲華動上台，帝旌元重掞天才〔1〕。隨車澤灑滂沱雨，擁座威喧霹靂雷。漢水秦山供應接，華蓮渭竹遲徘徊。行春共奏龔黄治，五馬欣聯別駕陪。

【注釋】

〔1〕掞：舒展。

元夜咏龍燈，同岳朋海、温與恕、趙杓卿、温與亨、辛伯章

蕭鼓喧游九陌傳，導龍隨地散雲烟。屈伸宛爾驤蟉虬〔一〕，高下依然躍蜿蜒〔1〕。火鬣光芒新啓蟄，金鱗飛翥乍騰天〔2〕。鰲頭焕出海山采，赤焰輝煌滿國鄽〔3〕。

【校記】

〔一〕『虬』，原作『蚪』，據詩意改。

【注釋】

〔1〕蟉虬：屈曲盤旋的虬龍。

〔2〕火鬣：火把。啓蟄：驚起蟄伏的動物，指春天的到來。飛翥：飛騰。

〔3〕國鄽：城中的貨棧或客舍。

家民部陽伯先生招同胡含素、粱君旭、君晋、君士、温與恕、與亨詞社諸公宴集耦園，分得塘字

廣野風揺游靄長，聯鑣接軫度林塘。西園綺席娱春色，北海金樽酣早芳。筵際奇葩敷錦

繡，座前嬌鳥弄笙簧。詞壇雅集俱先達，倡和橫飛翰墨香。

酌酒與故人

進酒君前并進歌，世塗雖險莫蹉跎。浮雲一過誰追影，逝水東流豈返波。陰際雨淋千草悶，春來風動萬花和。人生伶俐空籌計，獨有醺醺便益多。

家刺史馭仲先生蔚州寄署中雙奇石之作賦和

吾家刺史清署裏，奇石雙飛落瑞琮。想抱貞魂戢彩鳳，擬蟠威勢卧蒼龍。定生雲霧法階滿，堪作瓊瑶仙界供。遥憶他年留父老，甘棠并美永傳踪。

上元次夕，温與恕孝廉招同侍御馬千里、兵憲王良甫、家民部陽伯諸先達暨少年詞彦數十輩宴集，分得六麻

開筵復續上元嘩，坐萃里中詞翰家〔1〕。先達揮毫宣錦製，少英賡韵鬥春華。鐙懸嶼浮一峰月，烟簇長空千里霞。五夜把杯尚饒興，笙簫游陌旭光斜嶼浮，與恕閣名〔二〕。

【校記】

〔一〕『嶼浮』，原作『浮嶼』。

【注釋】

〔1〕嘩：喧嘩。

仲春郊游

新春病足少郊游，春半游郊恰絢眸。的歷出垣雲萼放，潺湲盤路草波流。行穿霞幕惹詩興，坐據莎茵共酒儔。盡日流連休不住，月高東海戀林丘。

春興

年年春到興偏饒，問柳探花紆野鑣〔1〕。瀄瀄山泉方乍款，關關林鳥復頻招〔2〕。暖窓翰墨催裁賦，香逕壺觴引弄簫。九十韶光須領盡，追游勝地無虛朝。

【注釋】

〔1〕野鑣：野馬。

〔2〕瀰瀰：水流動的樣子。

村居

匝嶂盤流逕欲遮，爨烟起處兩三家。長楊聲作風中雨，早旭光騰海上霞。鶴護幽門巢雲樹，蜂喧深院采澗花。曳笻孤步省南壠，磽嶺攀躋葛帽斜〔1〕。

【注釋】

〔1〕磽嶺：荒凉的山嶺。

冬日邀同社集飲雲起閣温五與亨有作賦答

名閥一代仰星垣，第五吟壇擁座尊。氣涌川頭雲靉靆，聲環閣足浪豗喧。天邊珠落詞壇塵，空際川流海嶼樽。梅映冰輪堪款坐，仙踪何用訪桃源。

朋海學士招同與亨、君雷宴集，用還新園，分得星字

犀軒携具過林亭，太史應占夜聚星。拂座風來梅馥馥，凌空雲散柳青青。竹間晋醖碧連色

席間酌襄陵、河津二種酒，波際吴歈音共聽[1]。坐倚詞筵情不倦，深燈猶戀子雲經[2]。

【注釋】

[1]晋醞：晋地的美酒。

[2]子雲經：西漢揚雄所著《太玄經》。

九日印洛、五雲、鼎卿、台卿、文侯枉過款坐

一群彩鳳御風來，暫戢雲翎共菊杯。吾輩曠懷無拘束，時流窄眼任疑猜。把萸促膝酬節序，揮麈豪談發笑詠。最惱比鄰來攪坐，徒留餘臭馨空臺諸君轉赴鄰友之召。

台卿招同社中諸子集賞牡丹，分得四支

芳園嬌朵正垂垂，霽日迎風豐瓣披。良友賞娱開綺宴，同心談笑共瑶巵[1]。娟娟光采仙娥近，渺渺烟霞巫女隨。因款吾儕深夜坐，流連題句月輪移。

【注釋】

〔1〕瑶卮：玉制的酒杯。

送滑鮑山擢司李之錦城

秦城珠斗列星文，借試經綸百里分。二曲褰帷環錦綉，三川乘遽擁烟雲。巴江秋待法星肅，劍閣花迎暖日芬。王土澄清先蜀施，采風攬轡肇元勛〔1〕。

【注釋】

〔1〕元勛：有重大功績的官員。

又代

代其同年陞任暫省里者

宦塵初浣憩歸鞍，同侶相逢得舊歡。昔附游鑣馳闕下，今瞻使節駐彈丸〔1〕。曉日暫臨殘土暖，法星移照錦城寬。雲生棧閣迎雙幰，千里民風攬轡觀。

【注釋】

〔1〕駐彈丸：駐扎於小縣。

贈魏碧浪少尹

鸞鳳寧宜棘枳栖，羽含輝采戢關西。閑曹謖謖松風潔，清署澄澄水月低〔1〕。局閑雖云羈驥足，才長終見陟雲梯。副行春野同茂宰，百里歡迎頌與齊。

【注釋】

〔1〕澄澄：朗澈明净。

九日

高旻空闊散深秋，極目中原暗動愁。霜斧千林楓鳥墜，烟濤萬里雁舠浮。雪梨火棗留供宴，芳菊新萸采薦甌。醉後不妨狂落帽，遠追別駕并風流。

台卿社兄應召入京，復讀禮歸里二首

出宰扶亭歲月深，友生間別夢相尋。方期驥展要津路，何意蘭叢雅社音。堂上萱萎君抱戚，坐中簪盍我宣吟[1]。莫道故山閑聚首，相對霜華鬢各侵。

昕夕論文莫暫睽，他年宦路隔雲泥。君膺簡綍要樞峻，余就銓衡仕徑低[2]。鱎鰐雖聯龍一氣，鳻鳩寧與鳳同栖[3]。朝中班級元拘束，此日偷閑放浪齊[4]。

【注釋】

〔1〕萱萎：母親仙逝。簪盍：友朋相聚。

〔2〕簡綍、銓衡：皆指朝廷選拔人才。

〔3〕鱎鰐：大魚。鳻鳩：斑鳩。

〔4〕班級：官員的名位等級。

送王良甫先生擢兵憲之登萊

何遜揚州昔法曹，於今東戍借雄韜。行旌影動函關月，駐節聲喧渤海濤。鳥奕龍章將异數，葳蕤鳳穴産奇毛時值舉子。詞壇揮羽天山浄，文武勛猷截漢高。

送鄒静長先生由商洛兵憲擢憲長之晉

皋比擁座續蘇公謂紫溪先生，昭代商山化雨同〔1〕。此去霜威凌晋草，猶餘鐸響動秦風。花迎劍佩蓮峰下，柳待旌旗蒲坂東。孔李通家憐後輩，因將樸棫到阿蒙〔2〕。

【注釋】

〔1〕皋比：講席。

〔2〕阿蒙：三國吳吕蒙，因篤志苦學而被刮目相看。

送喬肖寰太史還朝

天際清迴閬苑賒，欻從銀浦泛仙槎〔1〕。游龍光燭西京闕，歸鳳音喧北斗斜。史筆行吟灑珠玉，詩囊流睇貯烟霞。燕臺三月多春色，花柳争迎使者車。

【注釋】

〔1〕閬苑賒：宫苑長。欻：快速。

春日用還公招同與亨、君雷，陪朋海太史宴集新園，分得十三元

耦園佳勝闢郊村耦園，先方伯公園名，割得光輝一段存。春色猶鋪王謝草，星文倏聚薜蘿門〔1〕。鶯花艷促詞壇膝，臺沼鶯聞虎觀論〔2〕。月逕風籬須款睇，相期重擁海棠樽是日訂期再會〔3〕。

【注釋】

〔1〕薜蘿門：隱士居所。

〔2〕虎觀：宫中講學場所。

〔3〕款睇：含情注視。

春日岳朋海招同馬貞懿、温與亨游隆興寺，復集韓固庵園林，因懷固庵，限韓字

近日敦盟萃講壇，相期詩法脱黄韓〔1〕。尋幽物外雙林迥，選勝烟中萬個攢。臺榭荒凉鶯使

節，柳梅踴躍憶長安時固庵試南宮。良晨游攬應無極，竟日流連未罄歡〔2〕。

【注釋】

〔1〕敦盟：情意篤厚的詞盟。黃韓：黃庭堅之詩、韓愈之文。

〔2〕未罄：未盡。

李長孺藩參公招集署齋賦謝

別構琴軒法署清，藥欄明媚吐璚英〔1〕。蒿居素抱登龍願，雲砌何期下榻迎〔2〕。座倚明珠開暗徑，杯催甘澍潤枯城坐值大雨。公餘闢席論風雅，正始提音變夏聲〔3〕。

【注釋】

〔1〕璚英：如赤玉般的花朵。

〔2〕蒿居：平日閑居。

〔3〕夏聲：中原正聲。

早春同固有、帝簡、與亨、君雷邀朋海社兄宴集寥陽宫，分得盟字

昔闢詞場此地盟，今開虎觀漢儒驚。鳳池矗爾雲霄迹，蘭社依然丘壑情〔1〕。共訪仙波覓彩石，復耽道樹聽新鶯。雰霽郢雪倡佳句，吟客停毫盡怯賡朋海詩先成〔2〕。

【注釋】

〔1〕鳳池：唐稱中書省爲鳳閣，又稱『鳳凰池』。蘭社：文學社團。

〔2〕郢雪：即郢中白雪，指高雅的詩文。怯賡：膽怯不敢續詩。

上元前夜同與亨、君雷載酒訪朋海學士集飲，分得襄字

中端帝座轉春陽，華蓋相隨倚贊襄〔1〕。明日祀膏逢令節，今宵燃炬試繁光。君將詞賦探珠浦，客載壺觴聚玉堂。天禄元輝藜杖焰，非關毬采綴雕梁〔2〕。

【注釋】

〔1〕贊襄：輔助朝廷的重臣。

〔2〕毬采：花毬之光彩。

承田心耕先生命咏桃花雪三首 末首專贈督學公

桃閨晱晱試芳輝，雪幕瀌瀌障嬌闈〔1〕。仿佛榴裙捿素練，依俙玉箔貯深緋〔2〕。雲扶丹鳳隱還現，蜺喚群鸝戢更飛。望望瑶池欣不遠，天香散處有仙妃。

烟霞巫女逗春情，深淺凝脂的歷明。乍托璚宮魂路渺，還凭玉几夢香輕〔3〕。紅衫新襯霓裳舞，丹頰遠拖冰縠行。祇恐雲開來霽色，嬌懷掩泪向人傾。

教出西河座自尊，非關霜憲肅宮垣〔4〕。文芒寒斗瑶華綴，化鐸宣春天蕊繁。雪著雰雰呈郢調，桃兢灼灼著公門〔5〕。兹酬佳麗催裁賦，吟席宏開風雅存。

【注釋】

〔1〕晱晱：光耀閃爍。瀌瀌：雪盛貌。

〔2〕捿：同『棲』，停留。

〔3〕璚宮：瓊宮。

〔4〕霜憲：禦史臺。

〔5〕桃兢：桃花競放，此指政績輝煌。

壽温太母五十有五二首社友與恕、與亨母

舄奕蘭臺貽澤隆，烟雲五色護萱崇〔1〕。捧筵侑箸斑斕并，擁座開顔甘毳豐〔2〕。錦瑟瑶笙喧素女，金幢絳節引仙公〔3〕。新瞻寶婺連奎斗，子舍雙蜚翰苑雄〔4〕。

幾閲春光迴帨門，龍圖肇數合乾坤〔5〕。鸞車重歷君王里，鳩杖宏垂聖善恩。箕翼迸芒臨北斗，髓蹯簇貝薦西昆〔6〕。靈晨絢目南陽菊，谷水流英泛上樽。

【注釋】

〔1〕萱崇：德高望重的母親。

〔2〕甘毳：美味的食物。

〔3〕金幢：金色的帳幕。絳節：仙人的儀仗。

〔4〕寶婺：傳説天上的婺女星主管女壽、人文，後以之作爲對婦女的美稱。奎斗：奎星和斗星，主管文運。雙蜚：雙飛。

〔5〕帨門：古代生女則設帨於門右，故女子的生辰爲帨辰。肇數：創建基業之運數。

〔6〕箕翼迸芒臨北斗：箕宿爲東方七宿中的最後一個，斗宿乃北方七宿中的第一個，它們同時出現時，一南一北，形成龍的形狀，是吉祥之兆。

夏日韓性存社長衙齋同萍社諸公餞別吕素岩民部、季介庵比部兩公還朝

并著文芒燭斗墟，聯拳鵷鷺燦宸居〔1〕。游閩仍念神臯柳，還闕寧牽野渚蕖。舊澤碑痕傳雨露，新吟墨彩散瓊琚〔2〕。詞曹良聚惜暌别，斗酒雙斟款邁車二公俱吴人，俱前任閩中。

【注釋】

〔1〕『并著』二句：指同在文壇詞場中光芒四射，又同在朝中爲官。斗墟：指北方七宿中的斗宿、虚宿。宸居：帝王居處，代指朝廷。

〔2〕瓊琚：美玉，比喻文采。

冬日同張九如社兄北上塗咏二首

有客扶摇上紫宫，携余千里共穹窿。五雲輪菌帝都上，萬國賫琛王路中〔1〕。寒夜對談村店

炬，長途聯引雪霜轂〔2〕。計停燕市塵誰濯，春色初披斗柄東〔3〕。聯紆雙軫陟雲霄，劍履相隨星郵遥〔4〕。行遠多忙投宿暮，歷寒更怯戴星朝。采風考古談征路，摭景論時坐旅宵〔5〕。衰賤驅馳無所補，君添偉抱輔唐堯。

【注釋】

〔1〕五雲：五色祥雲，指皇宫。輪菌：高大聚攏貌。賷琛：進貢的珍寶。

〔2〕轂：車輪。

〔3〕燕市：都市。斗柄東：斗柄東轉，預示春天將至。

〔4〕星郵：信使。

〔5〕摭景：拾取美景。

都中除夕梁仲林都諫招同雷鶴庵、楊濟公守歲，其兄子和在座，得員字

詵詵瑣闥集殘年，清貫宴呼姻婭偏〔1〕。談笑鐙前漏聲遄，笙歌杯裏歲華遷〔2〕。尚戀五更酣座客，已喧九陌鬧朝員。東君秩冠掖垣列，趨領僚班共拜天〔3〕。

【注釋】

〔1〕詵詵：和樂聚集。姻婭：姻親。

〔2〕遄：急速。

〔3〕秩冠：官員有序地排列。

都中元日

四歷元正縻七閩，門庭消受一年春〔1〕。宦籠未放歸巢鳥，客梗仍漂澌海津〔2〕。萬户椒觴傳柳陌，五更燎火起楓宸。鷄鳴遥附冠裳拜，踴躍三呼祝聖人時余候補。

【注釋】

〔1〕元正：元旦。縻：被官職束縛而羈留。

〔2〕客梗：客居異地如同草木枝葉飄零。

贈王金鉉社兄成進士

熇熇世澤閥崚嶒，復萃風雲美武繩〔1〕。家學雖傳弓冶祕，天資更擅圭璋稱〔2〕。品堪附鳳翎元昪，步果鄰霄雲早登。兹歷金閨通顯籍，日邊彩羽任高騰。

【注釋】

〔1〕熇熇：熾盛的狀態。閥：門第。崚嶒：高峻。

〔2〕弓冶：父子相傳的事業。

立春日集飲九如寓館

春盤春罤坐春樓，千里迎春集帝州九如同余先數日抵都。草色向陽先點緑，柳條解凍乍揺柔。喜值霽開風景暖，應占泰至歲華優。共淹宵漏深鐙聚，爲慶豐登酣笑謳。

贈郭周車進士

燕都喧耀五花驄，得意歸來日始曨〔1〕。臺駿霜蹄輕萬里，海鵬風翮擊層空〔2〕。仙人行擁霓旌隊，雲級旋升玉界宫。懷内元饒酬國策，從今獻納展舒雄。

【注釋】

〔1〕曨：日出。

〔2〕臺駿：指燕昭王千金市駿、築黄金臺招納天下才士的典故。

同趙健翮、王兩如、王間有、荆維烈、王翼卿、蕭君奇、劉敬篤、王徽傳北上謁銓〔1〕

海運群鵬騰遠輝，短翮憐余亦附飛。旌旗雲發崤函谷，環珮星聯燕岫畿。争劇剖符占器偉，就卑綰綬愧材菲〔2〕。天曹玉界仙流萃，凡步何緣共紫微諸君以縣令受土，余以别駕改銜。

【注釋】

〔1〕謁銓：赴朝廷等候選派官職。

〔2〕剖符：朝廷授官。器偉：才幹卓越。綰綬：系上綬帶，比喻授官。

秦警四首流寇初起〔1〕

仰天四望動欷歔，滿目狂氛翳井墟〔2〕。豺虎侁侁緣嶺度，熊羆㳽㳽抱關居〔3〕。警來風烈霧乍合，捷復雲開日暫舒。歲月晦明多變幻，恨非净旭照蓬廬。

山河飛檄怯霜寒，草木雕零慘不歡。漢帝陵前騶騎過，唐王冢上蜂蟻攢〔4〕。王丞冥惜輞川破，鄭子魂悲谷口殘〔5〕。祇有陳翁栖華頂，千年一洞占平安。

篁竹遍叢塞路衢，方州不是古秦圖。南山猰貐驅樵子，渭水鯨鯢散釣徒〔6〕。豐鄗雲天村落黯，横焚草木矓丘枯。諸山深處爨烟聚，魂夢幽栖悲日晡〔7〕。

山樹動摇風尚號，驚鴻忙徙亂奔翱。路防狼過紛戎纛，士伴鷹飛肆武韜〔8〕。廣野陣中散禽鳥，通衢馬上雄鞬櫜〔9〕。長空何日净烟霧，静睹天光日月高。

【注釋】

〔1〕秦警：秦地的警急形勢。

〔2〕井墟：鄉里村落。

〔3〕豺虎：凶狠的盗寇。侁侁：眾多。熊羆：抗擊的勇士。瀰瀰：連續。

〔4〕騶騎：騎士的車馬。蜂蟻：喻盗寇衆多。

〔5〕王丞：唐代詩人王維。鄭子：漢代隱士鄭樸。

〔6〕猰貐、鯨鯢：指凶惡的寇賊。

〔7〕爨烟：炊烟。日晡：黄昏。

〔8〕戎纛：軍旗。武韜：用兵的謀略。
〔9〕韃櫜：盛弓箭的用具。

元旦次日社集温與亨鑒硯齋觀雪，分得十五咸

一夜同雲叠峻喦，遍飛瑞蕊綴筠杉。陽春暗布鄒子律，白雪新披郢客函〔1〕。社集共臨銀瀲灩，筵開更對玉巉岩。伫迎霽色普膏潤，沾足堪猒田父饞〔2〕。

【注釋】
〔1〕鄒子律：戰國齊人鄒衍精於音律，據説他吹律能使春暖大地、五穀滋生。
〔2〕猒：滿足。

新正四日，粱子和招集玄扈山房，憶尊人君旭先生忘年聯社之雅，分得六魚

世傳偉集擅嘉譽，爾復詩名播里閭。殘雪照筵欣皓皓，和風撩座快徐徐。鳥迎早暖聲初

試，柳脱餘寒色漸舒。追憶階前書帶草，曾收頑石附瓊琚〔1〕。

【注釋】

〔1〕書帶草：一種葉子細長柔韌的草，漢代經學大師鄭玄曾以之捆書，由此得名。

簡郝從敬、辛伯章、郭子价讀書山寺

孔鳳聯飛志盍簪，尋静修翎就野庵〔1〕。河滸書聲偕水韵，林間爨焰共山嵐。軼才相期千里捷，偉懷更益五車函〔2〕。蘿徑倘容塵屣曳，策蹇覓徑撥雲探〔3〕。

【注釋】

〔1〕盍簪：士人聚會。

〔2〕軼才：才華卓越。

〔3〕策蹇：騎著跛足的驢。

送張帝鄉廣文試春闈〔1〕

遠携經術闢宫墻，曾兆三鱣講席傍〔2〕。雪落關門寒度軫，杏開御苑暖揮觴。去獻玓瓅供珍玩，應采梗楠托棟梁〔3〕。驪下一歌驟言别，依依頻向北辰望。

【注釋】

〔1〕春闈：明清京城會試在春季舉行。

〔2〕三鱣：古人以鸛雀銜三鱣魚飛集堂前作爲登高位的吉兆。

〔3〕玓瓅：珠寶光耀。梗楠：棟梁之材。

值恩膺薦〔1〕

冲主乘龍御政年，蒐才綸綍遍垓埏〔2〕。川岩共戴皇恩錫，尺寸俱騰天睞遴〔3〕。商幣乍呼莘野夢，周車偶載渭濱烟〔4〕。應盟同籍咸努力，莫負今朝際會天。

【注釋】

〔1〕膺薦：承受薦舉。

〔2〕蒐才：聚集人才。綸綍：皇帝的詔令。垓埏：極遠的地方。

〔3〕天睞：上天的注視。

〔4〕莘野：隱居之所。

送楊台卿同舍友上公車〔一〕〔1〕

鶚薦秋飈得意歸，又翻文旆向皇畿〔2〕。鷄窗鐙火共披映，芸館琴書互附依〔3〕。兹上楓宸騰霽采，期游杏苑躍春輝。莫惜離群牽别緒，金閨通籍更高飛。

【校記】

〔一〕『卿』，原作『鄉』，據目録改。

【注釋】

〔1〕上公車：入京應試。

〔2〕鶚薦：得到舉薦。
〔3〕芸館：書齋。

過靈寶游女仙宫

旅途櫛沐訪仙宫，霞變桃林映遠空。大水灣頭懸皓月，二峤陵上曳輕風。恤灾捍患桑梓切，署雨祈晴響應通〔1〕。渺渺天閨臨驛路，行人拖履陟穹窿。

【注釋】
〔1〕恤灾：撫恤灾情。捍患：抵禦灾患。

九日共諸僚友集飲

异鄉佳節聚游萍，秋老風光感慨生。梅嶺雲迷天級雁，羊城雷震海濤鯨。人情反覆波摇動，世態轉移棋變更。皓髮悠悠僑遠土，幾番籬菊放霜英。

小史

天放春光乍捲雲，芳魂摇曳逗氤氲。鶯啼燕語歌聲轉，柳拂花迎舞態分。細腰軟效楚宫質，窄襪嬌游洛水紋。堪憶仙樓蕭史曲，人間何羡蕙娘文。

投贈中丞白公二首代

山川四塞固金城，撫輯遍宣摇斾旌。風起終南雲鶴唳，霞明太華錦蓮生。建牙揮灑千里澤，銘鼎喧傳萬代聲[1]。朝野一時俱拭目，共瞻西極峻峥嵘。

蘭臺制馭宣皇威，天錫名臣讋九圍[2]。林怯霜風寒乍普，草迎春日暖同歸。消氛已見清西塞，調鼎應瞻襄帝闈[3]。附迹宫垣煩拭拂，駑駘效力亦銜鞿[4]。

【注釋】

〔1〕建牙：出師前樹起軍旗。銘鼎：在鼎上銘刻文辭以表功績。喧傳：盛傳。

〔2〕讋九圍：使九州震懼。

〔3〕襄：輔助。帝闈：宫廷。

〔4〕銜鞿：馬口銜繮繩，比喻官務纏身。

寄上蘭州兵憲熊于侯先生

遥瞻棨戟泪泛瀾，津路分睽問字難〔1〕。喬岳邊陲巍憲邸，景星海宇焕詞壇〔2〕。入關游鐸秦風肅，移節飛霜塞草寒。蓬蓽無緣逢驛使，暗魂緬邈繞皋蘭〔3〕。

【注釋】

〔1〕棨戟：官員的儀仗。問字：叩問音信。

〔2〕憲邸：高官的府邸。

〔3〕蓬蓽：簡陋的房屋。皋蘭：水邊的蘭草。

游金山

萬頃波濤空際澄，輕摇一巘玉崚嶒。水天元有瀛洲路，仙徑却緣瑶島登。風促客帆窺鉄瓮，雲扶佛岫戀金陵〔1〕。游人疑入玉虚界，驚問穹窿第幾層。

【注釋】

〔1〕鉄瓮：堅固的瓮城。

《雲起閣詩集》卷之十一·七言律詩

關中來鑑宜公　著

題涂受百先生生祠二首〔1〕

九天調鼎隔徽音，顏像仍觀百里欽。蘿月繽紛疑製錦，松風颯沓憶鳴琴。宮垣問字情殊切，父老含恩意倍深。伏臘延瞻俱繾綣，争栽松柏漸陰森。

新開祠宇擬宮垣，仰質皋比擁座尊。斜峙峨山恒崒嵂，環流峪水永潺湲。溯懷膏雨□□□，□憶清華燦至尊。遥□五雲瞻北極，高翔彩鳳賁天門〔2〕。

【注釋】

〔1〕生祠：爲活著的德高望重之人修建的祠堂。

〔2〕賁：光彩照耀。

嘉平既望集飲與恕嶼浮閣分十五删

瓊閣亭亭站碧灣，綺雲裊娜襲潺湲。依稀坐□蜃樓上，仿佛樽開海嶼間。瀺灂□□□□□□，噞喁聽□□□鰥〔1〕。□□皓月臨筵照，客戀圓光遲未還。

【注釋】

〔1〕噞喁：魚口的開合。

又和與恕四支

□□樓閣疊波湄，雲裏聯蔪□□□。□□□□□□□，憑欄眺遠□新詩。□□□□□□□，□□□容柳恨遲。莫怕日光沉晡黯，月升東海向西移。

别家赴閩

素負烟雲竄野坰，居諸流電髮星星。欻搜深谷羅栖鳥，輒唤遐風促旅翎。再拜含情辭舊華，長塗孤影伴青萍〔1〕。洪河遠逝東漸海，泒更紆流南滋停〔2〕。

【注釋】

〔1〕舊華：簡陋的居處。

〔2〕南滋：南岸。

閩闈接方伯周櫟園先生晋陟左中丞邸報賦贈二首

名賢中土挺靈光，喬岳南隅倚賴長。迅涣風雷恢遠服，旬宣雨露潤殘疆〔1〕。節周海甸奇踪錯，綸擢蘭臺异數將。方典棘闈羅雋彦，瑾瑜貢棐燦岩廊〔2〕。

月桂婆娑香正濃，恰迎霄漢紫泥封。土儲貢美三蒐采，文教宣靈再鼓鐘先生三典賓興、兩攝學政。晋布霜威天闕肅，仍餘鐸響海風從。法星倏傍斗星著，迸肆光芒映九重〔3〕。

【注釋】

〔1〕迅涣：迅速散開。旬宣：周遍宣示。

〔2〕棘闈：科考的考場。貢篚：盛載貢品的筐子。

〔3〕迸肆：迸發縱放。

閩闈中秋日受牘，是夜值陰

隋珠荆玉正紛投，閃灼寶芒霄嵂浮〔1〕。明月相憐光不妒，密雲匝障影全收〔2〕。雖瞻金漢津難覓，却步蟾宫路可由〔3〕。滿院天香凝未散，素娥把桂暗中游。

【注釋】

〔1〕隋珠、荆玉：隋侯之珠、荆山之玉，比喻賢才。

〔2〕匝障：環繞遮蔽。

〔3〕金漢：銀河。蟾宫：月宫，指參加科舉考試。

閩闈賦贈藩參郝敏公先生晉陟銀臺二首太翁先生晉陟少司農，同膺簡命

濟美家聲昭代隆，相隨霄漢晋階崇。燕都暐曄龍函錫，閩海輝煌鳳詔同〔1〕。借副藩宣淋雨露，專籌國庾壯羆熊〔2〕。嘉庸嗣耀庭闈迹，兩世聯追稷契風。

詞壇哺士出雄韜，歌頌聲喧碧海濤。峻陟銀臺通獻納，威留棘院肅啷嘈。好携土貢陳雲陛，暫緩裝行需貝髦〔3〕。七葉公侯今伊始，台階重映一門高。

【注釋】

〔1〕暐曄：光彩顯耀。龍函：詔書。

〔2〕藩宣：保衛國家的重臣。

〔3〕雲陛：宫殿。

賦贈佟太翁從祀兩邑名宦二首太翁爲閩制府滙白先生尊人　代

宣聖俎豆供九天，英魂左右轉星躔〔1〕。風吟兩地留春采，雲焕千秋配曉烟。衿履繫思憑父老，宫垣倡咏有高賢左念源太史爲高弟子，首倡題咏〔2〕。鳳毛翀漢德輝著，昭代家聲誰更先。

山川猶戀舊琴鳴，星日高懸空際明。遺澤淋漓延道泒，餘風澹蕩鼓儒程。并饗兩邑同追慕，更惹全閩鬨頌聲。神胄建牙恩愈普，淵源溯憶式墻羹〔3〕。

【注釋】

〔1〕俎豆：祭祀的容器。

〔2〕衿履：官服。

〔3〕墻羹：此爲舜思慕堯的典故。《後漢書·李固傳》：『昔堯殂之後，舜仰慕三年，坐則見堯於墻，食則睹堯於羹。斯所謂聿追來孝，不失臣之節者。』

萍社初集同用東韵

風臨勝地萃游蓬，萬古交情詞賦中。相對襟期澄霽色，更聯聲臭馨花叢〔1〕。藻篇鬥錦舒才异，雅調群餐托味同。唐肇開元明七子，期追盛運日重曨〔2〕。

【注釋】

〔1〕襟期：襟懷志趣。聲臭：聲音氣味。

〔2〕明七子：指明代以『前後七子』爲代表的文學流派。日重曨：日出明亮。

喜洙兒抵闈

并馬軺車何日登，凌飈躡露劍孤騰。九天獻賦風雲萃，萬里趨闈旭日升〔1〕。海市濯襟呈炫爛，蓮峰酬憶寄崚嶒。兩年宴寂冷官署，今日异鄉談笑增洙兒先入京廷試。

【注釋】

〔1〕趨闈：趕赴科考。

泗兒寄余制義，賦此勖之

家庭墐户避囂塵，近作娱余到海濵〔1〕。雖睹駸駸風足迅，須期繹繹漢翎振〔2〕。篪聲應叶塤聲起，梓采并扶橋采新〔3〕。先世弓裘雙捷美，勉繩美武耐艱辛先侍御公、先刺史公兄弟同登〔4〕。

【注釋】

〔1〕墐户：堵住門窗。

〔2〕騤騤：馬兒急速地跑。繹繹：相連。
〔3〕橋、梓：兩種喬木，比喻人材。
〔4〕繩武：繼承祖先事業。

贈王雪墀孝廉抵閩省覲〔1〕

弱冠高名東海暹，杲杲焕彩萬林瞻。一經嗣世恢弓冶，萬里寧親副孝廉。俊品元宜飛步蚤，壯游更易偉襟添。日邊韡韡陳方略，驥足風程不暫淹。

【注釋】

〔1〕省覲：省親。

張陵筠、陸眉元兩僚友見訪，不值余而歸

旅巢新定碧溪隈，孔鳳聯颷彩翮來。何意高踪臨穢圮，無緣歡膝促清杯〔1〕。壁間繪戀雙珠照，几上吟求并斧裁兩公坐觀諸畫并閲小什。歸去應知情未倦，餘香縈薄宿莓苔。

【注釋】

〔1〕穢戹：荒蕪的門庭。

三山雜興四首

衰晚天涯嘆轉蓬，薄游遠逐海瀕風。僚朋共調吟曹冷，姻婭關情問橐空。雖附冠裳栖宦籍，仍親翰墨續儒工。更逢山水堪延覽，乘興探奇司馬同。

西望函秦坐翠微，天昭水洊雁魚稀〔1〕。浮雲離岫游無定，飛鳥懷巢倦欲歸。特戀重溟訪仙島，匪耽五斗悞漁磯〔2〕。由來大隱栖朝市，雖溷塵埃自息機。

郭外沖瀜與海連，帆檣不斷柳關穿。常有艆艡停礫岸，每於潮汐渡霞川〔3〕。雲懷永抱越王石，山面曾薰歐冶烟〔4〕。丹荔綠榕慘戕伐，急煩培植賴才賢〔5〕。

烏龍江上鼓鼙聲，耐可鯨鯢江口横〔6〕。焰逐驚魂林默默，霧迷閩路草苹苹。暴鷹變化械充伍，猛虎招留纛塞城。水際壘垣須戰艦，待摇洪櫓海氛清時造戰船收復閩安〔7〕。

【注釋】

〔1〕洊：《廣韻》：『水荒曰洊。』

〔2〕漁磯：釣魚石。

〔3〕艆艒：海上的大船。

〔4〕越王石：位於閩中侯官縣南。歐冶：春秋時爲越王鑄劍的歐冶子。

〔5〕戕伐：遭砍伐。

〔6〕耐可：怎奈。

〔7〕洪櫓：寬大的船槳。

贈徐醫醫江右人

倉公擅技本通神，金七含香迥邁倫〔1〕。杏滿豫章繁色澤，囊游海甸普陽春。遠踪隨地携橘井，高手逢人渡筏津〔2〕。塵染休文苦吟臥，欣瞻仙采驟相親。

【注釋】

〔1〕倉公：西漢名醫淳于意，因其曾任齊太倉令，故稱『倉公』。金七：藥材。

〔2〕橘井：良藥。筏津：渡口的木伐，比喻醫者引人渡過病厄。

誕日值清明有感

子道誕晨多慽愴，況逢拜掃廢烝嘗〔1〕。遠將踪迹違丘樹，返引庭階念海疆。西北眼穿雲漠漠，關河懷切路茫茫憶伯兒視予尚未至。亦知泥飲破愁悶，此日無聊懶對觴。

【注釋】

〔1〕烝嘗：秋冬季節的祭祀活動。

初抵閩中書懷二首

燕臺西返復東南，半載風塵集一鐔。甪里里中空觸悟，子陵陵上暗縈慚〔1〕。三吴經眼題句過，二絶栖踪載筆探閩謂鼓山、旗山爲二絶。莫悔閑曹惹遐路，易瞻海島證瞿曇〔2〕。

壯歲冥居滯一隅，山川不遠見聞枯。每謀游屐托南國，豈意衰裝停海區。久費道途囊橐索，暫隨姻婭饔飧糊〔3〕。輪帆廣袤收羅盡，應是天心娱老儒。

【注釋】

〔1〕甪里：指漢初『商山四皓』之一甪里先生。子陵：指東漢隱士嚴子陵。

〔2〕瞿曇：佛祖釋迦牟尼。

〔3〕囊橐：布袋。饔飧：飯食。

送王若士社兄還順昌若士辯誣復原任，遂不折腰五斗矣〔1〕

蒼昊茫茫胡可問，冥中變幻揔難猜。霜飛六月猝寒至，颱捲浮雲復霽開。城郭仍存遺錦在，山川自戀舊鳧回〔2〕。興懷松菊倦雲鳥，折翮詎關風穴摧。

【注釋】

〔1〕辯誣：辯明誣陷。

〔2〕遺錦：《華陽國志》卷十《先賢士女總贊·漢中士女》載，閻憲字孟度，任綿竹令，以禮讓教化民眾，有男子夜行，拾得他人遺留之物一袋，中有錦緞二十五匹，歸還其主，自稱縣有明君，不敢辜負其教化。後以此典故比喻官員在地方頗有政績，受到百姓贊譽。

書懷

莫識所懷在十洲，錯疑遠屣肆遨游。元將曼倩金門迹，故傍馮譯桂海流〔1〕。風帶鼓鼙喧萬户，浪吞城郭擁千舟時海逆薄城。匪因時事念高蹈，初願應於此日酬。

【注釋】

〔1〕曼倩：東漢文學家東方朔字曼倩，在漢武帝時待詔金馬門。

冬暖

冬與春連見侮陵，蓬窻蘿徑暖烟凝。尚摇白羽消毒熱，且苦紅塵作鬱蒸。豔放群花梅自遜，青留諸卉竹相兢。天涯爲客不號冷，楊柳毶毶歸易興〔1〕。

【注釋】

〔1〕毶毶：枝條細長垂下。

送蕭長源司理赴銓

喧闐伐鼓鬧江汀，彩仗飛霞絢邁舲〔1〕。緋對繁花香的的，綬連春草色青青〔2〕。密裝槖貯南瀛澤，分道霜清棘路刑〔3〕。三輔瘡痍憐未起，願瞻法曜照汧涇〔4〕。

【注釋】

〔1〕伐鼓：擊鼓。邁舲：遠行的船。

〔2〕緋：紅色官服。綬：系佩玉的帶子。的的：香氣濃郁。

〔3〕棘路：大理寺的别稱。刑：典範、法式。

〔4〕法曜：法令的照射。汧涇：汧水與涇水，泛指三原地區。

王大春社兄抵劍津寄贈章賦答

冠劍悠悠散遠踪，鰲江咫尺興偏慵〔1〕。貽篇端惜岐懷闊，迴輸應嫌冷署供〔2〕。香藴蘭心隨地瀉，青開柳眼逐人逢。詩囊盡貯三吴秀，閩海烟花幾許從〔3〕。

【注釋】

〔1〕鰲江：位於福建省東南部。

〔2〕岐懷：分别時的情懷。
〔3〕三吴：指蘇州、常州、湖州一帶。

九日李卓人明府招同王壽格司理、周玗洞、王若士兩明府、吴冠五藩幕宴集

霜飛林野動秋旻，寓客俱含旅况顰〔1〕。綺晏插萸酬令節，金尊傍菊萃詞人。海濤聲阻登臺路，鄉國情牽聞雁晨。江口鼓鼙開幕府，誰揮佳賦壯猷新時出師收復閩安〔2〕。

【注釋】
〔1〕秋旻：秋季的天空。
〔2〕壯猷：宏偉的謀略，此指壯懷。

和玗洞九日訪詩麗人之作次韵

訪集新臺菊正妍，緑窗雅韵瀉如泉《緑窗》，麗人集名。白衣酒托靚妝女，紫綃杯傳金薤

偏〔1〕。詞客共來娱菌閣，仙娃相引入青田〔2〕。揮毫争和佳人句，匪戀瓊娥娱少年。

【注釋】

〔1〕紫綃：披著紫紗的女子。金薤：比喻文字優美。

〔2〕菌閣：菌狀的樓閣。青田：青田山。

伯宗省試擬元，尋置乙榜，昌箕賦詩解嘲，余和此章〔1〕

翱翔藝苑邁儕倫，擢桂元宜第一人〔2〕。兹厠副車名雖殿，初經藻鑒照曾真〔3〕。已騫峻翮雲端折，匪黯遺珠海底淪。傳牘中原驚鳳彩，共瞻文級出埃塵。

【注釋】

〔1〕擬元：擬以第一名録取。乙榜：科舉乙科，即考中舉人。

〔2〕儕倫：同輩的友人。擢桂：科舉及第。

〔3〕副車：鄉試的副榜貢生。殿：名列最後。藻鑒：品藻鑒舉。

寓樓對月

寓舍高樓卧夜深，誰教明月攪孤衾。光摇意緒縈西塞，魂帶家鄉闊海潯。漏唤千門空皓皓，檐排萬象静森森。倚欄信口宣胸臆，銀漢津頭一客吟。

潭陽郊行

行郊騁目動長吁，遍土瘡痍未易扶。灰燼盈村村閴寂，烽烟塞野野荒蕪。山廬咫尺豺狼卧，官役逢迎魍魎呼。石逕紆迴盤不盡，澗松嶺竹悲西晡〔1〕。

【注釋】

〔1〕西晡：黄昏時分。

潭陽書懷

出衙日日戴星還，咄咄公堂備試艱。水約溝溪催注海，山連東北倚爲關。風愁莫浄溪篁霧，雨怯難消野石頑。自顧菲才慚利器，况逢錯節敢偷閑〔1〕。

【注釋】

〔1〕菲才：才能淺劣。利器：比喻具有傑出才能之人。錯節：艱難繁雜的事務。

午日困關作〔1〕

危肩初息快遨游時卸建陽事，恰值天中節事修〔2〕。波際船龍兢駛渡，關前艾虎款行舟。麝香近渚烘菡萏，火焰遠坡燃石榴。暫緩征帆觀土俗，氍毹蒲斝坐江洲〔3〕。

【注釋】

〔1〕困關：清周亮工《閩雜記卷三·困關》：『閩江匯延、建、邵、汀各山之水，下流至侯官縣，所屬水口，皆有灘險，自水口至省者則皆平水無大灘矣。水口之稱當由於此。今人并二字作困，其處有關，稱曰困關，讀若淵泉之淵。』

〔2〕節事：節慶活動。修：漫長。

〔3〕氍毹：地毯。蒲斝：盛滿蒲葉酒的酒杯。

贈會稽王文二太守公二首公拔洙兒於闈，代洙兒作〔1〕

雙鳳撫雲翽翽齊，德輝分照綏群黎〔2〕。塤吹憲節寒河套，箎奏專城暖會稽鉅兄念蓼公以兵憲駐節榆林。禹穴政條高爍電，鑑湖治迹燦舒霓〔3〕。驕嘶五馬山陰道，錦壑璚岩供品題。

溷徹伯樂顧駑蹇，肯共驊騮拂拭煩。未附蛟龍驤漢路，亦充桃李蒔公門。品膺鑒別慚難副，策擬天人期遍捫。閩海吴山新歷覽，選奇擴抱倚高論。

【注釋】

〔1〕拔：提拔，拔擢。

〔2〕翽翽：鳥兒飛翔扇動翅膀的樣子。

〔3〕禹穴：傳説中禹的安葬地，位於浙江紹興會稽山。政條：政令。爍電：如電光閃爍。鑒湖：位於浙江紹興西南。治迹：治理的政迹。舒霓：展開於天邊的彩虹。

贈仁和石漢青明府

熒熒文焰迥千尋，冉冉璚凫集武林〔1〕。治錯經緯堪製錦，政期清簡祇鳴琴〔2〕。蘇堤桃柳供游賞，葛塢烟霞待咏吟。定借行春添雅興，幾豪詩酒慰登臨。

【注釋】

〔1〕冉冉：緩慢飛翔。

〔2〕治錯：治理地方，管理地方政事。

寄中翰韓固庵社兄

追趨簾陛近天顏，翰墨逍遥碧漢間〔1〕。自是鳳鸞輝聖代，豈同鵷鷺蔚僚班。瞻君清望峻霄崿，憐我卑栖滯越蠻。海上鯨鯢翻巨浪，雖沈冷署敢偷閑。

【注釋】

〔1〕簾陛：宫中的簾幕、臺階，代指宫廷。

寄給諫梁仲林社兄

詞賦峥嶸欽二難，横秋雙鶚侣雲端令兄子楷鄉書同登。萬里金閨先著籍，九重紫闥已游觀。石渠試展清華步，青瑣延簪獻納冠〔1〕。海甸遥瞻天際彩，台階高映翥騰寬。

【注釋】

〔1〕石渠：皇室圖書典籍、檔案儲藏館。青瑣：宫廷。

贈建南兵憲張石只公

嵂矗天南白鶴山，建旗擐甲擁雄關〔1〕。威宣憲府風雷壯，謀定詞曹指顧間。振旅桓桓浄篁竹，崇文揖揖擷金簡〔2〕。帳下時髦恒滿座，誰堪指引出塵寰〔3〕。

【注釋】

〔1〕嵂矗：高峻聳立。擐甲：穿上甲胄。

〔2〕桓桓：高大的樣子。揖揖：衆多貌。

〔3〕時髦：時代的傑出人材。

秋日雜興八首

百丈山頭俯海隅，烟波幾道涌江湖。風携蕭瑟吹行杖，雨帶凄凉灑客襦。寒草螢飛火虛戀，晚花鳥集翠羞敷。閨砧騷屑搗秋急，更慘砧情旅際無〔1〕。

幾年孤羽戢天涯，關塞音塵怯路賒。江變波濤危泛梗，林溥霜露冷栖鴉〔2〕。山川共躍天邊鼓，草木猶寒海上笳。鞅掌殘區輪代斫，萬端局蹐更堪嗟時攝篆潭陽〔3〕。

盛世朔南歸一王，詎容滄海隔扶桑。珊瑚焯爍來交阯，白雉葳蕤出越裳〔4〕。繹繹貢琛天子國，斐斐乘遽無諸疆。炎風新播狼烟熾，舊路繁華今渺茫。

溪谷篁竹塞越巒，新迎王旅下梨關〔5〕。黃熊嶺上朱旗熌，白鶴峰前素甲環。期斷鯨鯢空大海，更搜貘貐破群山。焉能掃却黔嗑盡，碧落流光日月間〔6〕。

憶昨林麓久伏跧，故鄉勝概肆流連〔7〕。翠雲猗猗渭川竹，香漢田田華岳蓮。西極驤空驚逐電，函關凝紫憶移躔。一游海甸悲離逖，廓落遐踪魂黯然。

翰墨初盟許志齊，於今逕判級高低。逍遥魏闕多矜貴，遐逖瀛濡獨抱凄。健羨鵾鵬負天運，錯疑騕褭駕箱嘶。日邊須接夔龍武，傳語崇階莫浪躋〔8〕。

故園鴻息數年驚，柳謐花恬曨復耕。好理鷄翎趁闠净，要支繁穴恐塵縈。苾芬奉祀付專托，蘭菊隨時薦遠誠泗兒素專誦讀，茲留家守塋，兼視門户〔9〕。卑仕君恩慚莫報，魂縈岵屺慘含情。縹縹風雲階際麗，入覲王國正委蛇。燕宵愜願寧親夢，闔閣書懷憶子詩。冀北馬蹏隨日計，江南帆影信風移〔10〕。吴山越水頻飛睇，慰睇焉能定蚤遲洙兒北上廷試，計試畢，入閩省予。

【注釋】

〔1〕騷屑：風聲淒清。砧情：砧聲中的懷鄉之情。

〔2〕泛梗：如斷梗般漂泊。

〔3〕鞅掌：管理、治理。

〔4〕焯爍：光彩閃爍。

〔5〕梨關：位於福建泉州南。

〔6〕黔噎：陰沉。

〔7〕伏跧：蜷伏。

〔8〕浪躋：徒然登高。

〔9〕苾芬：祭品。

〔10〕蹏：同『蹄』。

過洛陽橋

游眸偶質水泱泱，指點情形埒洛陽〔1〕。海霧氤氳結蜃采，江天縹緲亘虹光。土悲潮浪鯨鯢蝕，林怯冲埃虎豹戕。吊古撫今多感慨，含情曳履度飛梁。

【注釋】

〔1〕偶質：水中的雙眸倒影。

壽韓性存郡丞公，時器君、東白明府迎安溪署中稱慶

文武功成休浣朝，蘭階隆養日逍遥〔1〕。斑斕引導雙梟迴，劍舄遨游五馬驕。花縣迎車紛錦綉，琴堂開宴薦瓊瑶。侑觴不願岡陵祝，樂擁民間稗管謡〔2〕。

【注釋】

〔1〕休浣：休假。

〔2〕岡陵祝：祝福長壽如山陵。明王世貞《鳴鳳記·嚴嵩慶壽》：『筵開相府勝蓬萊，壽比岡陵位鼎台。』

稗管謡：管樂器奏出的歌謡。

晉安遇孫天閑進士赴選〔1〕

旭日初升映海雲，名贒發軌動祥氛〔2〕。關門繻弃欣符志，簾陛策携靖報君〔3〕。旆閲山河驕柳翠，珩鳴禁闕散花芬。一瞻行色驚飛步，金鼓喧闐滿路聞〔4〕。

【注釋】

〔1〕晉安：福建東南一帶。

〔2〕名贒：有名的賢才。發軌：駕車啓程。

〔3〕繻弃：《漢書·終軍傳》：『初，軍從濟南當詣博士，步入關，關吏予軍繻。軍問：「以此何爲？」吏曰：「爲復傳，還當以合符。」軍曰：「大丈夫西遊，終不復傳還。」棄繻而去。』古代出入關卡的憑證用帛製成，稱爲『繻卷』，『棄繻』表示志向遠大，不留退路。

〔4〕喧闐：喧嘩，熱鬧。

中秋邀諸鄉親寓舍小酌

自憐皤髮淹七閩，五度中秋月滿輪〔1〕。逆旅貰儲九醞酒，天涯徵會故鄉人〔2〕。且舒庾亮登樓興，暫緩士衡懷土顰〔3〕。此夕明光元普照，隨居瞻玩摠堪親。

【注釋】

〔1〕皤髮：白髮。

〔2〕貰儲：儲備好酒。徵會：聚集。

〔3〕庾亮：東晉名士，《世説新語·容止》載庾亮曾在秋夜氣佳景清時與殷浩、王胡之同登武昌郡之南樓，歌詠戲謔。士衡：西晉文人陸機，其詩賦多有懷鄉之思。

寄題陳國翰怡雲樓

層樓巘巘倚山斜，坐弄南瀛萬丈霞〔1〕。蜃結檐頭排幻市，鵠穿牖眼度仙槎〔2〕。淡雲輕霧空中畫，竹縵松濤静裏嘩。堪羡庭階作師友，共披緗帙樂無涯〔3〕。

【注釋】

〔1〕巘巘：本指車行高大貌，此指高樓。

〔2〕幻市：蜃气幻化成的街市景象。仙槎：傳説中渡過天河的船。

〔3〕緗帙：書卷。

又代

著書歲月碧山頭，更就雲阿起峻樓。光散縹緗雙曜近，坐通呼吸九天遒〔1〕。杯留逝帆夕陽泊，燭引喧潮静夜流。咫尺牽懷風景勝，追尋倘許一登游。

【注釋】

〔1〕雙曜：日月。

病中簡性存

紆輪相伴晋波湄，歸卧匪關涉歷疲。君肆吟思因蝕胃，余膺霡濕亦淫脾時性存傷胃，余病濕〔1〕。衰年法攝宜論素，痾質餌扶寧仗醫〔2〕。道味虛冲真有用，可從此内固仙基〔3〕。

【注釋】

〔1〕吟思：推敲詩句。蝕胃：損傷腸胃。霃濕：久雨潮濕。淫脾：侵擾脾臟。

〔2〕法攝：按養生之法攝護身體。痾質：多病的體質。餌扶：依賴藥物扶持。

〔3〕虛冲：虛静淡泊。仙基：身體的根本。

秋日登平遠臺

此日登臺眺遠南，蒼茫萬里正難堪。空江漠海連秋漢，積霧屯烟溷野嵐。雙梓苔深封敗字臺側有戚將軍、南中丞二祠，兩公俱北人，九荆雲焕護頹庵臺在九仙山，謂何氏兄弟九人〔1〕。滿懷感慨須消解，徙倚前林酒半酣。

【注釋】

〔1〕雙梓：雙墓。

出仙游城望九仙山

仙城兩月淹游乘，日睇仙山未擬登。堪笑慵踪隨荏苒，自蒙赧色別崚嶒〔1〕。瀰瀰秋水渟郊野，曩曩烟雲宿阜陵。延望高潭懷古迹，何年九鯉共飛騰山頂有潭，何氏兄弟上升日曾有九鯉先飛。

【注釋】

〔1〕慵踪：疏懶的行踪。赧色：慚愧的神色。

寄徐器之

海甸詞人迥不凡，應知璞玉托名岩。蛟龍待雨威猶蟄，蘭蒞凌風臭莫緘〔一〕〔1〕。翰苑横馳足偏捷，名篇經咀喉逾饞。睽離休令應求斷，星郵將懷寄一函。

【校記】

〔一〕『蒞』，原作『莅』，據詩意改。

【注釋】

〔1〕蘭茝：蘭草、白芷兩種香草。

留別韓性存

旅禽相伴海雲巢，聚散驚心繞樹譊〔1〕。君耀華簪瞻北極，余馳塵轡向西崤。由來宦海游無定，豈敢詞壇聚乍拋。別後加餐須努力，相期再晤共炰烋。

【注釋】

〔1〕譊：喧嚷。

江山元夕鼎卿明府招同史于巷、王孟礎二廣文宴集

莅土諸賢詠大東，容余談笑共休隆〔1〕。花燈寶焰炫文教，簫鼓璈音鳴治功〔2〕。坐候堂前雙舄月，客携陌上七香風。官舍開宴娛今夕，終夜追歡萬户同。

【注釋】

〔1〕大東：即《詩經·小雅·大東》，爲諷刺王政貪腐之作，後以詠《大東》代指批判時政。
〔2〕璈音：璈管之音。治功：治國之功。

花朝偶咏和史于巷

二月春光絢遠天，新波湛湛涌前川。遍地芳林争炫錦，一時好鳥鬥鳴弦。踏青東陌復西陌，拾翠南阡更北阡。選勝追歡多聚飲，恌恌狂嘯出青年〔1〕。

【注釋】
〔1〕恌恌：輕薄、輕佻。

春日史于巷招集東郊般若庵，周徐諸文學在座

花泛晴霞草泛烟，尋春法界萃瓊筵。吮毫寫景詞壇伯，灑墨賡吟翰苑賢。雅集偏逢上巳日，追游不减永和年。禪鐘暮促歸路炬，飛炬驅蹄破暝天。

題方復庵忠烈册

方君令江山，時值大變，傾城出避。方君謂：『封疆有難，余奚避焉？』遂投井而殞〔1〕。其子扶櫬歸籍，櫬不移行，父老迎柩，葬於城東之野。時有休咎，喻人以夢。土人盛祀香烟，紳衿共咏，志册以傳〔2〕。于巷索余題附之。

北風黯黯裂山城，素有丹心七尺輕。如此生前存氣節，自於冥際著精英。貞魂未負碧天宿，孤魄何妨异土塋。父老栽松圍曠野，凌風寫恨不停聲。

【注釋】

〔1〕封疆：治理的一方地區。

〔2〕紳衿：地方上曾經爲官者或生員之類有地位的人。

江山春日共于巷坐談分韵

積雨春遲寒未降，乍添新水滿春江。絢眸晱晱花千樹，聒耳關關鳥一雙〔1〕。投分去聲闊論傳玉斝，寫懷促膝對銀釭。他鄉憶遠愁難寐，願遲旭光東照窗。

【注釋】

〔1〕晱晱：光彩閃爍。

己亥誕日時寓鼎卿署中

人生衰晚宜休躬，何事天涯作遠蓬〔1〕。客路逢姻停舸久，官衙有主列筵崇。山妻頻報完婚嫁，兩子差堪托冶弓。閑得一身游物外，雲山烟水作漁翁。

【注釋】

〔1〕休躬：息養身體。

夏日同印洛、與亨、五雲、鼎卿出郊訪文候讀書處，次壁間韵

相伴游踪破草荒，深郊就訪汝南黄。地多松蔭堪留坐，樹有鸝聲故佐觴。天外賡吟空色象，道中調味撤辛薑。論文相益情無倦，今夕卧聯風雨床偶阻風雨，留宿未歸。

春日同諸子游杏花灣

十里野郊春色開，杏林菩蕾暖齊催。瑶巒傾耳聽瑶句，玉溆流聲勸玉杯。共披錦綉擁芳樹，遠弄烟霞據紫苔。少小追游花屢晤，應嘲皓髮復何來。

《雲起閣詩集》卷之十二・七言律詩

關中來鑑宜公 著

入覲

皇路拖雲陟九霄，柳梅夾路軫消摇。遠星沿次拱辰徙，征鳥呼群覲鳳遥。應入天班循職述，須宣時瘼作图描[1]。御爐香散薰元旦，欣附冠裳拜聖朝。

【注釋】

〔1〕天班：朝廷百官的行列。時瘼：當下社會的苦難。

壽大司農王玉銘先生

晴洲炫爛五花雲，偏映槐庭煥彩文。要地持籌襄國待，中天納牖弼南薰〔1〕。鳴珂紫極揆高著，曳履碧霄聲遍聞〔2〕。香簇春華開壽宴，應騰佳氣鬱氤氳。

【注釋】

〔1〕持籌：手持算籌，管理財政。襄國待：輔佐實現國之儲備。納牖：比喻啓迪人心，猶如爲暗室開窗使通透明亮。弼南薰：輔弼禮樂教化。

〔2〕鳴珂：高官的車馬。紫極：帝王的宮殿。曳履碧霄：指位居高官。

壽姚太翁廷評濮陽父　代〔1〕

家聲舄奕翟公區，雲翮翔來戢帝都。子舍雄飛騰上第，法曹風裁去聲著嘉謨濮陽初任司理。鳳函异數初喧耀，鶴筭遐齡正祝呼〔2〕。此日椿闈開壽宴，徽言代繪九如圖。

【注釋】

〔1〕廷評：大理寺評事。

〔2〕鳳函：皇帝的詔令。鶴筭：祝人長壽之語。

歸里拜先塋作

遠游詎敢曠烝嘗，蘭菊隨時萬里將。久違松杉遥局蹐，空縈魂夢暗彷徨。趨來愴愴白楊道，拜畢周旋翁仲傍〔1〕。滿目雲烟杳難即，重傷胸臆泪盈眶。

【注釋】

〔1〕翁仲：墓地上的石像。

追咏先方伯陽伯先生烈迹

明季魏璫擅重一時〔1〕，建祠媚之。先方伯時居淮憲，在位者僉謀建祠〔2〕，方伯抗不共事。魏璫敗，諸名公題咏志美，余和此章。

日中見斗光未開，霄漢蔀豐昏可哀。奄虎肆威朝徑怯，土狐争媚窋垣頹〔一〕〔3〕。曾焚節棟冷寃燼，難抱丹薪然馨灰。抗渡海陵觸猰貐，不爲所噬亦奇哉。

【校記】

〔一〕『土』，原作『士』。土狐，狐狸的一種，借指諂媚之人，因據改。

【注釋】

〔1〕魏璫：指明末宦官魏忠賢。

〔2〕僉謀：紛紛謀劃。

〔3〕窋：同『宦』。

送党文卿明府補銓

驪下一尊款邁騣，春烟縷縷暖芳叢。彈丸試宰才難盡，繁劇重分治定雄。行旆影摇函谷月，隨車光焕上都虹。與君相約聚燕市，鳥雖歸林未脱籠余方歸里，亦應銓補。

中秋邀與亨、君雷、子和、闇棕、淳還小集

雨餘開霽净塵沙，詞友詵詵草舍嘩。薦錯聊供歸槖海，蝲醪但泛舊儲霞席供閩海諸珍、家蓄陳釀。月光萬里金波涌，雁影三更錦字斜。幾載闊懷談自劇，不須投轄款歸車余自閩初歸。

咏儒醫孫蘭亭

蘭亭業儒，因承家授，兼明醫理，年方弱冠，醫名大著。洙兒積飲濕脾，侵胃作痛。諸醫悞認肝火焰熾，投以瀉肝平胃之劑，痛愈難忍。蘭亭力辯其悞，祇投滲濕之劑，頃刻痛止，喜咏。

伯子年來肢體疲，祇緣濕飲漸淫脾。證形難辨溷肝胃，藥餌紛投昧柢枝〔1〕。一旦迎來思邈裔，不須細檢千金遺。自調仙七回春采，怪底名高壓里醫〔2〕。

【注釋】

〔1〕昧柢枝：破壞了身體的根基。

〔2〕里醫：里巷的普通醫者。

九日王仙舟、李保庵、王千之、張印洛、楊五雲、申珩孺枉過留飲

戢羽霜林碧水隈，雲扶群鳳下天台。恪逢黄菊彩霞際，好待白衣仙酒來。既得高朋同把盞，復於何處去登臺。莫耽櫛沐閑舟楫，京口危波需巨才保庵新擢淮楊兵憲，時京口有驚，因勸駕。

雪日與亨鑒硯齋觀梅并覽宋元名畫

高齋風攤素花勻，旋撲疏簾寒采新。恍入瓊宮隔塵世，若升玉闕作仙人。畫生雲霧留前代，梅發英華偷早春。雪際并觀添景色，袁安驕卧自怡神。

梁子楷孝廉自都門歸里賦贈〔一〕

金鑣拂柳下燕山，閭里共迎仙馭還。劍發瑣闈分雁序，篾留玉陛侍天顔。中原川岳歸聲氣，上國鳳龍任附攀。早并樞垣馨雙桂，伫偕要路領宸班令弟仲林時都樞垣〔1〕。

【校記】

〔一〕『廉』，原作『簾』，據目録改。

【注釋】

〔1〕宸班：朝班。

送子魚宗丈歸越兼呈元成宗憲使

越秦雖分南北阮，家聲仍并沸人間。余方舸泛西陵渡，君復軫紆函谷關。遠尋水源雙派合，新停雁序一音還。伯氏花前閑弄屐，當今群望繫東山。

庚子元日

幾載元旦冷天涯，今朝欣擁滿階嘩。笑斠柏酒酣家慶，團集椒盤宴歲華。喜看庭雲蒸五色，擬徼秋桂馨雙花是年兩兒應試。箕裘祖緒如堪托，閑我東門老種瓜。

謁西岳廟

縹緲祠壇鬧鼓鐘，疑迎白帝出真容。光垂西極分星野，氣涌中天驅虎龍。座前拍掌仙人舞，冥際持盆玉女從。仰睇岳靈静栖處，長空萬仞聳芙蓉。

如東粤出函谷關漫興

地險西隅崤作函，洪河傍谷逝波覃。封丸雄業禰千古，仗劍長途苦不堪。驅蹄纔歷荆山下，鼓翼期翔梅嶺南。華岳含情難遽別，三峰追顧戀游曇。

魯山任肖孟明府招偕仲兒宴集，器君文學亦在座

有鳥領雛鴉路翔，跨躚歷盡入花疆。逐風娱耳弦歌俗，對月酣顔聲氣觴。座上咳談珠錯落，筵前橋梓采低昂。天涯兩世逢良會，世好須盟川岳長。

過襄陽贈袁白參戎

吾家羽隊駐襄江，纛散春光滿楚邦。勞積暫閑金鎖甲，威傳仍肅碧油幢[1]。詞人雖擁師旅閫，戎府仍開翰墨窻[2]。騷屑未疲歌咏興，盛朝儒將品無雙袁白搜山初歸，積勞違和。

【注釋】

〔1〕金鎖甲：金色的鎧甲。碧油幢：青緑色的軍帳。

〔2〕閫：統帥。

昭明臺即文選樓舊基

樓臺緲緲遏雲孤，襄水氤氳萃大儒。翰墨光摇霄漢動，簡編香漸斗牛紆。文匯浩流恢淵海，選倚繁蕪采寶珠。帝子一函傳佛法，士林萬代仰浮屠。

襄陽遇李元文刺史歸里

風傳遺澤楚南歌，萍泛相逢漢水波。瀟灑杜康臺畔草，焦勞羊祜峴山坡杜康臺、峴山俱在襄陽〔一〕。游情倦極偏蒓好，宦味嘗來如蠟何。君去園林理松菊，遲余返轍共烟蘿。

【校記】

〔一〕『祜』，原作『祐』。《晉書》卷三十四《羊祜列傳》載羊祜鎮守襄陽時，勤於治世，政績斐然，後人在他常游憩的峴山上立廟建碑，以志紀念。因據改。

鍾祥宿李玉伯明府署中〔1〕

共傳雲杜有神君，漢水環城泛紫雲。境内遍觀野棠芾，座間静挹澤蘭芬。坐久把杯酣雅調，夜深揮麈繪奇勛。但惜蓬飛任風轉，詰朝解纜袂仍分。

【注釋】

〔1〕鍾祥：湖北地名。

過黄州未及黄安訪蕭君奇明府

長江灝灝繞江安，咫尺香飄故澤蘭。客棹欲停停不住，旅踪相遇遇仍難。天邊星聚古來少，風際蓬飛誰去闌。遄鷁已翔東逝水，回頭猶向木陵看〔1〕。

【注釋】

〔1〕遄鷁：疾飛的水鳥，此指急速駛遠的船。木陵：指湖北麻城縣北之木陵關。

舟泊潯陽

江傍廬山據上游，流分九道下南州。彩霞時繞陶潛柳，明月秋垂庾亮樓。誰鎖烟波阻邁棹，天煩星使疏中流九江有榷司。豫章勝概堪游覽，乘興還摇彭蠡舟。

鄱陽湖

匡廬山前水國開，平瞻無際净塵埃。仙人鸞鶴星摇動，客子帆檣雲往來。亦有大姑懸玉島，可憑孤嶼訪蓬萊〔1〕。迅槎好趁輕風去，千里長江一日回。

【注釋】

〔1〕大姑：鄱陽湖中有大孤山。

舟次星渚望匡廬山

舟中矯首向廬山，魂繞香爐瀑布間。忙水無情催棹步，驕雲有意障峰顔。道人冲舉青牛渺，開士栖遲白鹿閑。名勝誰靳迷咫尺，黄昏黯黯渡前灣〔1〕。

【注釋】

〔1〕靳：嘲笑。

吴城望湖亭

望湖亭上望湖遥，萬頃平濤連九霄。極目暝濛窺海島，大呼空渺問星橋。仙人跨出西山鶴，漁父釣來彭蠡鰷〔1〕。長渡不煩聲欸乃，輕游銀漢任飄飖。

【注釋】

〔1〕彭蠡：鄱陽湖又稱彭蠡湖。鰷：鲦鱼。

廬陵玉虚閣次壁間韵

螺盤千里曲湯湯，有閣昂昂踞水旁〔1〕。章貢既從同漸海，粤閩相合共歸王〔2〕。雲中冠蓋喧金鼓，風際帆檣鬧翥翔。壁上雖有詞客句，難追雪浪吕純陽郡有雪浪閣，吕公曾留詩句〔3〕。

【注釋】

〔1〕螺盤：指洲島如海螺一般盤繞。

〔2〕章貢：章水與貢水。漸海：流入贛江。

〔3〕吕純陽：道教仙人吕洞賓。《輿地紀勝》卷三十一：『雪浪閣，在吉水縣崇元觀，有吕洞賓留題云：「褰裳懶步尋真宿，清景一宵吟不足。月在碧潭風在松，何必洞天三十六？」』

花石潭咏桂

花石潭乃廬陵巨村〔1〕，村闢江瀕。昔年居多豪族，雅事相尚，今居人避戎馬之騷爲廢地矣，其魚沼、花援、石階、粉壁舊痕尚留〔2〕。内有二桂，高數十尋，兩人合抱有奇。余舟抵界，登岸游覽，正值豐翹垂蔭、盛蕤飄香之際，遂援筆成咏。

怪底香飛滿客船，百年菌桂耦江邊。停橈拖履花間石，沿砌扶笻林下淵。老樹虬蟠恐騰漢，繁英麝炙切薰天〔3〕。歸來拾得秋風佩，衿帶疑從月窟旋〔4〕。

【注釋】

〔1〕花石潭：嘉靖《江西通志》卷二十四：『花石潭，在泰和縣東北，日出則大小石口色燦爛如花，故名。』

〔2〕花援：以花木圍成的籬笆。

〔3〕虬蟠：盤曲如虬龍。騰漢：飛騰入霄漢。麝炙：香氣熏面。薰天：氣味散入天空。

〔4〕衿帶：衣帶。月窟：月宫。

中秋抵虔州舟中對月〔1〕

萍踪萬里逐波游，故月相逢戀不休。憐我青蓮岳際客，伴伊白鷺洲前儔。忙渡寧悮中秋節，平眺如登庾亮樓。今夕通明九垓遍，他鄉遥共故鄉甌〔2〕。

【注釋】

〔1〕虔州：贛州古城。

〔2〕九垓：中央至八方極遠之地。

寄石仲昭社兄潮陽〔1〕

仲昭宦居潮陽，余亦薄游雄州，雖共南服〔2〕，相距千里。至虔州偶逢潮使，舟次援筆代簡賦寄。

南瀛新净鯨鯢浪，應踞百花娱嘯歌百花，山名。君佐文公驅鰐郡，余馳庾將種梅坡〔3〕。伴居炎土連海澨，分列星垣隔漢波〔4〕。安得借公逢聚首，天涯良晤共吟哦。

【注釋】

〔1〕潮陽：地處廣東東部。

〔2〕南服：在南方做官。

〔3〕驅鰐郡：指潮州，唐代文人韓愈曾於潮州驅除惡溪中之鰐魚。種梅坡：指大庾嶺，嶺上遍植梅樹。

〔4〕海澨：海邊。漢波：漢水。

九日酌餞陸眉元少尹代覲

八桂游踪復遇君，再連宦袵借論文余與眉元同宦閩中，粤復共事〔1〕。當筵菊斝欣酬節，對酒驪歌惜涣群〔2〕。臨政綺琴鳴暇日，朝天瓊舄曳行雲。閭閻疾痛須描繪，萬里呻吟聖主聞。

【注釋】

〔1〕八桂：代指廣西桂林郡。宦袵：官服。

〔2〕涣群：人群離散。

李卓人過雄如廣州

榕城三載細論文，别後魂縈楚蒞芬〔一〕。詎意遠裝蓬復合，但嗔忙楫袂仍分。紫霞仙步今移粤，白雪郢詞再晤君。欣逢妙會何匆别，慰願須攀回日雲卓人，楚人，昔令南靖，與余共閩數載。

【校記】

〔一〕『蒞』，原作『莅』，據詩意改。

寄韓城尹巽峰明府（存目）

訪淡歸禪師（存目）

答淡歸上人見憶之作（存目）

龍護園齋集，淡歸、梅谷兩上人限齋字（存目）

邀同鄉諸君小集（存目）

寄南昌陸眉元少府（存目）

陸仲宣過雄游廣州賦贈，兼呈乃叔静庵刺史（存目）

答丁哲人見贈之作（存目）〔一〕

【校記】

〔一〕以上八首詩僅目録中保留詩題，原詩缺。原文在《李卓人過雄如廣州》詩後，衍入卷四《贈劉永生司理公》《壽封侍御蕭太翁萬輿先生代》《壽高太孺人侍御潼水母　代》《合咏劉三太母節烈太史介庵之祖母與兩母　代》《生日書懷》《送張子北試戎闈》六首五言古詩。

聞温與亨訃音二首

河滸連居閥并傳，詞壇共步怯君先。箕裘善述誰無志，麗澤相滋獨有緣〔1〕。先世典型星日永，兩人盟好蕙蘭偏〔2〕。風號萬里訃音至，爲悼黄昏黯渭川。

無端傳訃自驚神，寧敢捉風輒信人。難道終南峰易墜，何期文曲宿輕湮。香山凋落白居易，谷口崔頹鄭子真〔3〕。奕世文譽風遠播，蘭臺復際旭光晨與亨，太保公季子，其子桐伯期世其家。

【注釋】

〔1〕麗澤：恩澤。

〔2〕典型：標準，模範。

〔3〕崔頹：蹉跎光陰。

龍護園訪梅谷上人

遠公楗户静翻經，説偈不嫌塵耳聽〔1〕。竹和梵音風作響，草含佛意野鋪青。滿園生態西來象，一鏡圓光五覺形。遍灑醍醐通定水，座間因接雨溟溟時值大雨。

【注釋】

〔1〕楗户：閉户。

十四夜雙桂初華對飲成咏

菁菁雙桂迴殊常，恰近中秋蓓蕾黃。故接芳魂連月萼，更分仙質瀉天香。素娥彷彿游階際，玉兔依俙走座傍。怪底今宵饒飲興，人間疑把紫霄觴。

十五夜閔明府招集衙齋

昨宵月照冷曹垣〔一〕，今夕光垂茂宰門。豈有缺輪嫌簡素，却疑盈采寵豪繁〔1〕。陌衢游賞酬佳節，簫鼓喧闐類上元。地主宜舒偕樂意，非貪秘玩坐深樽〔2〕。

【校記】

〔一〕『冷』，原作『泠』。冷曹，指僻静的衙門，因據改。

【注釋】

〔1〕簡素：簡單素樸。豪繁：豪華繁麗。

〔2〕偕樂：相偕而樂。秘玩：私自玩賞。

送郭云庵憲使公轉方伯之秦

河洛毓靈文武兼，高名夙負斗山瞻〔1〕。彌天盤薄德星徙，遍地滲漓甘雨沾〔2〕。粵草餘寒霜尚宿，秦林迎暖日初暹。翺翔羽葆臨三輔，紫泛函關應預占。

【注釋】

〔1〕斗山：北斗星與泰山，比喻德高望重、受人敬仰之人。

〔2〕盤薄：廣大。滲漓：水流貌。

送樞垣王岳生社兄護送太母歸里

風裁岳岳著朝端，暫沐俄膺主德寬[1]。驛路喧迎朱轂過，關河聚向彩衣看。行瞻二華情偏懌，回望五雲衷復丹[2]。補衮螭頭仍急待，詎容鄉國恣盤桓[3]。

【注釋】

〔1〕岳岳：比喻人如山岳般剛正不阿、傲然挺立。

〔2〕懌：喜悦。丹：内心赤誠。

〔3〕補衮：彌補帝王之失的諫官。螭頭：雕有無角龍頭的殿前石階，代指官殿。

送林立庵明府擢刺史之開州

幾年功勳聖人知，詎令循良治不移。會見魏區回雨露，却憐秦地失嚴慈。雙旌迢遞蓮峰下，五馬逶迤濮水湄[1]。新政宣揚天咫尺，帝聰不遠寵逾奇[2]。

【注釋】

〔1〕濮水：源出河南濮陽的河流。

〔2〕帝聰：帝王之明察識見。

壽克敬從兄七十有二

昆弟追隨七帙餘，衰齡矍鑠共蓬廬。紛階繁桂香盈室，蔭户雙椿采焕閭〔1〕。雁影并飛欣列序，塤聲獨美樂偕居。瓊瑶開宴集姻婭，共娱笙歌頌九如兄獨偕配稱壽。

【注釋】

〔1〕焕閭：光耀鄉里。

新秋即事

爽節高風暑退炎，豆花灼灼映疏簾。蟬鳴林野殘烟宿，雁渡雲天細雨酣。游覽題詩偕謝朓，静吟擬體效江淹〔1〕。新從吴越歸茅舍，遠購名書架上添。

【注釋】

〔1〕擬體：摹擬前人之作。

秋日桐伯款同鼎卿、宗甫、元文、信懿、大春、帝卿、子楷集飲鑒硯齋，因憶與亨社兄感懷

數載履達華館塵，何期臺榭驟重新。典型遠托奇毛鳳，世代倏傳祥趾麟。階際故容方慰闊，枝頭秋色復含顰。偶來附促詞朋膝，坐憶當年暗愴神時余覲後過里。

九月朔日，蕭景皋、王宗甫、梁君雷、李元文、王天閑、王千之、王伯卿、王大春、王帝卿、劉含真、劉永公、王金鉉、張子宿、張含輝枉過看鷄冠花款飲

紛鬥鷄場冠盡丹，菊籬吐采伴霜寒。飛來鳳侶閑容與，歷覽秋華共笑歡〔1〕。庭賁簪裳萃星彩，座喧噂沓錯珠丸〔2〕。群葩從此饒矜色，爲得名眸一聚觀〔3〕。

【注釋】

〔1〕容與：悠閒自得。

〔2〕賁：光彩華美。簪裳：固定冠的簪子和繡有圖案的官服。嘈啫：聲音繁雜。

〔3〕矜色：矜誇自得的姿態。

偶訪王園看菊

傳説東郊有錦籬，覃敷英蕤絢秋枝〔1〕。欣聞麗景因專訪，閑拉良朋作伴隨。環樹映階紛秀采，布雲錯宿鬥芳姿〔2〕。今朝款睇鄉邦艷，不負稽程到菊期余覲後過里，至秋方登程復粤〔3〕。

【注釋】

〔1〕覃敷：花朵滿樹開放。

〔2〕布雲：如雲般鋪展開來。錯宿：如同交錯的星宿。

〔3〕款睇：含情注視。稽程：延誤行程。菊期：菊花開放的時節。

滕王閣

一陟峻閣遠眸開，延覽西江千里該〔1〕。星座集賓閻嶼宴，風舟作賦子安才〔2〕。雲天雁鶩紛高下，烟水帆檣錯往來。帝子卜基居勝地，游人選勝鬧名臺。

【注釋】

〔1〕該：囊括眼底。

〔2〕閻嶼宴、子安才：唐高宗永徽四年（六五三），滕王李元嬰在贛江邊修建樓閣，即著名的滕王閣。唐高宗上元二年（六七五），時任洪州都督閻嶼又重修滕王閣，并於閣上大宴賓客，邀諸文士撰文留念，文士王勃（字子安）亦在座中，遂寫下傳誦千古的名篇《滕王閣序》。

贈雩都明府眘峪野社兄

先世熇熇閥閱隆，飛鳧遠集貢江東〔1〕。道堪續武升騰早，才足經邦宣著鴻〔2〕。錦鋪殘土撫綏裏，碑載嘉猷歌頌中〔3〕。治冠群僚獨稱最，佇迎旌章下穹窿〔4〕。

【注釋】

〔1〕閥閱：門第。

〔2〕升騰：升遷騰達。宣著：顯揚。

〔3〕撫綏：安撫百姓。

〔4〕旌章：旌旗。

寓王漢翀醫館，用壁間對聯續成一律贈之

隱客携醫都市居，容余憩杖杏林廬。庭留橘井傳仙法，胸富黄岐著素書〔1〕。官署争迎皆下榻，土門紛訪共停車。回春有七類鄒律，草木陽和遍地嘘〔2〕。

【注釋】

〔1〕黄岐：指醫者之祖岐伯、黄帝。素書：指上古醫書《黄帝内經》，其中包括《素問》與《靈樞》兩部分。

〔2〕嘘：吹氣。

雲起閣詩集

貞集

《雲起閣詩集》卷之十三·七言律詩

關中來鑑宜公　著

黄鶴樓二首

仙人遺迹楚疆岑，仿佛雲天有鶴吟。檐挂彩霞敷水面，座懸明月落江心。連波坐躧漢陽郭，隔岸游觀大别林〔1〕。莫謂樓臺鄰陌市，紅塵詎向碧霄侵。

有階引步上穹窿，無數仙槎銀漢中。衡岳貢杯瓊嵂崒，湘川繞座錦沖瀜。雲夢澤畔霞光著，鸚鵡洲前霧色蒙。追羡當年乘鶴客，逍遥世外遠翔空。

【注釋】

〔1〕躧：踏。

贈沙陽李霞裳明府初政二首〔1〕

仙李托根肇伯陽，黔陬新蕟一枝芳〔2〕。鉅宗開閥雲峰峙，弱冠登程天馬驤。禔躬堪侶唐稷契，試步先期漢龔黄。土物逢迎咸踴躍，山川預慶主循良。

遥憶行旌渡大河，風舟輕上楚江波。望軒冉冉鳧舄近，迎旆翩翩竹馬多。隨著威棱鷹變化，并携膏澤雨滂沱〔3〕。下車咄咄頒新政，已動群黎鬧頌歌〔4〕。

【注釋】

〔1〕初政：開始執政。

〔2〕蕟：同『發』。

〔3〕威棱：威勢。

〔4〕咄咄：氣勢不凡。

夏日廣州寓樓苦熱二首

層樓揮汗暑何驕，帝擁天南怒赤熛〔1〕。溽浹攪眠眠不穩，炎高薰坐坐無聊。檐前霧黯知洋近，欄外溝盈憶海潮。爐煮龍團飲無歇，科頭跣足耐孤僑〔2〕。

莫嘲襏襫無端至，却嫌孤影燥天涯〔3〕。宦縈作祟熅偏鬱，名絆爲魔熱更加〔4〕。烈暑不薰深谷侶，凉風應拂野人家。此日如何僑萬里，一官載戀詎匪差時候嘉魚文憑。

【注釋】

〔1〕怒赤熛：神話傳説中的南方赤帝赤熛怒。

〔2〕龍團：貢茶的一種。

〔3〕襏襫：夏日遮陽的斗笠。

〔4〕熅偏鬱：暑熱偏使人更加鬱悶。

壽竹淇園兵憲公代

建牙嶺表控長川，十丈霓旌捲霧烟。日暖海疆天浩浩，春回荔圃草芊芊。夙承注睞卑僚侶，更切關情姻婭偏。快際靈晨紛致祝，星垂南極照芳筵。

答周公衣見贈之什公衣楚士，余轉楚令，公衣吟贈，余答之

翠嶺丹梯聳千尋，蛟龍困卧發幽吟。楚霄逵漸高尚羽，粵甸風宣大雅音〔1〕。雲夢津遥余授土，澤蘭香瀉爾舒襟。斯文契合憐聲氣，今日初知元禮深。

【注釋】

〔1〕逵漸：逵，通達的道路。漸，代指鴻雁。

壽張賡仙方伯公二首張公，楚人

中原雲夢巨川歸，因毓名賢宣政機。霖雨霶沱敷帝澤，風雷震叠壯皇威。澄清遠服浄烟海，光著殘區開霽暉。天朝鑒勳欣瞪目，急待經綸補衮衣。

康阜政成隆運回，上都咸重掞天才〔1〕。遍著功勳雄藩懋，頻接賚恩丹陛來〔2〕。帝鑒含靈旌萬里，星垣垂象映三台。岳晨何見同心祝，百粵頌高聲若雷。

【注釋】

〔1〕康阜：國泰民安。

〔2〕雄藩：實力雄厚的藩鎮。賚恩：賜予恩澤。丹陛：宫廷。

贈萬松溪司李公二首

上第騰騫肇李曹，中原彩鳳嶺南翺〔1〕。秘探西室囊千古，博萃緗編領萬豪〔2〕。棘路疏寃秋律峻，槐衙廣恤煖風高〔3〕。賢闈分負天蕪任，多采珠璣貢士髦時分校省闈。

秋令含春憲本雙，嚴霜曉日共凌江。法威拯溺艆艪渡，文教宣風鐘鼓摐。海水匯宗元渺渺，壑流分泒但淙淙。末僚雖徙彈丸土，仍得依光附巨邦。

【注釋】

〔1〕上第：科考名列第一。騰騫：飛騰。

〔2〕西室：藏書處。

〔3〕秋律：秋季。

送歐陽伴愚下第歸雄

群翎相伴仰雲逵，暫判升沉路乍岐。君挺棟梁猶泣玉，誰凌霄漢上攀枝。露華溥樹寒蟬咽，秋色横空朔雁遲。歸舟風送薜蘿裏，恰及登高賦菊籬。

市中鬻荷花，咏以惜之

陌障緇塵風又狂，誰家閨秀任飛揚〔1〕。飄飄仙質落凡土，淡淡紅衫失綉房。雖疵衣裳玷修潔，猶憑肌骨散芬芳〔2〕。含愁若遲憐香客，佇望歸依托晚妝。

【注釋】

〔1〕緇塵：灰塵。

〔2〕修潔：美好潔净。

送李能育應鄉薦榮歸

南溟激浪接天津，欻震風雷躍角鱗〔1〕。雲路翻翻通玉界，霓旌灼灼導仙人〔2〕。儒門喧耀登科第，弱冠歡騰入薦紳〔3〕。金鼓鳴旋鷲岳谷，五花駒絢路衢新。

【注釋】

〔1〕欻震：疾速震鳴。

〔2〕翻翻：飛翔貌。

〔3〕薦紳：縉紳，官員。

九日同諸詞友游大佛寺

天涯又值黃花節，异地初聯白社盟。金刹游觀纓絡静，瑶臺登眺海山明〔1〕。孤踪一任砧聲急，故土何牽雁字横。載筆禪寮寫胸臆，却於象外逗詩情。

【注釋】

〔1〕纓絡：俗事的糾纏。

秋杪劉菊崖招同蔣友梅明府宴集

秋杪風高霜正零，炎區草樹煖留青。詞人開宴聯游梓，行館傳杯萃寓萍〔1〕。倚檻臨流潮水溢，登臺眺野海天溟。揮毫紀勝憑賢主，應有佳音播遠聽。

【注釋】

〔1〕游梓：游宦在外的同鄉。寓萍：寓居漂泊如浮萍之人。

廣州元夕于子尚刺史招集寓館

春來孤寓悶天涯，今夕疏狂笑語賒。皎皎月圓澄海岳，霏霏烟簇爛雲霞。座間光映彩燈絢，陌上聲傳金鼓嘩。南國繁華慶佳節，把杯深漏興逾奢〔1〕。

【注釋】

〔1〕興逾奢：興致更加濃厚。

留別鄭魯城廣文

論文欣聚凌江堤，春草偏催班馬嘶。蘭臭百年知不减，萍踪千里悵相暌。去循宦土瀟湘近，回眺文宫海岳迷。詎令關河阻聲氣，願托魚鳥往來齊。

蓮社寺訪淡歸上人〔一〕

飛濤如練挂城西，散步東林路不迷。持法應尋居士伴，訂交須與老僧締〔1〕。禪燈懸月藤蘿徑，佛幔宣雲薝蔔蹊〔2〕。千里氤氳翔瑞采，溯瞻紫氣出招提。

【校記】

〔一〕按『淡歸』即『澹歸』，淡、澹古通。

【注釋】

〔1〕持法：遵循佛法。訂交：結交朋友。締：結交。

〔2〕宣雲：如雲彩散開。薝蔔：梵語鬱金花的音譯詞。

初抵沙陽

江上流雲鄂渚屯，繽紛竹馬兒童喧。湘波幾曲長縈帶，赤壁一丘遥樹藩。蕪野彷徨亢待潤，凋閭林慄冷需暄〔1〕。今朝民社責余荷，敢不逢溺殫技援〔2〕。

【注釋】

〔1〕凋閭：凋敗的里巷。林慄：清冷。

〔2〕逢溺：遇到神州大地陷於困境。殫技：竭盡所能。

漢陽侯令裔明府招同朱岱瞻、李公凱宴集晴川閣留題

江天縹緲水無涯，細雨霏微景色賒是日值雨〔1〕。座倚山頭空際閣，杯迎漢口斗邊槎。峥嶸大別千層翠，縟綉烟波烟波，里名萬縷霞。潭嶼騈羅堪引睇，日開游宴鬧停車〔2〕。

【注釋】

〔1〕賒：景色渺茫。

〔2〕駢羅：并排羅列。引睇：遥望。

中秋邀任仙孟、劉帝鄰衙齋小集

秋半微飈爽葛裾，嘉賓就署共歡居〔1〕。湘江雨過濤聲涌，鄂渚雲開霽色舒。滄海升輪疑彩潤，東林挂影挹光虚。年年伴友看明月，宦邸依然鬧里閭。

【注釋】

〔1〕葛裾：葛布衣襟。

十六夜偕洙泗沂三兒、機杓模三孫小酌

久僑湖海歲華遷，歷度中秋孤影偏。此夕仍瞻殊土月，一庭同侍故園天。金輪裝彩迎杯照，丹桂流香匝座傳〔1〕。團聚家常柈斝薄，勝於前夜宴喧闐〔2〕。

【注釋】

〔1〕𢇁彩：焕發光彩。匝座：繞座。

〔2〕柈斝：杯盤。

宿實相寺

邃山古刹一鐘鳴，高挂禅燈照夐明。俗吏昏投雲岫宿，老僧夜啓石扉迎。相與談經三慧悟，堪隨脱世六塵清〔1〕。詰朝晉禮莊嚴座，疑有莎蘿法界生〔2〕。

【注釋】

〔1〕三慧：指佛教中聞、思、修三種參悟佛法的途徑。六塵：佛教中指色塵、聲塵、香塵、味塵、觸塵、法塵六類會污染蒙蔽人心的事物。

〔2〕莊嚴：佛法修持之下所達到的莊重威嚴境界。莎蘿：菩提。

九日登沙陽城遠眺

江濱秋老陟崔嵬，千里霜清塞雁歸。异土驚心防宧海，仕途清況托詞闈〔1〕。風喧金鼓舟中貴，電閃旌旂道上威。却羨烟波諸釣客，甘抛閙世弄閑磯〔2〕。

【注釋】

〔1〕清況：清蕭的生活狀況。

〔2〕閑磯：悠閑的釣魚石。

孫日生孝廉見訪沙陽贈別

牧土初居鄂渚東，西瞻文曜乍躔空。迎車采焕山城宿，駐劍光摇湖岸虹。華岳崚嶒飛岫遠，湘江澎湃逝波匆。莫牽別緒愁分袂，歸軫忙追函谷風。

迎春日共僚屬宴集公署

東郊金鼓導牛芒，壥陌交歡慶泰陽〔1〕。遍野雪痕呈稔兆，前堤柳態報春光〔2〕。宴頒公帑君王宴，觴擁塗歌父老觴〔3〕。共看長空布佳氣，五雲輪菌焕天章。

【注釋】

〔1〕牛芒：明代春日有『鞭春』的習俗，乃製作土牛芒神，以酒果奉祭之。《皇明典禮制》卷二十『有司鞭春』條云：『永樂中定每歲有司預期造春牛芒神，立春前一日，各官常服輿迎至府州縣門外，土牛南向，芒神在東西向。至日清晨，陳設香燭酒果，各官具朝服四拜，興，班首詣前奠酒，三奠酒，俯伏，興，復位又四拜。各官執綵杖排立於土牛兩旁，贊長官擊鼓三聲，贊鞭春各官環擊土牛者三禮畢。』廛陌：平民居住的街道。泰陽：春陽和泰。

〔2〕稔兆：豐收的預兆。

〔3〕公帑：朝廷賜給的公款。塗歌：行人於路途中所唱的歌謠。

沙陽除夕

惜歲天涯守濁醪，熒熒一炬冷江皋。堂前祝聖雙燎照，陌上迎年萬爆號〔1〕。險浪功名快新脱，浮雲世事笑空勞〔2〕。故園松菊自堪理，五斗欣抛遠續陶〔3〕。

【注釋】

〔1〕爆：爆竹。

〔2〕險浪功名：追逐功名如同在驚險的浪濤中浮沉。

〔3〕陶：指陶淵明的隱逸生活。《晉書·隱逸·陶潛傳》載潛任彭澤令，「素簡貴，不私事上官。郡遣督郵至縣，吏白應束帶見之，潛歎曰：『吾不能爲五斗米折腰，拳拳事鄉里小人邪！』」

余校試童子，得穀孫周子拔以冠軍，試之郡亦首録，學使優選充博士弟子，賦贈〔1〕

蘭茁初芽草不分，但含仙蕊裹胎芬。余甄芳畹氣先合，爾供衡台臭更薰〔2〕。霞采歷徼群睞賞，天香應動帝旌欣〔3〕。文壇從此瞻鸞鳳，彩翮遥翔萬里雲。

【注釋】

〔1〕校試：考試選拔。

〔2〕甄：甄選人材。芳畹：芬芳的園圃。衡台：銓選人材的機構。臭更薰：香氣更加馥鬱，指才名更顯昭著。

〔3〕徼，同『邀』。群睞：眾人的目光。

秋日登武昌城

高城一望鷂紛騫，秋漲波瀾涌岸翻[1]。雲夢欣迎漢水合，湘川躍赴江波奔[2]。中原險阻扼要處，霸業興亡歷幾番。世變浮雲流幻影，風光依舊美乾坤。

【注釋】

〔1〕鷂紛騫：鷂鳥紛飛，此指港口畫有鷂鳥的船接連出發。

〔2〕雲夢：即雲夢澤，北與漢水相溝通。湘川：湘江，至江西會城縣注入貢江。

得洙兒銓試除令之報喜賦[1]

楓宸瑞采五雲高，天子臨軒甄鼎髦[2]。何意庭階入新鑒，濫徼簾陛賚優褒[3]。育鸋快刷出巢羽，附鳳歡騰凌漢翮[4]。遠接箕裘傳世代，於今恢纘托兒曹[5]。

【注釋】

〔1〕銓試：朝廷選拔人材的考試。除令：授官縣令。

〔2〕鼎髦：重要傑出的人材。

〔3〕新鑒：人材新秀。簾陛：指宫廷。賚：賜予。優褒：優待褒獎。

〔4〕凌漢翱：凌空翱翔。

〔5〕恢纘：發揚繼承祖輩功業。

贈江夏吴海源明府

同氣風雲吹灑聯，雙飛彩鳳絢長天乃弟甲第候選。剖符分牧鄂王土，綰綬閑鳴宓子弦〔1〕。善政高標三楚望，藻才遠著七閩贊。吴公垂治元第一，今代勛名仍占先〔2〕。

【注釋】

〔1〕剖符：朝廷授官。分牧：分管。鄂王土：鄂州的土地。綰綬：系結綬帶，指爲官上任。宓子弦：指春秋時宓子賤善於任人的爲政之道。《吕氏春秋·察賢》載：『宓子賤治單父（今山東單縣），彈鳴琴，身不下堂，而單父治。巫馬期以星出，以星入，日夜不居，以身親之，而單父亦治。巫馬期問其故於宓子，宓子曰：「我之謂任人，子之謂任力；任力者故勞，任人者故逸。」』

〔2〕垂治：治理一方。

武昌遇李黄裳從嘉魚至乃兄新令嘉魚

由來仙客戀江潯，黄鶴飛飛憩楚岑。璧價雙稱魯岳貝，篪聲静佐宓堂琴。劍移佳采流雲電，塵瀉芳音落玉金〔1〕。伯氏風流通貴籍，應聯同氣并朝簪〔2〕。

【注釋】

〔1〕流雲電：劍之光彩如雲電流動閃爍。落玉金：塵談如金玉擲地有聲。

〔2〕貴籍：指矜持穩重的氣質。同氣：同族兄弟。朝簪：穩定官帽的長簪，代指官員。

送淳化文清也明府之任

翩翩旌旆漢波湄，冉冉仙鳧去莫追。驛路秋深籬菊茂，山城春轉野棠滋。定携膏澍隨車灑，更出仁風倚座披〔1〕。竹馬兒童蓮岳下，仰瞻碧落德星移〔2〕。

【注釋】

〔1〕膏澍：滋潤大地的及時雨，比喻明府爲政如爲百姓帶來甘雨之惠澤。仁風：仁愛之風，指在其治理之地

敷揚仁德的風氣。

〔2〕碧落：天空。德星：景星、歲星古稱德星，德星現喻示賢者出現。

歸途憩樊城〔1〕

紆軫樊城勝概殘，祇存古刹可游觀時游仁皇寺〔2〕。喜翔歸路鳥忘倦，雖滯旅巢翎自歡因候脚力，住十餘日〔3〕。前瞻西岳莼鱸近，急訊故園松菊安。杜康臺畔莫縈愧，此去逍遥樂地寬。

【注釋】

〔1〕樊城：地處湖北西北地區。

〔2〕紆軫：駕車繞道。

〔3〕旅巢：旅途暫居處。脚力：搬運行李的差役。

己酉元日同從兄克敬偕諸兒孫宴集

兄弟分栖共樹巢，庭階繁衍鬧時髦。修條杳藹玉紛葉，廓穴威蕤鳳萃毛〔1〕。甫看一駒雲展足洙兒新除縣令，更占諸桂月薰袍歲值省試，望諸子捷音〔2〕。元朝慶集椒觴會，五色祥騰檐際高〔3〕。

【注釋】

〔1〕杏藹：枝葉茂盛，比喻家族人丁旺盛、人材濟濟。下句『廓穴威蕤』亦指此意。

〔2〕雲展足：邁步入雲端，指仕途上平步青雲。占諸桂：即蟾宫夺桂，科場登第。省試：分省進行的科試。

〔3〕元朝：元日的清晨。椒觴：椒漿酒。祥騰：祥雲飛騰，乃吉兆。

壽鼎卿社兄七袠〔1〕

兩人素與世緣疏，共解名繮卧舊閭〔2〕。養翮曾同芸局舍，戢翎仍萃秘丘廬〔3〕。君參龍藏芳旨懌時鼎卿閱藏，余戀釣磯逸興舒〔4〕。莫慶古稀稱上壽，長生授訣玉函書〔5〕。

【注釋】

〔1〕七袠：七十歲。

〔2〕名繮：名利的繮繩。

〔3〕芸局、秘丘：均指代秘書省。
〔4〕龍藏：佛經典籍。芳旨懌：佛經的道理令人悦服。
〔5〕稱上壽：祝頌長壽。玉函書：醫書。

壽王宗甫封翁〔一〕〔1〕

岳蓮五月絢雲霄，佳氣氤氳五色遥。曾向函關迎李耳，復垂峪野慶王喬。築居庚楚機全息，化里彦方義更超〔2〕。子舍簪纓游宦遠，托風迅寄九如謡器君子微守裕州，届期馳祝。

【校記】

〔一〕詩題原缺，據目録補。

【注釋】

〔1〕封翁：因子孫官場顯貴而受封的老人。
〔2〕庚楚：《莊子》云，老子弟子有庚桑楚者，居於畏壘山，遵從自然之道，使山民獲得了大豐收。彦方：漢末名士王烈字彦方，以德行感化鄉里之風氣。

早春楊鼎卿招同李保庵、王昌之、石仲昭宴集

新正開宴子雲邸，應唤春光來勸卮。階畔草痕初羃𧫴，堂前樹面有榮滋。群星聚照占良會，白雪紛飛駭近詩席間閱仲昭新什。兹附香山娱白髮，衰猶征遠詎匪痴時余有南陽之行。

午日龍舟兢渡共諸僚友宴集，舟次游觀

群舟趁浪遄争先，水際龍驤鬥上天。却駭櫂楫藏爪鬣，并疑金鼓促雲烟。錦綉列幃盈柳岸，笙簫鳴宴泛花船。如何隨俗集冠盖，願共蒼藜娱泰年。

送夏九如入貢土物

宧衽初連奈别何，關津乘遽遠逶迤[1]。五雲輪菌天都絢，萬國賫珍王路過[2]。鳳闕覲光瞻日月，龍庭輯瑞貢山河[3]。一朝呈獻入趨陛，静附鵷班鳴玉珂[一][4]。

【校記】

〔一〕『玉』，原作『王』。玉珂，借指高官顯貴，因據改。

【注釋】

〔1〕宦衽：官服，代指官職。乘遽：乘坐驛車。

〔2〕賮珍：財物珍寶。

〔3〕覲光：朝見皇帝。輯瑞：帝王會見臣下。

〔4〕趨陛：歸向朝廷。鵷班：朝廷官員的行列。

朱仙鎮岳祠〔1〕

宋支末葉運逢乖，雖有丹忠時未偕〔2〕。要路三千雄鐵騎忌，南都十二下金牌〔3〕。妖謀毒國散龍虎，梟計蔀天屯霧霾〔4〕。一代興亡關氣數，英魂留世動欽懷〔5〕。

【注釋】

〔1〕岳祠：岳飛廟，位於河南朱仙鎮。

〔2〕宋支：宋世。丹忠：赤誠忠心。
〔3〕『要路』句：指岳家軍的三千鐵甲騎兵。『南都』句：指岳飛駐軍朱仙鎮，意欲一舉收復失地，皇帝卻頻下十二道詔令命其回朝，隨後遭秦檜誣陷被殺。
〔4〕『妖謀』二句：指秦檜構陷岳飛故事。
〔5〕動欽懷：感動了人們欽佩岳飛的胸懷。

卧龍岡懷古

雲岡莫羡人龍卧，龍去岡空遺迹愁。八陣鼓鼙喧迅電，兩師綸羽晦冥丘〔1〕。茅廬悶裏雲霾寂，白水笑穿星日流。華岳西連家咫尺，仰天一睇惹魂游。

【注釋】

〔1〕八陣：指諸葛亮創制的八陣圖。鼓鼙：進軍的擊鼓聲。迅電：迅速的閃電。綸羽：諸葛亮的青絲頭巾和羽毛扇。冥丘：昏暗的墳墓。

黃謙象少府招同郝奎斗、王晉公、楊冲漢、夏九如宴集賞菊

九月霜零秋色老，籬扶寒采正嬌嬈。珍秘官衙應得寵，錦環客座易拖驕。游觀祇拉詞朋伴，尋賞何須花主招。天涯良會纔開笑，雁忽驚心鳴遠霄。

再訪黃謙象看菊

頻訪錦籬清署傍，秋葩吐艷勝春芳。錯綜星采迎人照，爛熳霞光絢目長。羡主公餘饒逸興，款賓坐久戀嬌妝。紛紛笑舞爭勸酒，座上誰辭酩酊觴〔1〕。

【注釋】

〔1〕酩酊觴：令人酣醉的酒。

《雲起閣詩集》卷之十四·五言排律

關中來鑑宜公　著

時雨篇贈陳寧玉邑侯〔一〕

時屆麥秋，逢沴大旱〔1〕，收穫恐無望矣。邑侯憂之，齋沐徒跣，率父老登禮諸神〔2〕，勞苦誠雩，遂獲豐注，原隰沾足〔3〕。田畯舉手相賀曰：『茲邑侯膏澤其邑而錫之粒也，得無頌聲乎？』余附田畯〔4〕，賦《時雨篇》以致頌云。

歲課三農雨，田占二麥秋〔5〕。芃芃摇霽日，獵獵起炎飈〔6〕。遂觸鳧茈嘆，并增雲漢愁〔7〕。蒼松濤怯涸，翠竹韵含憂〔8〕。國計癯何補，群生病莫瘳〔9〕。欣逢神明宰，切動祈雩謀〔10〕。牧土多慈政，隨時作禳侯〔11〕。痛心憫災厄，責己任愆尤〔12〕。壇壝迎聖馭，嚮應慰虔諏〔13〕。颯颯風遥至，冥冥雲疊浮。霡霂灑畦野，淋漓滿溪溝〔14〕。風檐垂瀑布，霧壑涌潮流。驟睇嘉禾茂，仍堪岐穗收。拯危憑美澍，轉泰賴靈湫〔15〕。鴻澤遍山谷，奇勛著隴疇。群黎咸忭舞，嘖嘖鬧歌謳〔16〕。

【校記】

〔一〕『邑侯』，目録作『令君』。

【注釋】

〔1〕沴：災害。

〔2〕徒跣：赤足步行。登禮：祭拜諸神。

〔3〕誠雩：誠心地進行求雨的雩祭活動。豐注：大雨如注。沾足：雨水沾潤充足。

〔4〕田畯：管農事田法的官。

〔5〕課：占卜。

〔6〕芃芃：茂盛的禾谷。炎颷：炎熱的風。

〔7〕鳧茈：荸荠，一種蔬果，此泛指各類農作物。雲漢：高空。

〔8〕『蒼松』二句：指熱風吹動蒼松、翠竹的輕燥聲音，彷彿含有對干旱的害怕和憂慮。

〔9〕國計：國運。癯：病。瘳：病愈。
〔10〕祈雱：祈求大雨。
〔11〕禳侯：禳除災害的官員。
〔12〕愆尤：罪過。
〔13〕壇壝：祭祀的壇場。聖馭：祭祀路神的儀式。嚮應：神靈的回應。虔諏：恭敬的祈神之心。
〔14〕睦野：田野。
〔15〕美澍：甘雨。靈湫：大水潭。
〔16〕忭舞：手舞足蹈。嘖嘖：贊美聲。

游薦福寺

憶剎隋邸草，初開佛國林。雲天龕奕奕，風樹殿沈沈。旛影連唐郭，鐘聲隔漢岑〔1〕。空闉懷鳳彩，廢徑想龍吟〔2〕。曾作香烟肅，忽疏樵牧禁。盛衰元互運，興廢何傷心〔3〕。智炬時時照，尼珠處處尋〔4〕。曇花空際現，覺水悟中淋〔5〕。碑蝕任霜露，垣頹信雨霪〔6〕。蘚苔封古道，静對自陰森〔7〕。

【注釋】

〔1〕唐郭、漢岑：漢唐時代的城郭、山嶺。

〔2〕空闉：空寂的寺院大門。鳳彩：鳳凰的光彩。廢徑：久無人行的小路。龍吟：龍的吟聲。鳳彩、龍吟在這里指寺院昔日的佛光梵音如在耳目，反襯眼前的蕭條景象。

〔3〕互運：互相轉化。

〔4〕智炬：啓人心智的燭火。尼珠：摩尼寶珠。

〔5〕覺水：令人覺悟的法水。

〔6〕信雨霪：任由連綿雨水的浸蝕。

〔7〕陰森：幽暗蕭森。

元旦次日岳朋海太史招同詞社諸子宴集西刹二首

金馬一朝貴，珠林十載功〔1〕。毛翎經厚養，霄漢任高翀。使節初過里，斗杓正指東。尋春西陌地，訪舊法王宫〔2〕。曾卧水雲静，仍瞻殿閣崇。蒼蒼雙樹影，相對喜吟風。

春滿招提境，暖回太史筵。詵詵追雅社，寂寂證空禅。寶界文星聚，詞壇慧日懸〔3〕。傳教元倚象，悟法可除天〔4〕。膝促靈花裏，手談祇樹前〔5〕。清虚如有得，不復問真詮〔6〕。

【注釋】

〔1〕金馬：指在朝爲官。珠林：指退隱佛寺。

〔2〕法王宫：佛寺圣殿。

〔3〕寶界：佛教净土境界。文星：文曲星，借指有文學才華的人。慧日：如日光普照的佛法。

〔4〕傳教：傳揚佛法。元倚象：原本就倚靠佛像。悟法：體悟佛法。除天：清除天生心障。

〔5〕膝促：促膝而談。手談：下棋。靈花、祇樹：指散發著佛光的花草樹木。

〔6〕真詮：真諦。

旱後澍雨，方岳王襄璞先生誠雩有應，咏以識美

積陽烘下土，草木苦灾屯〔1〕。共嘆虚先穫，復憂廢晚畇〔2〕。明公任燮理，旱域望膏津〔3〕。屏翰宏藩庇，旬宣溥帝仁〔4〕。兹逢毒世沴，更切惻時顰〔5〕。雩祀恤民隱，灌壇動聖真〔6〕。玄冥通響應，錫羡慰虔恂〔7〕。蛟欻携雷起，蝓争帶電伸〔8〕。纖纖縷灑密，滚滚瀑鳴匀。霹靂凌修夜，匌匒接数晨〔9〕。涌潮高礎濕，激浪廣階淪。淋草歆如醉，沃花濯欲嚬〔10〕。渺瀰驕舞鶴，瀲灧悦游鱗。乍唤千林仆，倏回萬畝春。群黎歡美澍，溯論感精禋〔11〕。相與騰歌頌，播聲沸七閩。

【注釋】

〔1〕積陽：連日來的炎陽照射。災屯：災害。

〔2〕虚先穫：空有早先的收獲。廢晚畇：荒廢了收獲後的平整田地。

〔3〕燮理：協調治理的職事。膏津：膏雨的滋潤。

〔4〕屏翰：國之重臣。藩庇：屏障保衛。旬宣：全面宣揚。帝仁：帝王的仁德。

〔5〕毒世沴：傷害世人的災難。惻時顰：因傷憫時事而皺眉。

〔6〕雩祀：祈雨的儀式。恤民隱：體恤百姓之痛苦。灌壇：傳説周文王曾任太公爲灌壇令，當地風雨調和，無災無難。忽一夜文王夢一美婦人向其哭訴，自云爲東岳山神之女，欲嫁爲東海婦，然去往東海必會興起風浪暴雨，聽聞灌壇令有德行，不敢妄興風雨，故而爲難哭泣。文王夢醒召太公詢問，是日此地便有狂風暴雨出現。後以灌壇比喻有德行政績的地方官員，此處則指祈雨儀式感動了聖人，風雨即至。

〔7〕玄冥：傳説中的水神。錫羨：賜予人們希望得到之物。慰虔恂：撫慰人們虔誠恭敬之心。

〔8〕蛟湫、蝓争：指大雨到來之前雷鳴電閃，如蛟龍與神蛇瞬時出没、互相争斗以興風作雨。

〔9〕匉訇：雷聲轟鳴。

〔10〕『淋草』二句：指被雨淋濕的草木傾倒如醉，雨水灌沃的花朵經濯洗後如綻笑容。

〔11〕溯論：推求議論降雨之事。精禋：精誠的祭祀。

七月十五日劍津夜坐

蟬催驕暑退，鶪喚素商迎〔1〕。晻晻客途色，蕭蕭寓舍聲。軍供身荷重，王事屣馳輕〔2〕。縱道鯨鯢險，詎怯波浪驚。方栖南海域，復徙劍河城余住上游，督買軍糈。宴寂悲山郭，陰森肅漏更。草間螢訴語，雲外雁哀鳴。塵況付清嘯，愁懷托薄酲。中宵天迴霽，萬里月垂盈〔3〕。雖有憂危集，暫寬局蹐情。

【注釋】

〔1〕鶪：伯勞鳥，七月寒將至時鳴叫。素商：冷清的秋天。

〔2〕軍供：軍事所需的供應物品。王事：朝廷委任的事務。

〔3〕天迴霽：天空迴遠晴明。月垂盈：垂下一輪圓月。

都中蕭長源侍御公徵咏爲太翁萬輿先生祝釐二十四韵

日月昌姬胤，山川廓漢基〔1〕。朝瞻夔契佐，源溯冶弓貽〔2〕。望鶴知金穴，羡雛憶鳳儀〔3〕。維閩儲海秀，應運躍龍奇。五馬嘉謨肇，三江偉勣披。有翁宏抱負，隨地佐機宜〔4〕。星著簪纓閥，玉森階戺枝。庭闈欣有托，橋梓自相師〔5〕。德器香荃蕙，方聞美鼎彝。音徽曾遠布，徵辟却堅辭。士類欽仙品，群生仰佛慈。頻扶荒歉瘠，更援膏肓危〔6〕。儒理通神技，塵談牖薄醫〔7〕。貯方珍百一，垂訓翼軒岐翁著《軒岐救正論》行世。緊虯騰雲彩，伊蘭發玉蕤〔8〕。法星躔昴野，暖日照冤籬〔9〕。報政天顏動，旌才要路移。豸冠丰岳岳，驄馬靖綏綏。螭衮從容補，泥封炫爛貤〔10〕。餘慶家有積，隆錫帝無私。源本承天賚，顯揚愜孝思。都門稱慶日，子舍拜恩時。擁座雲霞錦，侑觴琰琬詩。盈朝齊獻頌，歡忭祝鴻禧〔11〕。

【注釋】

〔1〕昌姬胤：壯大黃帝之後代。廓漢基：廓寬漢朝的基業。

〔2〕夔契：輔佐帝舜的兩位賢臣。冶弓：即弓冶，父子世代相傳的事業。

〔3〕『望鶴』句：鶴形的車蓋出自豪貴之家。『羡雛』句：子弟都有英美的姿容。

〔4〕機宜：隨機處事的策略。

〔5〕庭闈：父母所居之處，代指父母。橋梓：父子關係。

〔6〕荒歉瘠：荒年歉收之貧困。膏肓危：病入膏肓之危難。

〔7〕牖薄醫：通明近於醫者。

〔8〕緊、伊：發語詞。虯、蘭：指藥材。

〔9〕『法星』二句：指其醫德醫術如明星暖日，光耀地方百姓。

〔10〕螭衮：繡有螭龍的天子禮服，此代指帝王。『泥封』句：指受到朝廷賜封，尊親也因之受封。

〔11〕鴻禧：洪福。

贈太守陸孝山先生二十四韻

斗垣昭祖德，唐代肇家聲〔1〕。洪緒先賢啓，徽音群哲賡。靈枝森檇李，累葉郁神京〔2〕。王謝傳芳軌，平章式懿程〔3〕。庭闈邁弓冶，閥閱益簪纓。雲級策高足，法曹飭壯行。鶴倡纔發響，子和輒隨鳴。逸武雲仍續，嘉庸父子并〔4〕。淵源欣有托，橋梓慶同榮。宦路矯相引，詞壇襲主盟。天邊龍德見，風際鳳毛輕。隨地通才試，所臨偉績成。河東雄保障，牟子靖搶攘〔5〕。歷有奇踪著，遂膺异數旌。珪符移遠服，璽綬領專城〔6〕。駟駕霶霈注，熊旛霹靂攖。凌江澤浩瀚，梅嶺勣峥嶸。廣漢鋒元鋭，龔公盜永清。巨毫遍粤土，奇字集南英。坦坦容元廓，拳拳學益宏。瓜期方報最，梅鼎俟調羹〔7〕。自愧遭淪溺，寧期翼瞶盲〔8〕。卑僚多淑睞，近幕更專晴〔9〕。寒草怯幽谷，亦迎春暖萌。

【注釋】

〔1〕斗垣：北斗星。

〔2〕檇李：李子樹。神京：京城。

〔3〕芳軌、懿程：美好的德行與家風。

〔4〕逸武：超逸時人的足迹。嘉庸：美好的政績。

〔5〕靖搶攘：平定紛亂。

〔6〕珪符、璽綬：指朝廷封官賜爵。

〔7〕瓜期：任職期滿。『梅鼎』句：指功勞卓著，受到皇帝賞賜。

〔8〕遭淪溺：遭遇沉淪、陷入困境。翼聵盲：保護耳聾目盲者。

〔9〕『卑僚』二句：指僚友間、幕府中對其多有青睞矚目。

贈錢生一兵憲公二十韵

天柱分中夏，錢唐接海天。西湖明聖兆，斗野璧奎聯〔1〕。二氣黿江上，錦衣石鏡前。氤氳儲秀美，孕毓啓高賢。玉笋標來質，蘭英紉後跧〔2〕。美儀恒抑抑，嘉畜更淵淵〔3〕。卵翼天資厚，搏翔風力全。炙光欽峻岳，窺蘊憶澄泉。風轉泰初闢，運亨升自巔。翎聯天沼鳳，星傍紫垣躔。詞翰嘉聲播，度支偉業傳〔4〕。經綸方叔任，疆宇汾陽肩〔5〕。遠甸荷皇睞，兼才出帝銓〔6〕。嶺頭威駐節，粵腹迅清烟。憲邸風雷擁，法旌海日懸。惜材收木屑，辨品采芳荃。曲施片長奬，謬垂末屬憐〔7〕。位高卑視聽，道大廣陶埏〔8〕。寫懷樓上月，托迹幕中蓮。殷勤企鐘鼎，踴躍賦銘篇〔9〕。

【注釋】

〔1〕壁奎聯：壁奎，主文運的壁宿與奎宿，指在文詞場中共享聲名。

〔2〕玉笋、蘭英：喻指英傑人材。

〔3〕抑抑：意氣軒昂的姿態。淵淵：深邃。

〔4〕度支：代指朝廷中央機構。

〔5〕方叔：周宣王時的賢臣，此指在仕途中大展經綸有如方叔一樣擔當大任。疆宇：治理的區域。汾陽肩：汾陽一帶。

〔6〕遠甸：遠方郊野地區。荷皇睞：承受皇恩的青睞。兼才：才能兼備者。出帝銓：出自帝王的選拔。

〔7〕此處乃謙稱自己技能淺薄，忝得僚友的賞識愛護。

〔8〕卑視聽：保持謙卑的姿態廣聽輿論。廣陶埏：廣泛地培育英才。

〔9〕企鐘鼎：企望朝廷。

題圖贈張學憲偕壽二十四韵 代

淑氣乾坤麗，鍾靈内外同。天孫襄錦杼，南斗賁蒼穹〔1〕。琴瑟調元韵，敬共洽藹衷〔2〕。吾師初度日，暖發萬花叢。繞户浮雲靄，當階散郁葱。星箕看降岳，弧矢慶懸宫〔3〕。驚世祥麟見，應符瑞鷟翀。墨兵鋒早鋭，經笥腹常充〔4〕。旦暮九霄鶚，扶搏萬里風。鐸游參井域，鑒備激揚功〔5〕。巾墊咸慕泰，帳遷尚戀融〔6〕。儒宫嘆寂寞，文苑慕磨礲。萬仞松恒茂，無憂萱北隆。古稀偕不易，雙壽紀無窮。仙骨玉增潤，道顔砂駐紅。韋經相去聲貽業，柳母夜和熊〔7〕。况悉天騏驥，寧違世冶弓。憶曾嘘弱羽，因得解塵籠。何意莅關輔，重來質泰嵩。皈依仍在眼，衣鉢須任躬。芳采供佳旦，雲璈娱上公〔8〕。尊前春浩蕩，筵際日曈曨。添筭仙多集，祝鼇賦末工〔9〕。九如抱素願，聊托繪圖中。

【注釋】

〔1〕天孫：織女星。錦杼：錦布織機。賁：光彩閃爍。

〔2〕洽藹衷：内心和諧美善。

〔3〕星箕：斗星與箕星。降岳：降臨山岳。弧矢：弧矢星懸喻示家有男嬰誕生，亦指男兒志向宏遠。

〔4〕墨兵：詩文書畫的才華。經笥：博覽經書。

〔5〕鐸游：宦游。參井域：西南大地。鑒備：作爲朝遷選拔的人材擔任要職。

〔6〕『巾墊』句：東漢名士郭泰受時人仰慕，其頭巾一角被雨打濕而凹陷進去，却引得大家的模仿，成爲戴頭巾的流行式樣。『帳遷』句：東漢經學家馬融任郡太守時曾設帳講學。

〔7〕『韋經』句：西漢大臣韋賢專研經學，漢宣帝時任丞相，其少子韋玄成也以明經官至丞相，當時鄒魯之地有諺語云：『遺子黄金滿籯，不如教子一經。』事見《漢書·韋賢傳》。『柳母』句：唐代柳仲郢之母韓氏爲幫助兒子勤學苦讀，夜里研磨熊膽、苦參等爲粉末，制成藥丸，若子夜讀困倦時便咀嚼藥丸以苦味提神。

〔8〕芳采：有文采的詩作。雲璈：樂器演奏。

〔9〕添筭：添壽。

上巳修禊

節序春光暮，郊墟炫采深。夭桃方的的，新柳復陰陰。四向圍芳樹，一灣倚紫岑。澮烟低襲草，彩霧遠縈林。錦野饒奇勝，綉陂絢鬱森〔1〕。傾城拖履客，相伴曳笻尋〔2〕。泛罛游鱗浪，佐筵好鳥音。驕輕憐少態，娱賞托同心。分坐碧茵際，簇觀文漪潯〔3〕。相偕咸載筆，共續永和吟。

【注釋】

〔1〕錦野：花開如錦的郊野。綉陂：波光粼粼的湖面。

〔2〕拖履客：指郊外踏青者。曳笻：拖著竹杖。

〔3〕碧茵際：碧草如茵的岸邊。文漪潯：泛著波光的水邊。

贈馬適聞督學十四韵

西京逢末造，垓壤慘荒蕪〔1〕。華岳青蓮萎，渭川菉竹枯。山河經培養，卉木復紛敷。伫俟名賢出，合衡文武扶。惟公鍾間氣，伊世衍遐謨〔2〕。龍馬禎堪异，星辰産自殊。連枝棣并秀，接羽鳳雙呼。賦才傳紈綺，宦路散華荂。風騷爾大雅，冠蓋領群儒。秦鏡二峰上，魯弦三輔隅〔3〕。淄澠怯難溷，瑕玉欣匪誣〔4〕。林觸豸袍肅，草隨絳帳蘇。風變新井野，譽播滿燕都。棠擬召南芾，雲移賁上樞〔5〕。

【注釋】

〔1〕垓壤：關中大地。

〔2〕鍾間氣：集聚英偉之才能。衍遐謨：展開長久的治理策略。

〔3〕秦鏡：代指秦地。魯弦：齊魯之地的弦歌教化，此代指山東。

〔4〕淄澠：淄水和澠水味道不同，難以混同。瑕玉：有瑕疵的玉。此以水和玉的特點比喻官員善惡分明。

〔5〕貞上樞：指政績光耀於朝廷。

燕邸蕭長源侍御公招同諸公宴集八韻

歲杪皇居陌，憲曹會棟儒〔1〕。欣趨天畔集，群傍日邊娱。珍錯携南海，醽醪選上都〔2〕。詞中飛郢雪，麈下走隋珠〔3〕。岳岳冠前豸，翻翻臺上烏。憐才紛盻睞，承德共沾濡。盈座咸豪俊，附踪獨賤愚。同睹御堤柳，春回景色殊。

【注釋】

〔1〕憲曹：大理寺的别稱。棟儒：堪爲國之棟梁的儒生。

〔2〕珍錯：山珍海味。醽醪：美酒。

〔3〕郢雪：高雅的詩歌唱酬。隋珠：才華出眾之人談吐不凡。

贈張虎別兵憲公二十韵

英朝資夾輔，遥甸倚藩屏。國家制科肇，賢豪泰運丁〔1〕。龍騰銀漢鬣，鵬運紫霄翎〔2〕。坦坦容元廓，拳拳學自惺〔3〕。宫垣夫子誘，高美士群聆。擁座聖門闢，游方道鐸靈。遴材甄雍土，選駿相秦駟〔4〕。翰墨傳衣鉢，冠衿仰閣鈴。海魂驚復息，嶺夜夢初醒。宦地任偏重，官階轉未停。摇旌懸日月，駐節擁風霆。岳瀆歸王遠，鯨鯢靖海溟。霜寒凌粤草，天峻繫南星。方叔饒經濟，汾陽廣輯寧。甸宣傳雨澤，嘉勣動朝廷。五位須喉舌，九重借視聽〔5〕。著書筆無敵，挹德測尤冥〔6〕。自愧卑僚侶，難逢左睞青。何期瞻霽采，輒許翼埃形。永懷企鐘鼎，歌頌俚篇銘。

【注釋】

〔1〕制科肇：科舉考試開始實行。泰運丁：時運强盛。

〔2〕『龍騰』二句：指如神龍騰飛擺尾於銀河之上，如大鵬展翅翱翔於天空之中。

〔3〕『坦坦』二句：指胸懷原本開闊，學問自有悟性。

〔4〕雍土：雍州大地。秦駟：秦地的駿馬。此指在秦地選拔人材。

〔5〕五位、九重：指朝廷。

〔6〕挹德：德行謙恭。測尤冥：度量尤覺深沉。

壽席紫閣憲使公二十四韻

盛代繁禎瑞，興朝見鳳麟〔1〕。哲人鍾岳瀆，靈氣産星辰。偉抱奇魁士，高科杰邁倫。名譽傳翰墨，光焰駭冠紳。天馬騁雲路，仙舟渡漢津。謙行恒抑抑，文采復彬彬。初勣肇花縣，殊旌下玉綸。專城臨郡久，鹽使轉籌均〔2〕。宦土移將遍，官階晋亦頻。南疆延秉憲，臬署賴持鈞〔3〕。風動海林驟，霜寒粤草匀。清廉操本峻，聰慧鑒如神。時事周千慮，安危托一身。鯨鯢恬息浪，猰貐静藏蹲。允陟贊襄佐，咸稱社稷臣。華峰望元巨，滄海頌無垠。金伏當終夏，蓂雕紀二晨〔4〕。蘭香特畀始，岳誕兆鼇新〔5〕。五色瓜欣薦，丹枝荔喜陳。雲連瀛島近，風引鶴鸞臻。俯惜里中屣，遠隨轅下塵。援提噓弱羽，志感戴高旻〔6〕。抃祝偕諸屬，歡歌共萬民。仰觀天示象，台鼎正垂秦〔7〕。

【注釋】

〔1〕禎瑞：禎吉祥瑞。鳳麟：比喻才能出衆者。

〔2〕專城：州郡長官。鹽使：元代以後負責鹽務的官員。轉籌：謀劃。

〔3〕臬署：司法官。持鈞：執政。

〔4〕金伏：炎熱的伏天。蓂雕：即蓂凋，蓂莢草的凋落預示時光的流轉。

〔5〕昇始：標誌著初始。岳誕：壽辰。鼇新：吉祥的新氣。

〔6〕援提：擢拔推薦。噓弱羽：使弱小的鳥兒得到温暖氣息的呵護，比喻扶助才能薄弱者。

〔7〕台鼎：朝中三公要職。垂秦：垂青秦地英才。

廣州偶咏

三伏揮汗日，暫寓粵城中。無地堪逃暑，觸眸聊慰燭〔1〕。荔枝琥珀冷，茉莉麝香烘。嶺表封疆遠，天邊符璽同。遷階移宦土，停楫待東風。游踪難自定，天涯任轉蓬時移嘉魚，候領文憑〔2〕。

【注釋】

〔1〕燭：干旱炎熱。

〔2〕文憑：官員赴任的官方委任狀。

留別太守陸孝山先生三十二韵

嶺表初瞻日，海瀕遠戴天。雲連江右合，星入粤南躔。河岳如棋布，車書若綫穿〔1〕。帝閶收社稷，皇路隔山川。列郡鎖邦域，上游領遽傳。鯨鯢騰浪霧，猰貐漲溪烟。妖祲快新滅，搶攘懼載延〔2〕。峰巔關峻扼，梅下嶺孤懸。惟帝鑒要土，簡公托巨肩。淵源唐際肇，世代宦塗禪。鼎族顯芳緒，靈源迥象賢〔3〕。橋梓還濟美，華萼并追妍。兩地曾恢步，專城更躍跧。殘區繁錯會，强仕偉舒年。五馬風威肅，朱轓澍澤偏〔4〕。珠還徵節厲，梟化見和全〔5〕。樂戴寬仁治，争歸輯撫編。陽春人拆甲，潤澤政流泉〔6〕。草木瞻欽若，區隅荷晏然。龔黄推漢守，稷契重虞聯。峻望齊天柱，嘉譽滿幅幀。長驅階益晋，崇陟望逾專。嗣立升恒業，宏開風雅筵。廣收才濟濟，莫測道淵淵。七緯象應焕，三台兆合先〔7〕。自慚淪下士，誰惜墮卑員。躑躅拖塵屣，逡巡栖幕蓮。吹嘘扶弱羽，提拔贈長鞭。因鼓甄甄翰，亦徼款款遷。雖岐津路裏，仍仰斗山前。素矢銜德感，恐無酬遇緣〔8〕。臨睽須有紀，撫臆一輪宣。

【注釋】

〔1〕棋布：像棋子一樣分布。『車書』句：文物制度整齊有序，指國家統一。
〔2〕妖祲：妖氛，寇亂。『搶攘』句：懼怕禍亂連年延續。
〔3〕鼎族、靈源：家族鼎盛，基業雄厚。象賢：追慕先輩的賢德。
〔4〕朱轓：官職顯要者的車駕。
〔5〕梟化：驍勇豪健的風氣。
〔6〕拆甲：植物含苞待放。
〔7〕七緯：日、月、金、木、水、火、土，又稱七曜。三台：三台星，代指三公之職。
〔8〕素矢：《山海經》載帝俊曾賜予後羿紅色的弓與白色的短箭，用以幫助下界生民，後指天子以弓箭等兵器賞賜有功之臣。

登清源山二十韵

郭外雙贏峙，天邊丫髻分山有兩峰對峙〔1〕。秀奇元易見，儲毓自無垠。從昔多賢雋，隨時博見聞。詎論朱紫顯，難没鼎鐘勛。勝據南瀛甸，雄傳晋水濆。更年陽肇始，遍土俗供殷〔2〕。薦馨醮禖氏，移烟禮白君白君，鄉人，昇仙山中。有祠，乞卜甚驗〔3〕。僑踪逢勝會，騁興溷游群。林變和風律，谷蒸暖日氛。邁笻驕詰屈，縱履喚氤氳〔4〕。紆扣澗傍草，邃穿壑底雲。峻崖須舍兜，險徑更除裙。得石頻蟠股，就泉屢漱齦。松壇香社旗，金殿午朝鼖〔5〕。晴渡洋帆近，低喧陌市紛。苔痕經鞿亂，花氣襲裾熏。訪静先嘗淡，悟玄合厭葷。縱煩官鼎飪王岳生明府隆備供給，不敵道厨芹〔6〕。恣眺欣春霽，促歸怨夕曛。登山應有記，漫咏聊當文。

【注釋】

〔1〕雙贏：贏，一種海蟹，此指雙峰如蟹形。丫髻：分梳兩邊的髮髻，此指山的形狀。

〔2〕『更年』二句：指新的一年陽氣初始，到處都是登山供奉者，供品豐富。

〔3〕薦馨：進獻祭品、燒香禮拜。醮：祈禱神靈的儀式。禖氏：神靈。移烟：烟氣繚繞。

〔4〕『邁笻』二句：指帶著竹杖邁步前行於彎曲的山路上，脚步彷彿喚醒了山中的雲氣。

〔5〕香社：鄉村祭祀社神的活動。午朝：指道觀中一日三次的誦經儀式，分爲早朝、午朝、晚朝。鼖：敲擊大鼓。

〔6〕官鼎飪：官員備辦的豐盛飯菜。道厨芹：平民準備的簡單蔬食。

聞鼎卿社兄除江山令賦寄

國家重司牧，授土倚天旌。偉器宜冲劇，危梁選巨楨〔1〕。循良勞未著，品望鑒先清。一去任淍弊，必來報治平。江郎臨大道江郎，山名，殘破剩空城。吭隘扼霞嶺，綫長貫海程〔2〕。甲兵屯北極，燧火起南瀛〔3〕。徵調風雷迅，往來雲霧縈。重騷廬舍敗，繁供土儲傾〔4〕。如此盤根地，應付利器英〔5〕。九天欣獲托，百里合歡迎。久罹氛昏黯，倏瞻德曜明。下車君卧治，紆軫我長征。憶歷花封日，政閑琴奏聲時余自閩赴京應歷江山。

【注釋】

〔1〕偉器：能擔當大任的人材。宜冲劇：適宜派至軍事要地或委以重要事務。危梁：國之棟梁。選巨楨：選拔有才幹之人。

〔2〕吭隘：即『吭嗌』，形勢險要的咽喉之地。

〔3〕甲兵：軍隊兵士。屯北極：駐兵防守於北方邊地。燧火：戰事烽火。南瀛：南方的瀕海之地。

〔4〕重騷：嚴重的動亂。繁供：繁重的供給。土儲傾：地方儲備幾乎傾盡。

〔5〕盤根地：重要的根基之地。利器英：能力傑出的英才。

武昌逢虞白社兄

脱冠尋里社，邂逅副懷奇。渭水滂洋寄，華峰嵂崒移〔1〕。應求欣復合，鄉國快兼披。借慰数年闊，免縈千里思。浣塵裝雖聚，驅路轡仍岐〔2〕。先去抵閭黨，論文更有誰。

【注釋】

〔1〕滂洋：河水盛大。嵂崒：高聳。

〔2〕浣塵：洗去征塵。驅路：驅車上路。轡仍岐：征馬仍是要分開。

壽涇陽王書年明府十六韵代

山川吴越秀，北固倚江堆〔1〕。標望赤城舉，瀾觀滄海迴〔2〕。群賢咸鍾美，夫子更全才。人謂星辰産，時珍麟鳳來。巍科騰漢崿，仙令下天台。偉器宜繁劇，茂林勞篤培。涇波恩浩瀚，華岳績崔嵬。异政兩臺奏，寵章帝闕裁〔3〕。展才頻牧土，修業晋調枚。瓜薦方初伏，蓂輪復七隤〔4〕。鳴琴宣道德，飛舃出塵埃。百里歡呈頌，一堂慶進杯。公餘游化鐸，教廣拂駒駘〔5〕。自顧元几品，謬看殊衆孩。雖容菅蒯厠，敢溷絲麻陪〔6〕。祇抱九如願，俚詞攄法陔〔7〕。

【注釋】

〔1〕北固：位於江蘇鎮江的北固山。堆：聳聚。

〔2〕『標望』二句：遠望高標聳立的赤城山，遥觀波瀾壯闊的東海。
〔3〕异政：異於尋常的政令措施。兩臺：藩臺、臬臺，明清時的布政使、按察使。寵章：高官所穿的禮服。帝闕裁：由皇宫中專人裁制。
〔4〕瓜薦：即『薦瓜』，進獻瓜果。蓂輪，即『瑞輪蓂莢』，指時光的流逝。
〔5〕駒駘：駿馬與劣馬，以喻賢能之士與庸劣之人。
〔6〕菅蒯：野草，指地位卑微的人。
〔7〕法陔：官員的庭階。

贈王太翁十一韵

初覯欽仙範，秘窺羡佛行〔1〕。道德堪推冠，天人應莫勍。采長松柏茂，香瀉桂蘭生。雖處山林逸，會膺璽綬榮。甘棠猶蔭晋，瓊舄尚留京〔2〕。耆舊世珍勳，循良史馨名。秩增聯五馬，養厚就專城。神胄龔黄侣，英朝稷契卿。升階昌孝志，貤誥侈家聲〔3〕。隆晋椿闈慶，歡馳駟駕迎〔4〕。幕僚勤仰止，不盡具瞻情。

【注釋】

〔1〕初覯：初次見面。欽仙範：欽佩其有仙家風範。秘窺：暗中察觀。羡佛行：羡慕其有佛門之人的行止方式。

〔2〕『甘棠』二句：謂其爲政功績仍恩澤中原大地，亦受到朝廷重視，頻繁來往於地方與宫廷之間。

〔3〕升階：官場升遷。昌孝志：發揚孝之美德。貤誥：接連被朝廷封官。侈家聲：使家聲遠揚。

〔4〕隆晋：官職高升。椿闈：慶賀壽辰的府邸。

#《雲起閣詩集》卷之十五·七言排律

關中來鑑宜公　著

至日抵都成咏

迢迢孤劍歷關津，井野星躔向北辰。風引軺車忙應節，灰飛葭管故迎人。雪林尚宿殘痕凍，暘谷已噓新律春〔1〕。遍土山川咸沐澤，近天草木早含仁。欣逢陽霽開王國，想萃衣冠拜帝宸。鵷鷺兩班行佩玉，鳳龍五位坐垂紳〔2〕。御堤萬柳風條軟，上苑千花飽甲勻〔3〕。應識垓埏同踴躍，環瞻皇極祝無垠。

【注釋】

〔1〕宿：積留。殘痕凍：未融化的凍雪。暘谷：陽光照耀的山谷。噓：温潤。新律春：春天的新氣息。

〔2〕『鵷鷺』句：指朝廷文武官員有序朝見帝王，行走佩玉有聲。『鳳龍』句：指帝王高坐於朝堂之上。

〔3〕飽甲匀：飽滿而匀圓。

壽竹淇園兵憲公十六韵

新朝大域廓乾坤，瀕海封疆倚臬藩〔1〕。輪挽一綫通北極，車書萬里附中原。惟公上叶星辰座，斯世共驚霄漢掀。通籍金閨高列宿，臚名玉牒始升暾〔2〕。抒懷試宰曾分土，課最懸旌早定論〔3〕。輝輝錦製奇勛奏，奕奕泥封异數掄。晋階花映含香綬，趨陛霞連佩玉緼〔4〕。祇念殘區須撫輯，急遴長楫試拯援。關河冉冉翻雲旆，驛路迢迢轉犀軒〔5〕。藻翰臨戎聲震疊，秘韜傳遽勢騰鶱公兼驛傳〔6〕。摇旌陵谷捲昏霧，飛檄閭閻綏散魂。荔圃春回閑暢茂，珠江風息静潺湲。秋來憲府欣開宴，島上仙人笑勸樽。草木爭鳴霖雨澤，山川齊躍阜康恩〔7〕。祝鼇仍是夏聲曲，覩采遥瞻北斗垣〔8〕。磊落一堂聲并偉，羊城雙峙華峰尊時與席紫閣公共事臬司，二公俱秦人。

【注釋】

〔1〕臬藩：邊地的廉訪使、觀察使等官員。

〔2〕臚名玉牒：名列史籍典册。

〔3〕分土：分管的區域。課最：政績顯赫。

〔4〕晋階：官階晋升。含香綬：系官印的絲帶含著香氣。佩玉緺：紅黄色相間的玉佩。

〔5〕犀軒：官員所乘的車子，車以犀皮作爲裝飾。

〔6〕藻翰：華美的文辭。秘韜：機密的謀略。指在文韜武略方面名震上下。

〔7〕阜康：富裕安康。

〔8〕夏聲曲：中原音樂。覲采：拜望長者。

春日張儀昭社長招同真率社諸公游集杏花灣十二韵

郊隧聯鑣趁霽暘，行行十里攬春光〔1〕。輪蹄滾滾烟霞道，士女翩翩錦綉妝。隨地繁華忙應接，遠天爛熳肆聊浪〔2〕。年年嘗散玉津步，歲歲每延瓊巘望〔3〕。夙昔附群稱後輩，邇來换伴入前行。於今曠野聚良會，依舊芳林續老狂。接葉連株霞作幕，映山繞谷錦爲堂。謳歈縹緲雲蕚裏，金鼓喧闐烟水傍〔4〕。筵際飛英紛靚態，座前好鳥鬧笙簧〔5〕。林中歡集香山社，花下雄揮北海觴〔6〕。盡日流連情不倦，黄昏繾綣興逾長。晚歸復訂重游賞，傳語東風莫驟戕〔7〕。

【注釋】

〔1〕郊隧：郊野的路上。聯鑣：騎馬并行。霽暘：天氣晴明，陽光從雲層中露出來。

〔2〕聊浪：縱情游樂。

〔3〕玉津步：河邊踏青。瓊巘望：遥望美麗的山峰。

〔4〕謳歈：歌聲。雲蕚：花叢中。

〔5〕紛靚態：花朵紛飛姿態美好。鬧笙簧：鳥兒争鳴如笙簧之聲。

〔6〕香山社：見《題〈懸岩古梅圖〉贈李斗南太守》注。北海觴：東漢時孔融曾任北海相，故又稱孔北海。《後漢書·孔融傳》：『性寬容少忌，好士，喜誘益後進。及退閑職，賓客日盈其門，常歎曰：「坐上客恒滿，尊中酒不空，吾無憂矣！」』

〔7〕驟戕：狂風驟然的戕害。

海幢寺六韻寺在南海港口

縹緲招提桂海前，莊嚴法界起雲烟。散花香漬炎區草，説偈聲喧南極川〔1〕。波際禪燈偕日照，水邊佛鼓共雷宣。優曇飛叠蜃樓上，覺水行環蓬嶼巔。望裏冥茫參罔象，座間曠邈憶諸天〔2〕。御風仿佛切霄漢，净業何須梵唄傳〔3〕。

【注釋】

〔1〕炎區、南極：泛指南方邊遠地區。

〔2〕冥茫：虛空渺茫。參罔象：參悟虛無之道。曠邈：空曠邈遠。諸天：佛教中的諸多護法天神。

〔3〕净業：佛教語，清除業障，净化心靈。梵唄：佛寺頌經之音。

赤壁下接運太和殿木材六韵

赤壁山前湘水過，九天宣力縱戙戕〔1〕。紫垣宫殿需磊砢，金漢帆檣渡透迤。絡繹初驅衡岳畔，飄飖復泛洞庭波。江湖樂戴群龍躍，樓閣歡迎黄鶴傞〔2〕。星共北辰躔緯象，風催南國貢江河〔3〕。乾坤萬里副王命，星日千年著太和〔4〕。

【注釋】

〔1〕戙戕：船上的部件，代指大船。

〔2〕樂戴：樂於擁護。傞：飛舞。
〔3〕躔：日月星辰的運行。緯象：星象。
〔4〕副王命：輔助完成朝廷的命令。著太和：成就太平盛世的景象。

初抵嘉魚，舟中偶成

水環赤壁巨波流，從溯洞庭擄上游。千里帆檣摇鄂渚，一行竹馬出簰洲〔1〕。山川睁目欣初晤，花柳開顔争遠投。仰睇軫星共紫極，南瞻衡岳奠皇州〔2〕。邇來偏值雕殘後，敢不勤營補葺周。官事從今任局蹐，须求善牧免愆尤〔3〕。

【注釋】

〔1〕簰洲：位於嘉魚縣北部。
〔2〕軫星：星名，分野在湖北地區。紫極：空中。衡岳：衡山。奠皇州：穩定京城。
〔3〕愆尤：罪責。

贈中州督學史省齋公十韻

鳳函舃奕下朝端，旌旆霓傳兖豫寬〔1〕。津路瞻雲迎峻豸，衣冠就日慶祥鸞〔2〕。九重憲令敷霜普，萬丈文芒射斗寒〔3〕。霧隱龍蛇欣鑒別，璞藏石玉快分觀。威行十道山河悸，化洽千區草木歡。秦鏡新臨嵩岳照〔一〕，魯弦復向角墟彈〔4〕。争窺霽範望垣怯，共探淵藏測海難〔5〕。雲引上騮騰捷足，風噓佳鳥奮華翰〔6〕。鑒衡托重天專簡，文武功成帝喜看〔7〕。晋任經綸游刃錯，台階垂兆映詞壇〔8〕。

【校記】

〔一〕『嵩』，原作『蒿』，據詩意改。

【注釋】

〔1〕鳳函：皇帝的詔書。下朝端：從朝廷傳來。旌旆：旌旗。霓傳：征行的隊伍。兖豫：兖州、豫州，代指中原地區。

〔2〕津路：路途。峻豸：嚴厲正直的獬豸，指嚴明的提督學政。衣冠：代指官員。就日：心向朝廷，崇仰天子。

〔3〕九重憲令：朝廷法令。敷霜普：法令普及民間如同霜被大地。文芒：文辭的光芒。射斗寒：如同北斗星

散發出寒氣。

〔4〕此二句意指官員的廉明清正照臨中州大地，禮樂教化的風氣亦遍及偏遠的村落。

〔5〕霽範：高大英偉的身影。淵藏：深藏的壯志。

〔6〕上騮：駿馬。

〔7〕鑒衡：考察評定。托重：托付重任。天專簡：朝廷專門選拔的人材。

〔8〕晋任：晋升任命。游刃錯：指處理政事游刃有余，經過磨礪而更爲穩重。垂兆：徵兆。

《雲起閣詩集》卷之十六・五言絶句

關中來鑑宜公　著

題耦園山景圖八首

沸雲岩

傍池山勢峻，疑蒸水氣騰。長空凝靉靆，變幻峙崚嶒。

岵屺臺

臺與先塋近，延望松柏林。林中風作響，渺渺接聲音。

碧虛閣

山巔起閣崇，縹緲連天碧。客歷峻階游，詎殊翀漢翮〔1〕。

【注釋】

〔1〕翀漢翮：冲上雲霄的翅膀。

鳴瀑澗

偶作泉聲瀉，直飛一道升。復灑空中雨，雲從何處騰。

據秀亭

入山盤磴深，倦屣環亭坐〔1〕。挹秀暫揮杯，攀躋一歇過〔2〕。

【注釋】

〔1〕盤磴：盤旋的石階。倦屣：脚步疲倦。

〔2〕攀躋：攀登。

錦豬坪

據坪臨深沼，供眸錦製鋪。蓮織千繒綉，鯉梭萬綈朱〔1〕。

【注釋】

〔1〕繒綉：絲綉。綈朱：朱色的絲織品。

五霧洞

山中栖豹地，吐霧焕輝光。元有高賢卧，自驕避俗藏。

萬玉嶺

環山漲碧烟，風促琅玕響〔1〕。深林擁草亭，昕夕娱幽賞。

【注釋】

〔1〕琅玕：翠竹。

齋中對桂三首

百藥推爲長，芳英足伴仙。如何官舍裏，亦肯陪塵跧。
香飄風桂近，冉冉透簾虛。入襲琴書遍，氤氳滿一廬。
對之酌一罍，吟興罍中起。酣挹廣寒香，凡葩難與比。

夢華岳

幾載睽蓮岳，因煩夢中尋。應憐游履遠，一慰故鄉心。

山行有感

宵宿虎狼窟，晝行凹凸山。妻孥家共聚，談笑自安閑。

署中獨坐三首

冷署無喧語，寂窗玩道書。衰齡要受用，静裏悟清虚。

官舍良朋少，齋居悶寂寥。閑披陶句咏，復按蔡桐調〔1〕。

蜂蝶鬧花朝，窄檐孤悄悄。何物來報春，鄰樹一聲鳥。

【注釋】

〔1〕蔡桐調：琴曲。

早春即事二首

嶺南春信早，臘杪百花開〔1〕。元日芬芳簇，椒觴作賞杯〔2〕。

芳林春早煖，煖樹促笙簧。海上唤新鳥，五音初試忙。

【注釋】

〔1〕臘杪：臘月末。

〔2〕椒觴：盛滿椒花酒的酒杯，古代元旦日有子孫進椒酒爲長輩祝壽的習俗。

山中二首

世上有深山，乾坤留邃古。人皆甘穴居，藿食不知苦。

深入陰崖道，雪痕夏尚留。居人寒不盡，六月亦披裘。

宿耦園二首

春夜卧郊園，潺湲聲未絶。喧高自攪眠，寤後聽之悦。

春華千種簇，静夜更添芬。冉冉飛相聚，合香枕上薰。

杜大將軍索題五岳草堂八景，每景應以短句八首

像岳峰

叠石亦高峙，巉岩類岳形。莫謂堆峰小，何殊萬仞青。

影岳池

澄潭似鏡明，有質俱函影。迎岳暗中睼，嶙峋入照静〔1〕。

【注釋】

〔1〕睼：遠看。

望岳臺

崇臺堪騁眺，隨眺寄深情。所念在高岳，引之遠目瞪。

禮岳石

五帝分五岳，含靈據一方。祝釐遥下拜，沿石扣天閶〔1〕。

【注釋】

〔1〕祝釐：祝福。天閶：天宫的大門。

祠岳亭

隨心遥薦山，除地一亭起〔1〕。就近簋豆將，不异封禪祀〔2〕。

【注釋】

〔1〕薦山：敬祭山神。

〔2〕簋豆：盛放祭品的兩種食器。

咏岳軒

多少名山景，都收胸臆中。偶從歌咏發，字字峙巃嵸。

醉岳林

試問林中客，如何飲興豪。把杯憶巒岫，情慀易酕醄〔1〕。

【注釋】

〔1〕情慀：心情舒暢。酕醄：大醉。

夢岳處
覲岳阻修路，托之夢寐間[1]。依然高厦卧，杖履遍名山。

【注釋】

[1]覲岳：山岳祭祀。

偶咏

竹漢風調韵，桂天雲佩香。九霄誰作客，擁以肆清狂。

温陵承天寺偶成四絶

半載招提寓，亦隨貝葉房。悟來禪有味，匪可口頭嘗。
儻謂如來教，祇憑文字傳。誦經皆有舌，幾個出青蓮。
近代儒家子，多參釋氏言。詎知教分派，大道出同源[1]。

客坐茶寮静，僧迎檀越忙〔2〕。却憐髡髮者，更惹世緣長〔3〕。

【注釋】

〔1〕分沠：分爲各派。

〔2〕檀越：施主。

〔3〕髡髮者：僧人。

采蓮曲

池多出浴蓮，恰遇紅妝媛。相對比芳容，恐人目易眩。

春郊

春散芳草郊，易惹王孫戀。緑紅絢游眸，恣意咏酣宴。

省穫

田家歡得歲，場圃見豐秋。近社喧闐鼓，暮原茁壯牛。

少年行

紫騮挾湛盧，所過人驚視[1]。一往雖稱雄，誰懷豫讓志。

【注釋】

〔1〕湛盧：寶劍的代稱。

夏園咏旱六首

園居瞻四野，不雨奈炎何。已看焦麥穗，復慮困秋禾。

陌塵十丈騰，野焰尤横熾。城外與城中，祝融何處避。

花嘆英萎落，竹悲葉燥乾。伊余移步覷，籬徑慘無歡。
借水灌田壠，引流閘峪波。旱久河源涸，乾渠枯岸莎。
轂騰市中價，雩祀走官師〔1〕。泉開黑馬峪，湫取白龍池〔2〕。
天邊秋令轉，燭暑尚薰烜〔3〕。昕夕盻霖雨，一腔空鬱煩〔4〕。

【注釋】

〔1〕雩祀：古人祈雨的祭祀禮儀。
〔2〕湫：水潭。
〔3〕燭暑：旱熱的暑氣。
〔4〕盻：盼。

美人臨鏡二絶

蟾蠩重著貌，緊對廣寒宫〔1〕。宫裏與宫外，相看瑋態同〔2〕。
一池渟淥波，静照芙蓉朵〔3〕。不分假與真，相與憐婀娜。

【注釋】

〔1〕蟾蠩：即蟾蜍。

〔2〕瑋態：美好的身姿。

〔3〕渟：深聚。

憶家

昨夜秦臺夢，今朝渭水思。神馳苦無盡，自笑浪游痴。

白梅

参差光奪玉，淡澹香欺蘭。深夜雲霄裏，婆娑混素鸞。

言夢二首

夢中周八極，倏與乾坤齊。寤時貪说夢，却被醒相迷。

莫道南柯幻，何處可言真。應知莊叟意，盡作柯中人〔1〕。

【注釋】

〔1〕柯中人：夢中人，出自『南柯一夢』的典故。

夏夜即事

霽月三更靜，陰森絺服涼〔1〕。侍童皆鼾睡，獨嘯紫雲傍。

【注釋】

〔1〕絺服：細葛布衣服。

黄田驛

闃寂黄田驛，疏林風雨昏。豺狼宵共處，匡隞散愁魂〔1〕。

【注釋】

〔1〕厓隒：崖邊。

佛手柑

地與南瀛近，菩提散野林。面光金未改，手印更傳心。

香櫞

何物養根柢，莫非麝托魂。摘來貯芸局，香任簡編噴〔1〕。

【注釋】

〔1〕芸局：館閣藏書處。

夏日即事三首

炎夏虛檐窄，清風不與通。祝融嚴斷雨，炙烙到花叢。

官冷無公事，署栖自晏如。不休翰墨興，揮汗静觀書。
垣外雙櫰樹，飛花滿院黄[1]。有時階際坐，把盞挹幽香。

【注釋】

〔1〕櫰樹：槐樹。

憶兄克敬

憶昔兄偕弟，於今秦隔閩。此情明月照，自見相思真。

閑居四首

偶喜官逢汰，天涯遂索居。道書背人看，寄意在清虚。
獨處忘人境，鬔鬖晝不冠[1]。元存陶氏骨，詎不折腰難。
自安寓舍矮，散步只巡檐。時就匡床卧，詩篇枕上參。
亦匪静成癖，苦乏道朋偕。翰墨消閑日，樽罍慰旅懷。

【注釋】

〔1〕鬖鬖：髮長下垂，比喻不修邊幅。

調僧

南無彌陀佛，菩提千遍過。兀兀蒲團上，行深是怎麼〔1〕。

【注釋】

〔1〕兀兀：端坐不動。行深：佛經語，指修行深厚。《心經》：『觀自在菩薩，行深般若波羅密多時，照見五蘊皆空，度一切苦厄。』

僧答

道是同源水，教從岐流傳。儒門呫嗶子，誰個發光圓〔1〕。

【注釋】

〔1〕呫嗶子：讀書人。

橄欖

初吞此青子，嚴味烈難堪。耐以咽餘咀，喉間清且甘。

荔枝

閩中啖數年，久矣悦甘美。今復戀珠江，慰饞饜所喜。

薏苡

儋野蓬荻草，中含玉粒圓。食之堪融瘴，曾作伏波饘〔1〕。

【注釋】

〔1〕伏波饘：漢代伏波將軍馬援曾以薏苡爲食，并將薏苡仁載回中原。

梹榔

品物分疆植，桄榔出海南。相傳防瘴癘，遂共旦昏含。

沉水香

香品分高下，水占瓊儋柴[1]。上浮嫌味薄，沉底乃稱佳。

【注釋】

〔1〕瓊儋：瓊州、儋州。

茉莉

習尚培清卉，家家茉莉芬。遍簪男女髮，香氣陌氤氳。

咏蘭二絶

蘭出東粵，帶至沙陽，花開甚盛，香滿官署矣。

南海移蘭臭，怯鄰楚澤繁[1]。開英却殊類，九畹遜芳魂[2]。

堪愛异鄉卉，肯傾故土香。仍喜薰原主，注情吐所藏。

【注釋】

〔1〕蘭臭：香氣馥郁的蘭花。

〔2〕九畹：蘭花種植得很多。

中秋日寓館咏瓶桂

此日天香桂，應從月窟開。阿誰散行館，疑有素娥來。

慵居

茅齋獨徙倚，足跣首髼鬆。静居非掩户，谷深雲自封。

夢菊

秋芳散東籬，何動枕邊喜。好菊類淵明，訪華南柯裏〔1〕。

【注釋】

〔1〕南柯裏：夢裏。

江夜漁火

銀漢平波静，錯綜幾垣星。如何聞笑語，仙人雲際停。

伏日偶咏四首〔一〕

歊署肆毒魃，兹何魃更驕〔1〕。壁廬環火炙〔二〕，無地避炎熇。

空齋怕晤人，跣足鬈鬆首。静覽數行書，書中獲益友。

有朋河朔約，何事復相違。多因裸體慣〔三〕，怯着出門衣。

匡床揮團扇，雖卧却匪眠。伏枕閑吟句，偶成伏日篇。

【校記】

〔一〕『首』，原漫漶不清，據目録補。

〔二〕『炙』，原作『灸』，據詩意改。

〔三〕『裸』，原作『祼』，據詩意改。

【注釋】

〔1〕歊署：炎熱的官署。毒魃：毒熱干旱。

《雲起閣詩集》卷之十七·七言絶句

關中來鑑宜公　著

齋居二首

深谷烟霞護薜蘿，北窗高卧意如何。嗒然疑入羲皇世，狂對蒼茫發嘯歌[1]。

獨坐齋中何所宜，調弦臨帖更吟詩。閉門豈是空驕世，俯仰乾坤有遠期。

【注釋】

〔1〕嗒然：物我兩忘的狀態。

春風引

風吹新柳金絲飛，桃李林中爛熳輝。道上幾群游冶子，遍收春色咏歌歸。

方南晚歸

徙倚秋郊野色殘，歸塗草木露華溥。尋詩款段行偏緩，月上城闉接晚鞍〔1〕。

【注釋】

〔1〕款段：馬緩慢行走。城闉：城郭。

宫詞二首

寂寞長門皓月前，黯然孤影鬱悁悁。笙歌縹緲隨鳳輦，何處昭容侍御筵。

閑階幽藹晚蕭蕭，悶看烟雲鎖柳條。草色蒙茸開御路〔二〕，深宫隊隊出妖嬈。

【校記】

〔一〕『茸』，原作『葺』，據詩意改。

家督學陽伯先生之蜀，南郊祖餞，深夜始别，晚宿申愛吾表兄宅

祖餞吾家學使驄，袂分肉骨自難匆〔1〕。含杯深漏始言别，近徙渭陽呼酒雄〔2〕。

【注釋】

〔1〕驄：良馬。

〔2〕酒雄：酒中英雄。

雨中海棠四首

粉黛三千聚漢宫，玉階寂寂鬱懷同。俱含愁緒芳魂黯，幽思傾付清淚中。

莫怪丹頰抱悶眠，黑雲昏霧障花天。比鄰柳眼垂涕泣，相伴愁容同病憐。

春與凝脂舞錦襦，嬌迎佳客捧觴壺。暫垂疏簾半遮面，憶就香湯浣玉軀。

簾内浣來香自隨，尚餘香水遍淋漓。何時出浴凌晴日，更著光芒笑弄姿。

春日讀書鼎卿郊園二首

春日園林風色和，二三良友共烟蘿。披編籬下花開悟，散帙林中鳥勸哦〔一〕〔1〕。

昭代功名重制科，儒門梳羽學功多。邃養先宜驅俗魅，專圖亦合逐吟魔余素嗜吟，賦此自戒〔2〕。

【校記】

〔一〕『帙』，原作『快』。散帙，打開書帙，因據改。

【注釋】

〔1〕哦：吟詠。

〔2〕邃養：深厚的學養。

館中木假山二首

平地聳觀数十尋，非土非石木爲岑。如何亦有雲霧起，自是蒼公變作陰。
堂側要移九級陵，巧工堆木仿崚嶒。一峰飛至供清玩，只可遥觀不可登。

梨花二首

遠望素幔挂春樓，多少妖嬈貯上頭。不抹胭脂不抹粉，嬌容衹鬥淡妝優〔一〕。
仙葩盡向雪中開，迥异凡華帶艷埃。無数素鸞飛不去，相偕戢羽白雲堆〔1〕。

【校記】

〔一〕『衹』，古同『祇』。

【注釋】

〔1〕戢羽：斂翅。

夏日村居三首

野夫開圃傍靈岑，朝夕觀雲乍作陰〔1〕。南瓏相連咸踴躍，知爲近土布私霖村近嵕嶭，峰頭易興雲雨，多不苦旱〔2〕。
孤村茅屋耐長夏，風際納涼行廣野。萬樹林中選厚陰，游筇每住古槐下。
楊柳毵毵垂一灣，牽風裊娜引潺湲。鳥呼早旭東升海，犬吠殘陽晚下山。

【注釋】

〔1〕靈岑：靈秀的山脈。

〔2〕嵕嶭：嵕嶭山，位於三原、涇陽交界處。

咏蓮二首

三千粉黛漢宫開，暮暮朝朝臨鏡臺。偷覷長門半遮面，珠簾十二碧羅裁。
佳人出浴矜新妝，羞對池邊游冶郎。緑窗半掩相迴避，冉冉輕風暗遞香。

題關門兵憲李文若先生偉勳册十八首

繕壘〔1〕

西臨潼谷設重關，十萬連營壁壘環。威戴雷霆暖戴日，三軍壯氣壓秦山。

【注釋】

〔1〕繕壘：修整營壘。

練軍

虎旅初排曉帳開，天邊确技揔英材〔1〕。彎弓如月刀如電，百道光輝繞上台。

【注釋】

〔1〕揔：同『總』。

選將

麾下羽林三十萬，阿誰諳得九龍韜。一收國士壇中拜，鐵券終酬漢相勞〔1〕。

【注釋】

〔1〕鐵券：皇帝賜給功臣的符券。

戢兵

荆卿空令饞鋒淬，軹里徒將俠烈矜〔1〕。莽伏由來堪决勝，林中虎豹霧中鷹〔2〕。

【注釋】

〔1〕荆卿：荆軻。饞鋒：鋭利的刀鋒。軹里：戰國刺客聶政，是軹縣深井里人。

〔2〕莽伏：兵馬潛伏於草莽中，指用兵謹慎。《周易·同人卦第十三》：『九三，伏戎於莽，升其高陵，三歲不興。』

固關

空傳駟鐵壯秦疆，自有山河扼似吭〔1〕。祇倚憲台雄制馭，一關西接塞雲長。

【注釋】

〔1〕駟：四匹馬駕的車。鐵：同『驖』，赤黑色的馬。此指戰車戰馬。《詩經·秦風·駟驖》：『駟驖孔

阜，六轡在手。』吭：咽喉。

巡峪

風散旌旗十道分，虎符飛遞靖妖氛〔1〕。千岩萬壑威霜落，猶畏輕蹄逐夕曛〔2〕。

【注釋】

〔1〕飛遞：飛速遞送。

〔2〕夕曛：落日余暉。

搜山

群峰窈窱徑多迷，萬疊千層散鼓鼙。雷電遍臨日遍照，豈容餘孽遁幽溪。

營新

詎倚新營另逞雄，一經指點盡從風。雷霆威動山河外，日月光摇壁壘中。

城成

千嶂金城四面封，更於隘口築崇墉〔1〕。氤氳氣聚元堪恃，非倚雉墻空禦冲〔2〕。

【注釋】

〔1〕崇墉：高城。

〔2〕禦冲：抵禦冲擊。

饑哺

罶無魚兮笛無蠶，道殣相逢泪每含〔1〕。使節携來東海澤，淋漓揮灑遍崤函。

【注釋】

〔1〕罶：裝魚的竹簍。笛：養蠶的用具。道殣：餓死在路上的人。

親征

輕身秣馬歷冰霜，雲度旌頭豹尾長。十萬師中親指授，鷉膏虹影月蒼蒼〔1〕。

【注釋】

〔1〕鷉膏：鷿鷉的脂肪，古人用來塗抹刀劍，以防生銹。

督戰

詞曹揮羽氣凌雲，臨陣親裁露布文。筆底風雷多變幻，機藏不與鬼神聞。

凱旋

旭日籠雲映海東，天朝勝氣鐃歌中。吹彈非記從軍樂，金鼓喧揚憲府功〔1〕。

【注釋】

〔1〕憲府：將軍府。

聚室

地經風掠户皆虚，烽壘初消覓故廬。重對門庭春色暖，家家欢聚百花舒。

畝樂〔1〕

雷收風息静桑麻，南畝犁頭日影斜。桃柳浪中多笑語，使君部下樂無涯。

【注釋】
〔1〕畝樂：田間之樂。

修文

方布雄韜初著勛，吮毫揮采爛如雲。談經陸賈平佗勳，建節長卿諭蜀文〔1〕。

【注釋】
〔1〕平佗勳：指漢代陸賈接受高祖劉邦之命招服南越王趙佗，成功説服其向漢稱臣，高祖大悦，任命陸賈爲太中大夫。諭蜀文：指漢武帝命唐蒙經巴蜀之地、以商貿的名義打通一條通往南越的道路，唐蒙在巴蜀徵調吏卒千人以及運糧者萬人，從巴蜀前往夜郎，終使夜郎歸順漢朝。但唐蒙在巴蜀的舉措却給當地人帶來了驚慌，所以漢武帝命司馬相如撰寫《諭巴蜀檄》，勸告蜀地百姓爲朝廷外交策略考慮，安撫了百姓的恐慌情緒。

談經

峭嶺當年星步趨，曾將紫氣傍關敷。今朝重駐舊游地，上座傳玄灑醍醐〔1〕。

【注釋】

〔1〕醍醐：即乳酪食品上層凝聚的酥油，佛教中喻指以佛理開悟人心。

勷奏

奏勷静憑香藹裁，五雲捧去達天台〔1〕。斗邊繚繞祥光聚，都自蓮華岳底來。

【注釋】

〔1〕奏勷：稟奏功績。香藹：即香靄，浮動的烟氣。五雲：祥瑞的象徵，此指皇宫。

舟中有感二首

寂寂帆檣泛山根，偶逢山斷見荒村。尋到村中林闃默，皆驚兵旅遠匿魂〔1〕。

未見閩山有馬馳，山頭樵徑梗相迷。行師要闢康莊路，纔報功成士力疲。

【注釋】

〔1〕闃默：静默。

中秋夜舟中作

前歲題詩棘院樓，今年對月大江舟〔1〕。長空雲净月光普，萬叠金波霜際流〔2〕。

【注釋】

〔1〕棘院：古代舉行科考的考場。

〔2〕萬叠：萬重。

代邀奕客劉懷玉

鎮日支頤悶閴窓，静魔须倩手談降〔1〕。與君松下開枰壘，相角相娱喧客龐〔2〕。

【注釋】

〔1〕支頤：手托腮。閴窓：寂静的窗邊。静魔：心魔。

〔2〕枰壘：棋局。龐：高大的屋室。

劍津夜泊二首〔一〕

夜卧魚龍萬象空，㶇喧兩道鬥沖瀜〔1〕。波摇星漢烟雲漠，疑有劍光向上𦏀〔2〕。

津口微茫夜色低，月濤星瀾浸平堤。客舟莫怯黄昏黯，城内山然萬井黎城内有山，山頭烟户匝居〔3〕。

【校記】

〔一〕『二首』，原脱，據目録補。

【注釋】

〔1〕㶇喧：浪濤聲響亮。沖瀜：水深廣。

〔2〕𦏀：冲。

〔3〕萬井黎：萬户百姓。烟户：人户。匝居：環繞而居。

登玄妙觀山閣閣在延平城外

郭外長江江外岑，千尋玉砌出雲林。閣凌霄漢風聲動，疑是雷公雙劍吟〔1〕。

【注釋】

〔1〕雷公雙劍：《二十五别史·九家舊晋書輯本》載雷焕故事云：晋司空張華夜見異氣冲起於斗牛之間，遂問雷焕其故，焕謂此乃寶劍之氣，乃拜焕爲豐城令。焕到任後，於獄基下掘得雙劍，又取南昌西山土和華陰山赤土拭劍，劍身光采照耀。後雷焕之子携劍行經延平津，劍墮水中不見蹤影，只見兩條長龍盤交，光芒萬丈，照徹水中，與日争輝。此爲詩人經延平津（今福建南平市建溪）而作，故引用此傳説。

秋日雜詩三首

秋日驚心塞雁斜，凄凉在眼自增嗟。風霜野肅蘼蕪草，雲水汀寒蘆荻花。
地暖經秋榕不凋，風迎軒蓋自逍遥。衰林雖緑少春采，卑鬣感懷悲寂寥。
海妖弄潮慣秋狂，兵馬雲屯匝岸防。雖倚風威波浪净，却悲刁斗罄林戕〔1〕。

【注釋】

〔1〕罄林：滿林。戕：同「鏘」，指軍中夜行報警的刁斗之聲。

聞雁

孤踪海甸雁聲稀，秋陣應從北塞歸。天外關心鄉國信，難教空羽逐雲飛。

初抵南雄書懷四首

遠游逢汰出閩中，時絀仍除百粵東。莫敢憚遥雖忙赴，位卑何事足殫忠〔1〕。

自揣平生志亦豪，何將珪爵逐時髦〔2〕。今朝雖厠參軍幕，別駕從來原佩刀余以府倅改授〔3〕。

風引游蓬萬里紆，一鶵隨侍不嫌孤。地通商旅多姻婭，异土依然故土娱仲兒隨行。

兵燹初過土瘡痍，山川拭目俟才醫。余從岐伯供刀匕，寧敢空含觸景悲〔4〕。

【注釋】

〔1〕殫忠：竭盡忠心。

〔2〕珪爵：顯要的官職。

〔3〕府倅：知府的佐官。

〔4〕岐伯：黃帝時名醫。

白鷴

皎皎翎毛散白雲，墨毫誰畫錦成文。遠翔南海堪珍重，入貢咸驚萬里雯。

翠鳥

嶺南有鳥碧衣新，短羽甄甄拘海濱。何惹虞羅隨地布，却緣翡翠世争珍〔1〕。

【注釋】

〔1〕虞羅：羅網。

讀蘇長公《居儋録》〔1〕

公以大宗伯叠貶瓊州團練使〔2〕，初至瓊，倚桹榔庵，結廬而居。

輕抛朱紱海南居，去傍桹榔結草廬〔3〕。遭斥遠移南海屣，美踪千載有遺書。

【注釋】

〔1〕蘇長公：蘇軾，明人輯有《宋苏文忠公居儋録》五卷。

〔2〕叠貶：再貶。團練使：統領地方衛隊的軍事長官。

〔3〕朱紱：官員禮服。

禪院芙蓉

嬌姝焕采出塵埃，静禮空王對法台。疑共青蓮發光焰，超凡定向優曇開〔1〕。

【注釋】

〔1〕優曇：指佛教中的祥瑞之花優曇花。

禪院金鯉

誰放纖鱗定水池，佛前静聆菩提詞。有悟難拘磁盎裹，十千遠躍浪花舒。

五日佛山觀龍舟

坐看珠江躍幾龍，無雨無風上九重。金鼓雷喧奮爪鬣，若增波浪勢洶洶〔1〕。

【注釋】

〔1〕爪鬣：獸爪上的長毛。

佛山共鄉親小飲

共坐秋風潮水隈，豆花棚下一尊開。非娱异土空聚會，萬里遐思付酒杯。

市中見菊

久乏閑踪到菊傍，偶從陌上晤秋芳。籬前未遇市前遇，花笑塵埃作吏忙。

長壽禪林對荷花池啜茗作

武帝宮中競艷妝，嚴持素律瀉芬芳〔1〕。群娥欣捧茶甌舞，厭對輦郎酗酒狂〔2〕。

【注釋】

〔1〕素律：秋季。

〔2〕茶甌：茶杯。輦郎：據詩意似當作『輦郎』，宮中負責牽引御車的年少郎官。據《漢書·劉向傳》載，向年方十二時，因其父德高望重而入宮，被任命爲輦郎。

野人送荷花，短句咏之

仙娥自飾絳紅衫，相伴披雲共下凡。既作嬌姝宜清唱，何嫻静質唇牢緘〔1〕。

【注釋】

〔1〕嬌姝：嬌美的女子。牢緘：緘口不語。

仲秋四日晚舟作

皓光何事繪娥眉，飛上晴霄映水湄。忽見波中影相伴，高低流采共西移。

秋夕共友人小酌

丹楓菌桂燦金天，共客深杯玉漏傳。鴻雁長空鳴皓月，醉揮彩翰寫雲烟。

宿静寶寺二絶

野刹宵迎鐘鼓喧，高聲喝道閙沙門。禮參自怯空王質，静宇豈堪塵履捫〔1〕。

波鳴寺外咽彌陀，迷客其如貝葉何。隨地静參皆佛界，法華莫向口頭過。

【注釋】

〔1〕空王：佛的尊稱。塵履：塵世之鞋。

清明日郊行口占

拜掃塗中花柳錯，鄉村春色勝城郭。一群粉黛艷新妝，閑戲鞦韆紛綽約〔1〕。

【注釋】

〔1〕鞦韆：秋千。綽約：女子體態柔美的樣子。

漢口游栖賢寺

北黯市廛南比丘，漢分清濁赴江流〔1〕。偶脱塵埃游浄土，佛香薰破市中愁。

【注釋】

〔1〕市廛：集市。

樊城游仁皇寺

襄水飛雲護刹閑，游人對質赧塵顔〔1〕。忙中未悟沉迷路，七尺空勞天地間。

【注釋】

〔1〕赧塵顔：羞紅了塵容。

鏡梅

仙質輕妝淡掃眉，素容恰入月宫宜。宫中香宿凝不散，却惹佳人比貌窺。

渡江游海幢寺阿字禪院訪淡公四首

烟江一葦訪招提，渺渺輕穿出世蹊。遠望曇花臨法界，依稀定水溢禪堤〔1〕。

江波繞刹逝湯湯，烟霧飛騰路渺茫。却可浣塵通七覺，蓮花高散法輪芳〔2〕。

惠遠開林擁法筵，大乘飛錫共安禪〔3〕。空中雙絢紺宫采，并吐青蓮映十千。

暫時談法坐庵蘿，開悟何須歲月多〔4〕。佛教初傳領芳旨，儒書高閣誦彌陀〔5〕。

【注釋】

〔1〕法界：佛界。定水：佛教中以澄定之水比喻凝定明净之心境。

〔2〕七覺：佛教中的『七覺支』，修行的七種要義，分別是擇法、精進、喜、輕安、念、定、捨。
〔3〕飛錫：指僧人雲游四方。
〔4〕庵蘿：即蘿庵，指寺廟。
〔5〕彌陀：指佛經。

雄州清明日郊行有感

節届清明鬧路衢，士人拜掃共妻孥。孤懷觸動極西望，寥廓白雲含泪呼。

途中得洙兒都門書援筆題壁

鳥返故巢奮翎西，有鶵戢羽上都栖〔1〕。風來偶遞天邊信，旅邸歡鳴壁上題。

【注釋】

〔1〕戢羽：斂翅。上都：京城。

雪塗騁目二首〔1〕

塗入昆崗睛欲迷，縈回四顧玉參差。風吹野樹雪初净，獨愛松林緑更滋。
堆厥璚瑶接天台，却無一隙露塵埃〔2〕。人行道上非凡客，流影疑從玉界來〔3〕。

【注釋】

〔1〕騁目：極目遠眺。
〔2〕璚瑶：美玉，形容雪的皎潔。
〔3〕玉界：仙界。

春鳥

天籟隨時自莫禁，鳥迎春信奏新音。聽之娱耳聲偏媚，漸促芬華燦萬林。

鼎卿署中咏白梅

巫山十二弄嬌妝，爾佩雲霓素縠裳〔1〕。焕出春容光的歷，争隨仙令噴天香〔2〕。

【注釋】

〔1〕素縠裳：白色的紗衣。

〔2〕的壢：光亮鮮明。

燈下看瓶中牡丹綉球二絶

何方异鳥并來栖，朱鳳白鶴静不啼。戢羽相依欣共宿，寂眠一夜雌雄迷。

嬌姝連袂坐空齋，長夜無言静與偕。緋飾霓妝裳鬥异，燈前弄態散春懷〔1〕。

【注釋】

〔1〕緋飾霓妝：緋紅的飾品，五彩的妝扮。

六日亡内墓前作

冰漿一碗澆荒草，起視遠天空浩浩〔1〕。觸目傷懷泪不禁，前林有鳥雙栖老。

【注釋】

〔1〕冰漿：夏日甘甜冰凉的飲品。

題壁間《雪際孤漁圖》二首

閑觀素壁涌波瀾，旁有孤蓑持釣竿。蓑下何帶怯寒態，泠飛白雪滿江灘〔1〕。
問翁何意雪中漁，站守寒波詎在魚。遠彼紅塵弄烟水，逸襟自遂樂何如。

【注釋】

〔1〕泠：同「零」，零落。

仙霞嶺四首

漢世無諸開海甸，中原姑蔑遠通南〔1〕。玉甃長塗三百里，嶔崟峻級亦馳驂〔2〕。
天闢廓園景色開，千松萬竹倩誰栽。更多麗况堪娱目，异鳥奇花任客猜。
五里茅亭十里庵，沙彌迎客捧茶參〔3〕。澗流繞坐百泉瀉，長跋艱辛返自甘。

望中忽聳三峰秀，雲引江郎接九天江郎，山名。過客相傳卜休咎，顯分明暗示山巔相傳過江郎出，遇晴則順，遇陰則逆。

【注釋】

〔1〕姑蔑：古越地。

〔2〕玉甃：如玉般的山垣牆壁。馳驂：奔馳的馬。

〔3〕茶參：茶飲。

紀夢 夢群馬騰躍异常

柯裏驕嘶冀北群，枕邊鬥焕五花雲〔1〕。漆園有悟夢蝴蝶，誰幻誰真應莫分。

【注釋】

〔1〕鬥：争勝相鬥。五花雲：馬身上斑駁的花紋。

旅次書壁二首〔1〕

一片浮雲空際飛，晚投孤巒暫相依。明星仍促山頭起，自笑悠悠何日歸。

旅禽風際翱翔速，暮林但借一枝宿。拂塵聚戢雲中翎，一寤呼群前去翻〔一〕〔2〕。

【校記】

〔一〕『寤』，原作『𥨊』，古通。

【注釋】

〔1〕旅次：旅途停留。

〔2〕聚戢：聚集斂翼。寤：醒來。翻：鳥扇動翅膀之聲。

都中春游共固庵、仲林兩社丈

御陌春游共姻婭，氍毹選勝長松下〔1〕。黛林謖謖鳳鸞鳴，堪作笙簫娛玉斝〔2〕。

【注釋】

〔1〕姻婭：姻親。氍毹：地毯。

〔2〕黛林：青黑色的樹林。謖謖：風聲。

仲春野望

出郊四望菜花黄，桃杏齊開鬥艷妝。一客鑣游孤蹀躞，細收春色貯吟囊〔1〕。

【注釋】

〔1〕鑣游：騎馬而遊。蹀躞：徘徊。吟囊：儲存吟詩素材的布囊。

《雲起閣詩集》卷之十八·雜著

關中來鑑宜公 著

和梁君旭社長耦園擬題爲家督學陽伯先生咏十首

游屐

花徑往來移步，雲岩乘輿陟巔。雖借短笻助健，可無雙屐蹁躚〔1〕。

【注釋】

〔1〕短笻：短小的竹杖。健：健步快走。蹁躚：步伐輕快。

歌席

絲竹歡鳴麗景，應發清響遠聞。怪底仙人淹乘，歌聲飄邈遏雲〔1〕。

【注釋】

〔1〕淹乘：乘風淹留。

柳幄

盛錯清玩鮮明，更觀天繪卓犖〔1〕。花列錦彩罘罳，柳垂雲影幃幄〔2〕。

【注釋】

〔1〕盛錯：盛多、交錯。

〔2〕罘罳：錦屏。

芍階

藥欄占春獨殿，放英階際忙追。果有荔奴續出，花附牡丹相隨〔1〕。

【注釋】

〔1〕荔奴：龍眼的别名。

畫舫

引潴邅迴十里，繞篁穿柳載舟〔1〕。楫喚諸賓促膝，蘇堤湖上把甌。

【注釋】

〔1〕潴：水流。邅迴：曲折行進。

朱榭

湛湛沼揩明鏡，圍欄入照泛頳〔1〕。一望如對金漢，疑有虹采縱横。

【注釋】

〔1〕沼揩：水洗、擦拭。

藻湄〔1〕

水溢荷塘翻浪，溭回牽荇演芳〔2〕。藻動時呼翡翠，依人狎集鴛鴦。

【注釋】

〔1〕藻湄：長滿水草的岸邊。

〔2〕洄回：流水回旋。演芳：水流洗過芳草。

花援

繁萼分區別類，香熏游屣尋睼〔1〕。柴竹編垣衛護，徑多曲折易迷。

【注釋】

〔1〕尋睼：尋視。《説文解字》：『睼，迎視也。』

櫻盤

火齊玓瓅萬顆，滿柈赭色不殊〔1〕。有客啖之清美，方知是果非珠。

【注釋】

〔1〕火齊：琉璃。柈：盤子。

醳盞[1]

花裹良朋頻集，不厭醱醅佐吟[2]。輭來湘吴醇酎，秘傳釀法到今[3]。

【注釋】

〔1〕醳盞：酒杯。

〔2〕醱醅：釀好未濾的酒。

〔3〕醇酎：味甘的美酒。

舟中偶咏

嶺上樵夫孤步，舟中遥望若仙。雲來忽焉不見，疑從空際陟天。

閩南咏二首

風雲亦附中夏，南瞻柴極偏遥。天與扶桑相近，先迎海旭開朝。

南疆與海相連，日接賨琛載舸[1]。土居談笑過洋，那怕鯨鯢險邏[2]。

【注釋】

〔1〕賮琛：進貢的珍寶。

〔2〕險邐：險岸。

渭水泛舟

彩鷁静栖渭浦，一聲欸乃横飛〔1〕。不是扁舟空泛，游尋前滸釣磯。

【注釋】

〔1〕欸乃：摇槳之聲。

南海山行二首

山上流連觀海，穿雲彳亍捫天〔1〕。不見人家蹊徑，孤峰一縷吐烟。

平巒奇花錯落，高岡昪鳥翱翔。佳景娱人難盡，惜無游客携觴。

【注釋】

〔1〕彳亍：徘徊慢行。

禽言二首〔1〕

泥滑滑，泥滑滑，脚跟站穩更詳察。世路崎嶇，人心狡猾。直道犯忌，易招傾軋。莫輕試，泥滑滑。

不如歸去，不如歸去。奏膚功，博美譽，悠悠浮雲非可據，熱鬧場中難久居〔2〕。此身要覓安歇處，君須早籌，不如歸去〔3〕。

【注釋】

〔1〕禽言：詩體名，北宋詩人梅堯臣首創，依據禽鳥鳴聲命名，再由鳥名引發聯想，抒寫情感。此二首分別詠竹雞和杜鵑，南人俗稱竹雞爲泥滑滑。

〔2〕奏：取得。膚功：大功。

〔3〕籌：謀劃。

附録

一、明清三原來氏家族主要成員科試仕宦經歷

主要成员	科試仕宦經歷
來賀（字奉國）	嘉靖十年辛卯（一五三一）科舉人，莒州知州。以孫來復贈揚州兵備道。
來聘（字安國）	嘉靖十年辛卯（一五三一）科舉人，嘉靖十四年乙未（一五三五）科進士，以行人擢御史，左遷丹陵知縣，歷官四川按察司副使。
來儼然（字望之）	萬曆十三年乙酉（一五八五）科舉人，萬曆二十三年乙未（一五九五）科進士，太和知縣，擢兵部職方司主事，領山海關事。以子來復贈揚州兵備道。
來復（字陽伯）	萬曆三十四年丙午（一六〇六）科舉人，萬曆四十四年丙辰（一六一六）科進士，歷官山西右布政使，天啓七年（一六二七）授海防兵備道。
來臨（字馭仲）	天啓元年辛酉（一六二一）科貢生，以明經任屯留知縣，遷登州府同知。
來鑑（字宜公）	明崇禎十七年（一六四四）至順治三年（一六四六）間明經恩貢，廣東南雄府經歷、嘉魚知縣。
來淑洙（字圣瀾）	清順治十一年甲午（一六五四）副貢，以教習爲雄縣知縣。

二、明清三原來氏家族主要成員詩文集及存佚情況

主要成員	代表詩文集	存佚情況
來賀	《類定稿》	已佚
來聘	《雲峰近稿》	已佚
來儼然	《自愉堂集》十卷	明萬曆四十七年（一六一九）刻本，現藏重慶圖書館、陝西省圖書館，亦收入四庫系列資料庫。 清道光二十一年（一八四一）三原李錫齡惜陰軒刻本，收入《明別集叢刊》第四輯第八十九册。 明天啓年間刻本，現藏中國國家圖書館。
來復	《來陽伯詩集》二十卷	清道光二十三年（一八四三）三原李錫齡惜陰軒刻本，收入《明別集叢刊》第五輯第五十册。
	《來陽伯文集》二十卷	清道光二十三年（一八四三）三原李錫齡惜陰軒刻本，收入《明別集叢刊》第五輯第五十册。
	《清源近稿》	已佚
	《留餘草》	已佚
	《勞餘草》	已佚
	《閱餘草》	已佚
來臨	《叢筆齋集》十四卷	明萬曆四十二年（一六一四）刻本，收入《明別集叢刊》第五輯第三十八册。
	《叢筆齋文集》六卷	清道光二十二年（一八四二）三原李錫齡惜陰軒刻本，現藏陝西省圖書館。
	《御風閣集》十卷	明崇禎年間刻本（孤本），現藏山西大學圖書館。
來黃氏（來臨妻）	《玉香館遺詩》	已佚
來鑑	《雲起閣詩集》十八卷	清康熙年間刻本（孤本），現藏首都圖書館。

三、史志所見來鑑生平資料

〔雍正〕《敕修陝西通志·選舉三》

來鑑，恩知縣。來淑洙，副知縣。

（清查郎阿修；沈青崖纂《敕修陝西通志》卷三十二，清雍正十三年刻本）

〔雍正〕《敕修陝西通志·人物十三》

來氏三女者，明經來鑑女也。長來貞，年十九，員所祐妻；次來芳，年十六，趙耀妻；季來媛，年十五，未字。時貞、芳歸寧，兵入城，俱投一井死。

（清查郎阿修；沈青崖纂《敕修陝西通志》卷六十七，清雍正十三年刻本）

〔雍正〕《敕修陝西通志·經籍二》

《雲起閣詩草》十八卷嘉魚知縣三原來復（按：應爲來鑑）撰。序曰：『宜公屈首窮經，旁涉風雅，其《雲起閣詩草》，讀之習習風生，一種清芬澹遠之氣襲人。』本書陳肇曾序。

（清查郎阿修；沈青崖纂《敕修陝西通志》卷七十五，清雍正十三年刻本）

〔乾隆〕《三原縣志·選舉二》

貢生。順治年間：來鑑，恩貢，由經歷遷嘉魚知縣。

（清劉紹攽纂修《三原縣志》卷七，清乾隆四十八年刻本）

〔乾隆〕《三原縣志·著述》

《雲起閣詩草》十八卷來鑑著。按：《張志》是集前有陳肇曾序，謂宜公屈首窮經，旁涉風雅。宜公者，鑑字也。《通志》亦載陳序，而誤以爲來復著，今更正。

（清劉紹攽纂修《三原縣志》卷十八，清乾隆四十八年刻本）

〔乾隆〕《重修嘉魚縣志·秩官志》

來鑑，康熙丁未任，陝西三原人。

（清汪雲銘修；方承保纂《重修嘉魚縣志》卷三，清乾隆五十五年刻本）

〔同治〕《重修嘉魚縣志·封域志》

關圣廟，舊在縣東，地址湫隘。永樂三年，縣令冉通遷置東嶺之上。康熙丁未歲，縣令來鑑遷建分司，舊址在縣治北。雍正乙巳年奉。

（清鍾傳益修；俞焜纂《重修嘉魚縣志》卷一，清同治五年刻本）

《二南遺音》

來鑑，宜公，三原明經，擢宰嘉魚，有《雲起閣集》。

（清劉紹攽編輯《二南遺音》卷二，清同治十二年刻本）

〔光緒〕《三原縣新志·人物志》

來鑑，《續志》：字宜公，年十四補邑弟子員，以恩貢授廣東南雄府經歷，徵稅廉明，遷湖廣嘉魚知縣，催科撫字外，文章風雅推重一時，歲餘以直道忤歸，日與四方知名士往來倡和，著有《雲起閣詩草》十八卷。

（清焦雲龍修；賀瑞麟編纂《三原縣新志》卷六，清光緒六年刻本）

〔光緒〕《三原縣新志·選舉志》

貢生。順治間三十六人：來鑑有傳。來淑洙有傳。

（清焦雲龍修；賀瑞麟編纂《三原縣新志》卷七，清光緒六年刻本）

〔民國〕《蕭山縣志稿·文化》

來鑑，崇禎十七年恩貢，某縣知縣。

（民國來裕恂纂輯《蕭山縣志稿》卷十，稿本）

〔民國〕《蕭山縣志稿·選舉表》

明崇禎十七年甲申後，清順治三年丙戌前：來鑑，陝西籍，恩貢，知縣，一作清初。

（民國張宗海修；楊士龍纂《蕭山縣志稿》卷十三，民國二十四年鉛印本）

〔乾隆〕《三原縣志·人物二》

來淑洙，《張志》：字聖瀾，順治甲午副貢，以教習爲雄縣知縣。雄爲七省要區，俗號難理，淑洙催科有法，敬老尊賢，勸閭里孝弟力田，集諸生執經問難，文風蒸蔚。建橋便行旅，人稱『來公橋』云。

（清劉紹攽纂修《三原縣志》卷九，清乾隆四十八年刻本）

〔乾隆〕《三原縣志·人物三》

來淑泗，《通志》：字聖濤，年十歲值流寇變，扶繼母左氏避難，訛傳寇至，母投身井中，淑泗號泣井上，跪求途人，覓綆縋救，負歸得活。

（清劉紹攽纂修《三原縣志》卷十，清乾隆四十八年刻本）

四、詩友酬贈作品

干園文社爲來宜公作一畫，即眼中樹石，聚飲亭上

〔明〕温日知

春帝文章在大林，王家園子聚酣吟。興來數筆開天地，世界傍人未可尋。

其二

嚶鳴多少盡同人，幾個玄披大地春。若得眼前齊解悟，昆侖洪華忽芳新。

（清咸豐七年李錫齡刻本《嶼浮閣集》卷十三）

宜公、文侯過訪留飲，文侯以詩見遺，依韵答之

〔清〕温自知

雙屐披雲來，是我髫齓友。趺坐聽流鶯，清音金进口。紅榴檻外妍，白墮尊罍有。相對感慨多，青天共搔首。饑饉與師旅，良覿亦非偶。二子著才名，終期膺組綬。獨我困蒿萊，且吸

杯中酒。河滸好垂綸，時時快握手。

（清康熙刻本《海印樓詩集》二刻卷二）

人日來宜公招集雲起閣，值迎春雨雪，詩并及之

〔清〕温自知

人日聚詞壇，階蓂七葉殘。雪光撲竹閣，菜甲堆辛盤。河柳藏眉黛，流鶯刷羽翰。迎春況此日，且喜雪漫漫。

（清康熙刻本《海印樓詩集》二刻卷四）

上元後二夜宜公招飲

〔清〕温自知

佳節醉初醒，芳筵又聚星。臘醅浮盞碧，春菜入盤青。金石聯風雅，芝蘭藉德馨。蟾輝渾不減，猶自照玄亭。

（清康熙刻本《海印樓詩集》二刻卷四）

喜宜公抵里，同虞白小集

〔清〕温自知

一別六年久，閩中萬里游。君翔天際鳳，我狎水邊鷗。政美棠陰茂，詩成海月秋。歸來述萍社，賡和盡名流。

（清康熙刻本《海印樓詩集》二刻卷四）

季冬望日來宜公招集雲起閣，分得元韵

〔清〕温自知

詞華穫藪著來温，羡爾高吟道益尊。閣傍池湑雲自起，窗懸樹杪鳥時喧。公榮不飲耽深坐，杜甫多哀欲細論。月色方盈梅正放，同谿溟渤溯詞源。

（清康熙刻本《海印樓詩集》二刻卷六）

同宜公諸詞友石梁小集

〔清〕温自知

河湑春早柳絲青，鶉首天梁聚客星。谷涌晴雲催藻句，僧諳活火譜茶經。望中梅杏花初發，耳畔潺湲酒易醒。翦韭正宜同調在，澗阿不异出郊坰。

（清康熙刻本《海印樓詩集》二刻卷六）

上元前夕同宜公君陽訪朋海，得陵字

〔清〕温自知

抱杖登龍御李膺，節鄰元夕試華燈。星橋影裏飛金罣，火樹花前低玉繩。閣爇青藜椽似筆，尊開白墮酒如澠。重聞簫鼓喧秦市，欲滿蟾輝照五陵。

（清康熙刻本《海印樓詩集》二刻卷六）

上元次夜邀圖南宜公，聞孟固有小集

〔清〕温自知

濁酒相攀燈燭然，仍聽簫鼓競闐闐。飛空璧月宵還麗，涌樹銀花夜尚妍。爲惜風光頻徙倚，不嫌簡素快流連。明珠照乘新吟發，何減《陽春》《白雪》篇。

（清康熙刻本《海印樓詩集》二刻卷六）

鼎卿宜公過訪留飲

〔清〕温自知

驚心烽火老漁磯，客并南薰到竹扉。紅藥謾依碧沼發，黄鸝相傍緑陰飛。山林自古容樗散，鍾鼎於今屬少微。悟徹清虛無罣礙，譚天解頤戀斜暉。

（清康熙刻本《海印樓詩集》二刻卷六）

同宜公諸子邀趙杓卿酒壚叙闊

〔清〕温自知

喜看恢復偃兵戈，故友相逢鬢未皤。市肆正堪傾濁酒，吟壇從此起高歌。陶潛爲令歸偏早，賈誼匡時泪更多。日月重輝需夾輔，肯容賢哲戀烟蘿。

（清康熙刻本《海印樓詩集》三刻卷四）

雨中柬來宜公明府

〔清〕今釋澹歸

平疇吹緑起秧針，春色寒添雨色深。獨立不知成水觀，相思一爲寄書淫。新詩幾日投瓢滿，奇字何人載酒尋。寂寂公庭烏雀少，也宜月面照冰心。

（《遍行堂集》詩集卷六，清乾隆五年刻本）

閔捷宇明府招同宜公、元貞、弱生、哲人茶集龍護園，梅谷長老檢藏於此

〔清〕今釋澹歸

何處衣雲繞碧虚，維摩轉手看文殊。隨風辨出聞鐘外，指月機來掩卷餘。小隱欲窺惟半豹，老饕所捋是三珠。却勞晚色酬良會，滿載清涼托後車。

（《遍行堂集》詩集卷六，清乾隆五年刻本）

酬宜公珠海重晤之作

〔清〕今釋澹歸

凌江柳色隨烟折，珠海潮聲挾月流。不意重逢開老眼，何人得句似高秋。欲行更讀《錢神論》，未去先期黄鶴樓。一帶晴霞横野寺，爲君迢遞望扁舟。

（《徧行堂集》詩集卷七，清乾隆五年刻本）

贈别來宜公之嘉魚令

〔清〕今釋澹歸

别來重得見，心折許誰知。了事俱無味，閑情剩有詩。一官留藴藉，此道免磷淄。竹馬仍相問，蒲鞭更不笞。鸞刀當焕發，梟舄忽參差。列宿天垂象，傳經吏作師。條桑開獨智，過雉戢深慈。密雨分三楚，和風入四時。正名刊赤壁，借徑上天池。五等安人賞，三台論道資。已清豺虎穴，休損鳳凰枝。後會憐難續，離懷豈易持。江花濃染纈，岸柳澹拖絲。北去驪歌速，南還雁札遲。半間雲未盡，九色鹿初馳。莫道丹霄遠，雙眉結紫芝。

（《徧行堂集》詩集卷十，清乾隆五年刻本）

與來宜公別駕

〔清〕今釋澹歸

雄關三月，甚荷青眄，兼以唱酬之樂，珠璣滿把，幸何可言。比來伏承起居勝常，官衙清曠，讀書賦詩，較之營建比丘，塵坌鞅掌，優劣又有間矣。偶因人便，率致荒緘，夏杪尚有未了之緣，可圖重奉歡笑耳。

（《遍行堂集》尺牘卷七，清乾隆五年刻本）